Kontaktadresse nach EU-Produktsicherheitsverordnung:
produktsicherheit@droemer-knaur.de

KNAUR

Über die Autorin:
Carine Bernard wurde 1964 in Niederösterreich geboren und lebt mit ihrem Mann in der Nähe von Düsseldorf. Sie hat ein Faible für Frankreich und erkundet Land und Leute am liebsten entlang kleiner Nebenstraßen mit dem Campingbus. Die Provence mit ihren malerischen Dörfern und der vorzüglichen Küche ist dabei schon seit Jahren ihr liebstes Ziel.

CARINE BERNARD

LAVENDEL TOD

EIN PROVENCE-KRIMI

KNAUR

»Lavendel-Tod« ist die noch einmal vollkommen überarbeitete Neuausgabe des bereits unter dem Titel »Der Lavendel-Coup« erschienenen Werkes der Autorin.

Besuchen Sie uns im Internet:
www.knaur.de

Überarbeitete Neuausgabe Februar 2019
Knaur Taschenbuch

Redaktion: Hanna Bauer
Covergestaltung: ZERO Werbeagentur, München
Coverabbildung: FinePic/shutterstock
Abbildungen: Privatarchiv der Autorin
Satz: Adobe InDesign im Verlag
Printed in Germany
ISBN 978-3-426-52292-9

4 5

Für Volker.
Ich wünschte, du hättest es noch erleben dürfen.

KAPITEL 1

Molly Preston kniete auf den kühlen Steinfliesen der Kapelle und schabte geduldig mit einem Spachtel die weiße Farbe von der Wand. Sehr weit war sie heute nicht gekommen. Nach unten hin schienen die Schichten immer dicker zu werden, ganz so, als ob die Farbe über die Jahre nach unten geflossen wäre, wie das Glas einer alten Fensterscheibe.

Im mittleren Drittel der Wand war es Molly bereits gelungen, die darunter liegenden Fresken freizulegen. Schemenhaft ließen sich schon Gestalten und eine Bordüre erahnen. Das war der spannendere Teil ihrer Aufgabe, dennoch unterdrückte sie ihre Ungeduld und arbeitete sich systematisch nach unten vor.

Unter dem Druck ihres Spachtels löste sich ein größeres Stück Kalkfarbe im Ganzen von seinem Untergrund und fiel zu Boden. Molly stutzte und nahm die darunterliegende Stelle genauer in Augenschein. Eigentlich erwartete sie hier noch keine Wandmalereien, die Farbschicht war noch zu dick, trotzdem konnte sie deutlich dunkle Zeichen im hellen Kalk erkennen. Vorsichtig entfernte sie die Reste von Weiß und legte ein Muster aus Schlangenlinien und Strichen frei. Sie ließ sich auf die Fersen zurückfallen und betrachtete ihren Fund.

Mit den alten Fresken von weiter oben hatten diese Zeichen mit Sicherheit nichts zu tun, das konnte sogar sie als Laie sehen. Die Schicht, in der sie ihren Fund gemacht hatte, war viel oberflächlicher und jünger als die bunten Bilder, die im Laufe der Jahrhunderte mehrfach überstrichen worden waren. Doch was hatte das zu bedeuten?

Molly beugte sich vor und untersuchte das schuppenförmige Stück weißer Farbe, das vor ihr auf dem Boden lag. Vorsichtig setzte sie das Werkzeug an und spaltete die oberste Schicht ab. Noch mehr Striche. Wie ein Puzzle passte das lose Teil zum Rest, der noch an der Wand haftete, und bildete eine Pfeilspitze, die nach rechts wies.

Sie legte es beiseite und begann, das Muster in der Wand mit ihrem Spachtel zu verfolgen. Zweimal löste sie dabei weitere große Farbbrocken ab, die sie sorgfältig zu dem ersten legte. Am Ende hatte sie eine Fläche von vielleicht zehn Zentimetern in der Höhe und vierzig Zentimetern in der Breite freigelegt. Hätte man zuvor noch eine zufällige Musterung oder die Reste einer Schmuckkante vermuten können, so war es jetzt eindeutig, dass hier jemand eine Botschaft hinterlassen hatte, denn am linken Ende des Zeichens waren einige Zahlen zu erkennen. Eine Zwei, eine Drei, eine Fünf konnte sie entziffern.

Doch was war das für eine geheime Schrift? Sie fotografierte die Stelle und die drei losen Teile mit der Kamera ihres Smartphones und verschob genauere Nachforschungen auf später. Schließlich war es ihre Aufgabe, die alten Farbschichten abzutragen, die das mittelalterliche Wandgemälde bedeckten. Die Feinarbeit und die professionelle Restaurierung der Fresken würden anschließend Spezialisten übernehmen. Sie sollte nur die grobe Vorarbeit leisten, dafür wurde sie bezahlt. Es war beileibe nicht die Art von Arbeit, die sie normalerweise verrichtete, doch vor zwei Wochen war ihr die Restaurierung der kleinen Kapelle als die einzige Möglichkeit erschienen, in angemessener Zeit Zutritt zur *Groupe BFC* zu bekommen und ihren eigentlichen Auftrag zu erfüllen.

Die *Groupe BFC* war ein privat geführtes Bankhaus, das ein weitverzweigtes Imperium von kleinen Privatbanken kontrollierte. Sehr konservativ und gediegen war der äußere Eindruck, das Vertrauen der Kunden war ihr größtes Kapital.

Und ausgerechnet diese renommierte Bank stand in Verdacht, sich durch einen florierenden Handel mit illegal erworbenem Wissen zu bereichern. Offenbar hatte die *Groupe BFC* Zugang zu Insiderwissen, das es ihr ermöglichte, im richtigen Moment Anlagen zu tätigen oder riskante Papiere zum bestmöglichen Zeitpunkt abzustoßen. Die investierten Beträge waren nicht hoch genug, um besonders aufzufallen, aber in der Summe waren die so erzielten Gewinne enorm. Die vielfach verflochtenen Strukturen innerhalb der Bankengruppe machten es jedoch unmöglich, die genaue Größenordnung der dunklen Geschäfte nachzuvollziehen.

Molly arbeitete für eine streng geheime Abteilung der EU zur Aufklärung von Finanz- und Wirtschaftsspionage, und ihr Auftrag lautete, sich in das Firmennetzwerk der *Groupe BFC* einzuschleusen. Von dieser Position aus sollte sie nach Anhaltspunkten für diesen ungeheuerlichen Verdacht suchen und in Abstimmung mit ihrem Team die nötigen Beweise finden, um die Hintermänner der Bank zu überführen. Aber die *Groupe BFC* erwies sich als uneinnehmbares Bollwerk. Die Angestellten waren handverlesen, und erst nach Jahren bestand die Chance, in die höhere Führungsebene aufzusteigen. So viel Zeit hatte Molly nicht, und so hatte sie sich ein gemeinnütziges Projekt der Bank zunutze gemacht, auf das sie bei ihren Recherchen gestoßen war: die Restaurierung einer winzigen Kapelle mitten in den provenzalischen Bergen, ein paar Kilometer außerhalb eines kleinen Dorfes namens Mirocène. Wie viele Firmen in Frankreich unterhielt auch die *Groupe BFC* eine Stiftung zur Förderung der lokalen Kultur, und über diese Hintertür hoffte Molly auf einen Zugang.

Ausgestattet mit einem wasserdichten Lebenslauf als Marie Bonnieux, Studentin der Kunstgeschichte, hatte sich Molly um einen Praktikumsplatz bei der *Groupe BFC* beworben. Nach einem eingehenden Vorgespräch mit einer Vertreterin der Personalabteilung war sie angenommen worden, und wie erwartet hatte man sie zur Restaurierung der Kapelle abgestellt. Sie hatte sich in Mirocène einquartiert und mit Feuereifer auf die neue Aufgabe gestürzt.

Doch leider stellte sich diese Idee mit jedem Tag mehr als Sackgasse heraus – sie war in den letzten zwei Wochen um keinen Schritt weitergekommen.

Zwar war vor einigen Tagen tatsächlich ein Mitarbeiter der *Groupe BFC* hier gewesen, um sich über den Fortschritt der Arbeiten zu informieren: ein hochgewachsener Mann mit eisengrauem Haar, in grauem Nadelstreif und auf Hochglanz polierten Schuhen, der ihr jovial die Hand schüttelte und ihr versicherte, dass diese Tätigkeit für ihr Studium von großem Nutzen sein werde. Darüber hinaus schien er sich jedoch nicht weiter für sie zu interessieren. Er hatte eine Runde durch das Kirchenschiff gedreht, wohlwollend mit dem Kopf genickt und war wieder gefahren. Seitdem war niemand mehr aufgetaucht, und inzwischen bezweifelte Molly, auf diesem Weg etwas über die dunklen Machenschaften der *Groupe BFC* herausfinden zu können.

Dabei machte sie diese Art von verdeckter Ermittlung nicht zum ersten Mal. Ihre vielfältigen Fähigkeiten, ihre rasche Auffassungsgabe und ihr sicheres Auftreten ermöglichten es ihr, fast jede Stelle in einem Unternehmen zu besetzen und sich schnell genug hochzuarbeiten, um an verdächtige Informationen heranzukommen. Sie war in Deutschland groß geworden, doch ihre Vorfahren kamen aus England, Frankreich und Japan, weshalb sie auch Französisch und Englisch wie ihre Muttersprache beherrschte und sogar mit asiatischen Sprachen zurechtkam. Ihr japanischer Großvater hatte ihr darüber hinaus eine Art von unaufdringlicher Höflichkeit mitgegeben, mit der sie normalerweise sehr rasch das Vertrauen wildfremder Menschen gewann.

Aber hier hatte ihr all das nichts genutzt. Der feine Herr von der Bank hatte Marie Bonnieux noch nicht einmal als Person wahrgenommen. In ihren staubigen Jeans und mit dem Tuch über dem zurückgebundenen Haar, ungeschminkt, die Fingernägel schmutzig und abgebrochen, war es aber auch kein Wunder: Die Frauen, mit denen ein Mann wie er normalerweise zu tun hatte, sahen bestimmt anders aus. Langsam musste sie sich eingestehen, dass ihre Tarnung zu gut funktionierte – sie verhinderte sogar die Kontaktaufnahme mit den Vertretern der Bank. Molly war hier nur ein weiteres Paar Hände, das sich dem gemeinnützigen Projekt der *Groupe BFC* widmete, so wie die drei einheimischen Hilfsarbeiter, die in der Hauptkapelle den Fußboden freilegten, oder die Zimmerleute, die letzte Woche die Balken unter dem Steindach erneuert hatten.

Sie seufzte, nahm den Spachtel und kratzte weiter die Farbe von der Wand. Wenn sie ehrlich war, langweilte sie sich inzwischen zu Tode.

Molly fuhr zusammen, als ihr Matthieu auf die Schulter tippte und in seinem breitesten Provenzalisch »*Finido*« sagte. Nichts und niemand hatte sie auf die Sprache vorbereitet, die

die Menschen hier sprachen. Molly hatte zwar einige Jahre bei ihren Großeltern in Paris gelebt, doch das Provenzalische war eine eigene Sprache und es zu verstehen eine Kunst für sich.

Dem Verhältnis zu den drei Männern tat das keinen Abbruch. Matthieu und seine beiden Freunde behandelten sie mit der ausgesuchten Höflichkeit der älteren Landbevölkerung, und gleichzeitig war sie so etwas wie ihr Schützling, auf den es aufzupassen galt. Sie verbrachten die Pausen zusammen und teilten ihre Brotzeit mit ihr, die üblicherweise aus frischem Baguette, aromatischem Käse und rosafarbenem Wein bestand.

Und so wie eben machte Matthieu sie immer auf das Ende des Arbeitstages aufmerksam. Molly erhob sich und lächelte ihn an. Er war kaum größer als sie, hatte aber breite Schultern und kräftige Arme.

»*Merci*, Matthieu! Seid ihr heute gut vorangekommen?«

Er rückte die Mütze zurecht, unter der graue Strähnen hervorlugten. »Ja, wir haben die hintere Ecke fertig gemacht«, antwortete er. »Der Monsieur wird zufrieden sein.«

Molly nickte zustimmend. Sie konnte inzwischen immer besser erraten, was er sagte.

Sie folgte Matthieu nach draußen und bewegte ihre verspannten Schultern. Offenbar hatte sie länger auf dem Boden gekauert und über den geheimnisvollen Zeichen sinniert, als ihr guttat, und nun protestierten die schmerzenden Muskeln. Sie nahm einen tiefen Atemzug und roch das dürre staubige Gras, das in der spätsommerlichen Hitze verdorrte.

Die Sonne stand tief über den umgebenden Berghängen und tauchte die Natursteinwand der Kapelle in goldenes Licht. Molly schloss einen Moment die Augen und genoss die Wärme des Sonnenlichts auf ihrem Gesicht.

Neben dem trutzigen Gebäude befand sich eine kleine ebene Fläche, die an zwei Seiten von einer niedrigen Steinmauer umgeben war. Hinter der Mauer ging es steil in die Tiefe, in der Ecke führten grob gemauerte Stufen drei Meter nach unten in einen Olivenhain. In der Mitte der so entstandenen Terrasse wuchs ein windschiefer Olivenbaum, dessen gewundener Stamm sicherlich auch eine interessante Geschichte erzählen könnte. Einige niedrige Buchsbäume vervollständigten das Rund, und in ihrem Schatten stand eine gusseiserne Pumpe, die frisches Quellwasser spendete. Matthieu betätigte den Schwengel, und Molly wusch sich die Hände und das Gesicht mit dem klaren Wasser.

Direkt an der Wand der Kapelle befand sich ein Mauervorsprung, fast schon eine kleine Bank. Darauf saßen Pierre und Colombin, Matthieus Freunde und Arbeitskollegen, und warteten auf sie. Pierre hatte ein langes melancholisches Gesicht, und Molly hatte ihn noch nie lächeln gesehen. Colombin war das genaue Gegenteil, er war klein und drahtig, und seine listigen kleinen Augen zwinkerten ständig.

Alle drei waren sie Bauern aus der Umgebung, mit wettergegerbten Gesichtern und knorrig wie alte Bäume. Normalerweise verdienten sie ihr Geld mit dem Anbau von Oliven, Feigen und Lavendel. Aber die Lavendelernte war schon lange vorbei, die Haupterntezeit der Feigen kam erst im Herbst, und die Oliven wuchsen ebenfalls von allein und brauchten außer zur Ernte im November nicht viel Aufmerksamkeit. So waren sie froh über jede Gelegenheitsarbeit, die ihnen zwischendurch angeboten wurde.

Pierre und Colombin erhoben sich und folgten ihr zu dem alten Land Rover, der im Schatten unter ein paar Bäumen parkte. Am Vortag hatte es kurz geregnet, und auf dem geschotterten Zufahrtsweg stand noch eine große flache Pfütze.

Als Molly daran vorbeiging, erhob sich ein Meer von kleinen lilafarbenen Schmetterlingen, die sich hier am seichten Wasser versammelt hatten. Sie legte die letzten Meter zum Geländewagen in einer Schmetterlingswolke zurück und setzte sich auf den Beifahrersitz. Colombin schloss schwungvoll die Tür, die er für sie aufgehalten hatte, und stieg mit Pierre hinten ein, während Matthieu den Motor anließ.

KAPITEL 2

Zwanzig Minuten und einige Serpentinen später erreichten sie das Dorf Mirocène. Unterwegs hatten sie am Hof von Colombin angehalten, um ihn dort abzusetzen, und als der Wagen auf den Marktplatz einbog, verschwand die Sonne gerade hinter dem Bergrücken.

Matthieu parkte den Landrover vor der *Bar Lavande*, die Hotel, Restaurant und Café in einem war. Gemeinsam bahnten sie sich einen Weg durch die Tische und Stühle auf dem breiten Bürgersteig und betraten den eigentlichen Gastraum. Während Matthieu und Pierre winkend und grüßend zu Jacques, dem Wirt, hinübergingen, der hinter der Theke stand, eilte Molly die dunkle Holztreppe nach oben. Vier Gästezimmer hatte Jacques zu bieten, nur für den Fall, dass sich doch einmal ein Tourist hierher verirren und ein Bett für die Nacht suchen sollte, und eines davon hatte sie für die Dauer ihres »Praktikums« belegt.

Trotz der Nähe zum Mont Ventoux war Mirocène noch nicht vom Tourismus vereinnahmt. Es lag zu weit entfernt von den größeren Städten der Region wie Carpentras oder Vaison la Romaine, und die schmale Straße nach Sault war zwar fast ebenso kurvenreich wie die Strecke durch die Gorges de la Nesque auf der anderen Seite des Tals, bot aber nicht die grandiosen Ausblicke und dramatischen Felsabstürze, für die diese berühmt war. Der Anfahrtsweg zum Mont Ventoux war selbst für motivierte Fahrradfahrer zu weit, und für einen Campingplatz schien es gar nicht genügend ebene Fläche zu geben.

Doch Molly war das ganz recht. Hier, unter den Einheimischen fühlte sie sich wohl, es gefiel ihr hier besser als in den großen touristischen Zentren der Provence.

Sie warf ihre Leinentasche aufs Bett, zog sich das staubige T-Shirt über den Kopf und verschwand unter der Dusche. Als sie fünfzehn Minuten später in eine karierte Bluse und frische Jeans schlüpfte, fühlte sie sich wie ein neuer Mensch. Sie musterte ihr Gesicht im Spiegel und zog die Nase kraus. Die zwei Wochen unter der südfranzösischen Sonne hatten tatsächlich ein paar Sommersprossen auf ihre Nase gezaubert, und ihr normalerweise tiefschwarzes Haar zeigte einen deutlichen rotbraunen Schimmer.

Molly hängte sich die Tasche um und lief wieder nach unten. Anstatt in den Gastraum zu gehen, der sich inzwischen mit den Männern aus dem Dorf gefüllt hatte, wollte sie lieber an die frische Luft. Der laue Sommerabend und das abendliche Treiben auf dem Hauptplatz des Dorfes luden zum Sitzen im Freien ein. Abgesehen davon waren die Tische vor der *Bar Lavande* einer der wenigen Punkte in Mirocène, an denen man mit dem Handy genügend Empfang für eine stabile Internetverbindung hatte.

Jacques' Frau Margot brachte ihr unaufgefordert eine Karaffe mit gekühltem Rosé und eine Flasche Wasser.

»*Bonsoir*, Marie«, begrüßte sie sie. »Wir haben heute Soupe au Pistou, ist das in Ordnung?«

Molly begrüßte die Wirtin und nickte zustimmend. Es blieb ihr auch nicht viel anderes übrig; die Alternative wären Brot und Käse gewesen, was allerdings auch nicht zu verachten war. Doch Margot war eine hervorragende Köchin, und ihre Suppen waren im weiten Umkreis berühmt.

Molly zog ihr Smartphone aus der Tasche und schaltete es ein. Sie hielt ihr Gesicht in die Erfassung der Kamera und wartete auf die Verbindung zur Außenwelt. Ohne Netzverbindung machte es keinen Sinn, das Telefon tagsüber eingeschaltet zu lassen, und nun vibrierte es in ihrer Hand, als die verpassten Nachrichten eintrafen. Schnell ging sie die Liste durch, doch außer einer E-Mail von ihrem Freund Charles fand sie nichts Dringendes oder Wichtiges. Solange sie ihren Kollegen in Brüssel keine neuen Erkenntnisse mitteilen konnte, herrschte Funkstille.

Charles' Nachricht begann mit »*Ma chère* Marie«, und Molly musste lächeln, während sie seine Zeilen las. Er schrieb so gut wie nie Privates oder Persönliches in seinen Mails oder Briefen, nur nichtssagende Floskeln, die zwischen ihnen so etwas wie einen nicht abgesprochenen Code darstellten. Übersetzt hieß das wohl, dass er sie vermisste, dass er sie liebte und dass er sich auf ein Wiedersehen freute.

Sie pflegten diese Art des Umgangs schon seit Mollys allererstem Auftrag, denn ein Abhören oder Ausspionieren ihrer Post war nie ganz auszuschließen. Zwar war ihr Telefon mit einem Custom-ROM ausgestattet, das von den Computerleuten ihrer Abteilung entwickelt worden war und das dafür sorgte, dass alle Daten nur verschlüsselt weitergeleitet wurden, doch schon die Mailadresse, an die Charles seine täglichen E-Mails schickte, war eine Schwachstelle. Die Domain gehörte der Universität von Paris, wo Marie Bonnieux ihrer Legende nach studierte, und der E-Mail-Verkehr konnte theoretisch von dort aus ausspioniert werden. Absolute Geheimhaltung war jedoch entscheidend für ihren Erfolg, deshalb war Molly dankbar für das Spiel.

Lilou, Margots Nichte, stellte einen Korb mit frischem Weißbrot sowie einen Teller mit Butter vor Molly ab und lächelte ihr zu. Sie war etwa im gleichen Alter wie Molly, und manchmal unterhielten sie sich über Paris, wo Lilou studierte.

Doch heute nicht, Margot winkte energisch, und Lilou hob entschuldigend die Schultern, bevor sie zu ihr hinüberlief. Wenig später brachte Margot die duftende Suppe und ein Schälchen mit dem grünen Pesto.

Beim Essen war Molly trotz der vorzüglichen Soupe au Pistou nur halb bei der Sache. Immer wieder kehrten ihre Gedanken zurück zu ihrem Fund, zu den krausen Zeichen, die sie unter oder eher in der weißen Wandfarbe gefunden hatte. Sie legte den Löffel zur Seite, öffnete den Browser ihres Handys und lud das Foto der geheimnisvollen Kritzelei in die Bildersuche von Google hoch. Es dauerte ziemlich lange, denn die Netzverbindung war zwar vorhanden, aber nicht sehr schnell. Das Ergebnis war enttäuschend, moderne Kunst, Tuschezeichnungen, Fotos von Schriftstücken, aber nichts, was ihr weiterhalf. Dabei kamen ihr die Symbole des Zeichens irgendwie bekannt vor, sie konnte sie nur nicht zuordnen. Vielleicht lag es auch einfach an ihrer Müdigkeit und dem Glas Wein, das sie in der Zwischenzeit getrunken hatte, jedenfalls spürte sie, dass sie so nicht weiterkam.

Aber wozu hatte sie ihren Freund? Charles war ein unerschöpflicher Quell unnützen Wissens und hatte großen Spaß an solchen Rätseln. Sie öffnete ihren Messenger, wählte Charles' Avatar und schickte ihm das Foto.

»Fällt dir dazu etwas ein? Das habe ich heute in der Kapelle gefunden«, schrieb sie darunter.

Der Versand des Bildes über die App dauerte noch länger, denn jede Kommunikation lief über den Server ihrer Abteilung in Brüssel, wo die Nachricht entschlüsselt und dann erst dem Empfänger zugestellt wurde.

Molly schob den leer gegessenen Teller von sich. Sie war satt, aber mit dem letzten Stück Brot wischte sie noch den Rest vom Pesto aus dem Schälchen. Müßig beobachtete sie das Treiben auf dem Platz. Es war erstaunlich, wie viele Menschen hier abends unterwegs waren, vor allem, wenn man berücksichtigte, wie klein das Dorf war. Am Brunnen hatten sich die Jugendlichen versammelt, schlaksige Jungen und schlanke Mädchen mit gebräunten Beinen, die auf der steinernen Brüstung hockten wie die Spatzen auf einem Dach und sich angeregt unterhielten.

Die Mitte des Platzes wurde von einem Boulodrome eingenommen, dem die umstehenden Platanen auch in der schlimmsten Mittagshitze ausreichend Schatten spendeten. Hier trafen sich jeden Abend und manchmal auch schon nachmittags die älteren Männer des Dorfes. Auch heute schallte das Klacken und Knallen der Metallkugeln durch die Dämmerung. Molly verfolgte mit müßigem Interesse den Fortgang des Pétanque-Spiels, der provenzalischen Variante des bekannteren Boule, bei der die Kugeln nicht mit Anlauf, sondern aus dem Stand gespielt wurden. Der alte Jules lag wie fast immer in Führung; er hatte in seiner Jugend quasi professionell gespielt und es immerhin bis in die Landesliga geschafft.

Ein Brummen des Telefons riss sie aus ihren Gedanken. Es war die Antwort von Charles, der das geheimnisvolle Zeichen, das sie ihm zuvor geschickt hatte, offenbar besser zuordnen konnte: »Das sieht aus wie ein Gaunerzinken, links steht ein Datum, den Rest muss ich noch recherchieren!«

Molly studierte erneut das Foto. Wenn es stimmte, was Charles schrieb, dann musste das Zeichen am 23. Mai 1912 an die Wand gemalt worden sein. Was es wohl bedeutete?

Sie trank ihren Wein aus und beschloss, gleich zu Bett zu gehen. Morgen früh um acht würde sie Matthieu abholen, sie würden wieder zur Kapelle fahren und ihre Arbeit fortsetzen. Mit dem Gedanken an Charles, der gerade an einem Strand am Mittelmeer saß, und einem leisen Anflug von Neid schlief sie ein.

Am nächsten Morgen wurde Molly von den melodischen Klängen der Alarmfunktion ihres Smartphones geweckt. Sie wusch sich das Gesicht und band ihre Haare zu einem hohen Pferdeschwanz zusammen, der sie sofort um fünf Jahre jünger aussehen ließ. Ein buntes Schaltuch darüber, um sie vor dem schlimmsten Staub zu schützen, alte Jeans und eine bunte Bluse vervollständigten ihre Arbeitskleidung.

Im Hauptraum der Bar grüßte sie Jacques und nahm an einem Tisch am Fenster Platz. Margot brachte eine große Schale Café au Lait, zwei Croissants in einem Körbchen und einen kleinen Extra-Teller mit Butter und stellte alles vor ihr ab. Ein Glas Feigenmarmelade und ein Töpfchen mit Lavendelhonig standen schon auf dem Tisch.

Molly tunkte gerade das letzte Stück Croissant in den Kaffee, als Matthieu draußen hupte. Sie trank aus, winkte Margot und Jacques im Hinausgehen zu und stieg in den Wagen. Auf der Rückbank saß schon Pierre, sein langes Gesicht verzog sich zur Begrüßung. Hinten im Kofferraum rumpelten Werkzeug und Wasserflaschen, während sie die schmale Straße hoch zur Kapelle fuhren. Colombin kam heute nicht mit, so dauerte die Fahrt nicht einmal zehn Minuten.

Mollys Plan für heute war, den Bereich um ihren gestern gefundenen Gaunerzinken großflächig von Farbe zu befreien. Sie hoffte, weitere ähnlich geartete Zeichen zu entdecken, die das Entschlüsseln erleichtern würden. Die Arbeit erforderte noch mehr Sorgfalt als sonst, denn diese Zeichen befanden sich mitten zwischen den weißen Farbschichten. Wäre die Farbe gestern nicht in einem Stück abgeblättert, hätte sie das Gekritzel wahrscheinlich übersehen. Aber wenn sie schon mit ihrem eigentlichen Fall nicht weiterkam, konnte sie sich genauso gut mit ihrem Zufallsfund befassen.

Drei Stunden später hatte Molly den gesamten unteren Bereich bis auf den Verputz freigelegt und sah bereits die farbigen Fresken, die vor sechshundert Jahren direkt in den feuchten Kalkputz gemalt worden waren. Nur die Stelle mit »ihrem« Gaunerzinken war noch von weißer Farbe bedeckt. In der angrenzenden Fläche hatte sie keine weiteren Zeichen mehr gefunden, obwohl sie sich akribisch durch die einzelnen Schichten gearbeitet hatte.

Als nächster Schritt blieb ihr nur noch, auch den Gaunerzinken zu entfernen, denn ihre Aufgabe bestand natürlich immer noch darin, die Fresken freizulegen.

Vorsichtig klopfte sie also die restlichen Bruchstücke ab und legte sie zusammen mit den Teilen von gestern wie ein Puzzle auf dem Boden aus. Die Symbole waren nun besser zu erkennen, die Ziffern auf der linken Seite, ein lang gezogener Pfeil mit einer Schlangenlinie, dessen Spitze nach rechts in die Ecke der Seitenkapelle wies, unterbrochen von zwei diagonalen Strichen und darum herum angeordnete kleine Kreise.

Molly machte noch weitere Fotos von der kompletten Darstellung; sie wollte sie später genauer in Augenschein nehmen. Dann schaltete sie das Telefon wieder aus, steckte es weg und ging vor der Ecke, in die der Pfeil wies, auf die Knie. Auch dort trug sie die Farbschichten bis in den Winkel hinein ab. Doch falls der Pfeil eine Richtungsangabe darstellen sollte, konnte sie zumindest an dieser Stelle nichts entdecken. Die Farbe wurde zum Rand hin auch immer dünner, so als ob die Maler in den Ecken nachlässig gearbeitet hätten; dementsprechend stieß sie schnell auf die Schicht aus Feinkalk, die hier zum Rand der Wand hin aber keine Bemalung mehr aufwies.

Mollys Knie schmerzten von dem kalten Steinboden, sie stand auf und streckte sich. Das allgegenwärtige Zirpen der Zikaden war selbst hier drinnen zu hören. Aber die Geräusche aus dem Hauptschiff der Kapelle waren schon seit einiger Zeit verstummt, demnach hatten Matthieu und Pierre ihre Arbeit beendet. Es war Freitag, da machten sie bereits mittags Schluss, und die beiden waren wohl schon dabei, das Werkzeug zu reinigen, aufzuräumen und den Raum sauber zu machen.

Molly stand auf und suchte ihre Spachtel zusammen. Sie brachte sie nach draußen, wo die Sonne hoch und brennend am Himmel stand, und säuberte sie in dem kleinen Steintrog, der von der gusseisernen Pumpe gespeist wurde. Anschließend legte sie sie zum Trocknen auf die Steinbank und flüchtete schnell wieder in die dämmrige Kühle der Kapelle.

Sie nahm den Besen, der neben der Tür stand, und fegte die Farbreste in ihrem Arbeitsbereich auf einen Haufen. Sie war gerade fertig, als sie Matthieu und Pierre zurückkommen hörte. Pierre betrat das Seitenschiff mit einer Schaufel in der Hand, und sie half ihm, die Farbe und den Schmutz auf das Blech zu kehren.

Pierre nickte in Richtung der Bruchstücke des Gaunerzinkens, die noch dort lagen, wo Molly sie aufgereiht hatte. »*Qu'est-ce que c'est?*«, fragte er.

»*Je ne sais pas*«, antwortete Molly, »ich weiß es nicht. Das habe ich in der Wand unter der Farbe entdeckt.«

Pierre stellte die Schaufel zur Seite, hockte sich hin und betrachtete das Zeichen genauer. Mit dem Finger fuhr er den Pfeil und die Schlangenlinie entlang.

»Wo genau hast du das gefunden?«, wollte er wissen.

Molly deutete mit dem Finger auf den Wandabschnitt. Pierre zog die Brauen hoch, sein Blick folgte der Wand in die Richtung des Pfeils, dann zuckte er mit den Schultern.

»Weißt du, was das ist?«, fragte Molly.

»Nein.« Pierre schüttelte den Kopf. »Es sieht aus, als hätte jemand etwas an die Wand gemalt. Vielleicht ein Maler oder ein Maurer?«

»Ja, vielleicht«, meinte Molly.

Pierre hatte offenbar das Interesse verloren. Er erhob sich und trug die Schaufel hinaus, Molly stellte den Besen zurück hinter die Tür. Pierre kippte den Schmutz in den großen Schuttsack, der hinten an der Wand stand, und folgte ihr nach draußen. Matthieu wartete schon auf sie. Er schloss die Tür mit einem großen altmodischen Bartschlüssel ab, den er hinter einen losen Stein in der Kirchenwand schob.

Gemeinsam gingen sie zum Auto. Molly holte noch eine Flasche Wasser aus dem Kofferraum, dann nahm sie auf dem Beifahrersitz Platz und trank die halbe Flasche in einem Zug leer. Matthieu grinste ihr zu, startete den Motor und ließ den Wagen über den steilen Weg zur Straße rollen.

»Was hast du am Wochenende vor?«, fragte er, als er in die Straße Richtung Mirocène einbog.

»Ich werde nach Avignon fahren, ich möchte mal wieder in die Stadt!«, antwortete Molly mit einem Augenzwinkern.

»Das ist gut«, stimmte Matthieu ihr zu. »Ein junges Mädchen wie du langweilt sich bestimmt in unserem Dorf.«

Molly musste lachen. In ihrer Rolle war sie dreiundzwanzig Jahre alt, in Wahrheit jedoch vier Jahre älter, aber für Matthieu, der aussah, als hätte er noch den letzten Weltkrieg miterlebt, mochte jeder unter dreißig so jung erscheinen.

Molly freute sich schon auf das Wochenende in Avignon. Zwei Nächte in einem Hotel, ein Bummel durch die Altstadt,

Straßenmusikanten und vielleicht ein Besuch im Theater – das hatte sie sich nach der staubigen Arbeit in der Kapelle verdient.

Vor der *Bar Lavande* stieg Molly aus dem Auto. Matthieu wendete schwungvoll und fuhr wieder in die Richtung davon, aus der sie gekommen waren. Sie winkte noch hinterher, dann betrat sie das Bar-Restaurant-Hotel-Café und lief die Treppe hoch zu ihrem Zimmer. Eine schnelle Dusche, um den Staub loszuwerden, umziehen, ein paar Sachen packen, und schon eine halbe Stunde später saß sie in ihrem kleinen Peugeot und war auf dem Weg nach Avignon.

KAPITEL 3

Der Feierabendverkehr wurde um Avignon herum immer dichter, und Molly brauchte geschlagene zwei Stunden für die knapp fünfzig Kilometer. Es war noch immer sehr heiß, als sie vor dem Hotel *Le Corbert* parkte und aus dem Auto stieg. Sie nahm ihre Reisetasche vom Beifahrersitz und betrat den klimatisierten Empfangsraum. Eine rundliche Dame kam aus dem hinteren Bereich des Hotels und begrüßte sie freundlich.

»Mademoiselle Henriche, *n'est-ce pas?*«

Molly lächelte zurück und holte ihren deutschen Pass aus der Handtasche. Er lautete auf Maria Heinrich, wohnhaft in Düsseldorf.

Das kleine Hotel direkt in der Altstadt war nicht gerade billig. In ihren Augen hätte es nicht zu ihrer Rolle als Studentin gepasst, weswegen sie auf die Identität von Maria Heinrich zurückgegriffen hatte, einer deutschen Touristin, die sich das leisten konnte.

Dabei hatte sie noch Glück gehabt, überhaupt ein Zimmer zu bekommen, als sie vor drei Tagen hier reserviert hatte – in der Hauptsaison war das *Le Corbert* normalerweise auf Monate hinaus ausgebucht, besonders zur Zeit des berühmten Theaterfestivals, das Avignon jedes Jahr mit Touristen überschwemmte.

Molly nahm den Zimmerschlüssel in Empfang und stieg die Treppe hinauf. Das Zimmer war nicht groß, aber sehr gemütlich eingerichtet. Die Teppiche, Vorhänge und der Bettüberwurf waren im Rot und Gelb der Occitanie gehalten und gaben dem Raum ein südliches Flair.

Molly streckte sich kurz auf dem breiten Bett aus und genoss die weiche Matratze, doch es hielt sie nicht lange. Sie hatte noch etwas vor, und das duldete keinen Aufschub. Sie schulterte ihre Tasche, setzte die Sonnenbrille auf und verließ das Hotel.

Auf der Fahrt nach Avignon hatte Molly beschlossen, eine der dortigen Stadtbibliotheken aufzusuchen. Die Médiathèque Ceccano war nur ein paar Straßen vom Hotel entfernt – der perfekte Ort, um ohne die Einschränkungen einer miserablen Netzverbindung zu dem Datum zu recherchieren, das sie auf dem Zeichen in der Kapelle gefunden hatte.

Am Eingang zur Médiathèque zeigte sie ihren französischen Studentenausweis und bekam einen Computerarbeitsplatz zugewiesen. Die Verbindung zum Internet erforderte keine weiteren Zugangsdaten und war wahrscheinlich nicht verschlüsselt; das war Molly aber egal, sie hatte hierbei nichts zu verbergen.

Gespannt gab sie das Datum bei Google ein: »23 mai 1912«, zusammen mit »Carpentras«, dem Namen der Hauptstadt des gleichnamigen Arrondissements. In einer Sammlung von alten Zeitungsausschnitten wurde sie tatsächlich fündig. Hier gab es einen Hinweis auf einen Banküberfall, der an diesem Tag in Carpentras stattgefunden hatte, gerade einmal vierundzwanzig Kilometer von Mirocène entfernt.

Die winzigen Vorschaubilder der Zeitung »*Le Petit Journal*« waren im Internet jedoch nicht zu entziffern. Für achtzehn Euro hätte Molly zwar eine lesbare Version bestellen können, aber sie hatte eine bessere Idee. Sie notierte sich das Datum der Ausgabe und die Schlagzeile *»Braquage de la Banque du Fondette«*, fuhr den Rechner herunter und ging zurück in den großen Eingangsbereich.

»*Où est l'archive du journal?*«, fragte sie die Dame am Informationstresen nach dem Zeitungsarchiv.

»*Là-bas, la porte à droite*«, antwortete diese und deutete zu einer Tür auf der rechten Seite.

Molly betrat einen langen dunklen Saal mit zahllosen Schränken und Schubfächern. Kurz musste sie sich orientieren, dann folgte sie dem Gang nach hinten, bis sie zu der Beschriftung »1912« kam. Am richtigen Regal angekommen, zog sie das Fach vom 24. Mai auf. Auf Mikrofilm lagen hier die Ausgaben mehrerer Zeitungen, und sie nahm die zwei obersten an sich. Sie schloss das Schubfach wieder, ging zurück in den vorderen Bereich und setzte sich an eines der Lesegeräte.

Schon die erste Zeitung war ein Treffer. »Verwegener Überfall auf das Bankhaus Fondette« lautete die etwas reißerische Überschrift, in dicken altmodischen Lettern gesetzt.

Der Artikel berichtete von einem einzelnen maskierten Täter, der am späten Nachmittag des Vortages kurz vor der Schließung der Bank den Schalterraum betreten hatte. Mit vorgehaltener Waffe zwang er den Direktor der Bank, Jerôme du Fondette, ihn in sein Büro zu führen. Er drohte, ihn auf der Stelle zu erschießen, wenn er nicht den Wandtresor öffnete. So konnte der Räuber ungefähr zweihunderttausend Franc in Münzen erbeuten, die er in einer großen Rückentrage davontrug.

Molly zog die Brauen hoch. Zweihunderttausend Franc in Münzen in einer Rückentrage, wer kam denn auf so eine Idee?

Die andere Zeitung erwähnte den Überfall nur kurz und vertiefte sich mehr in die Geschichte des privaten Bankhauses Fondette, das im Jahr 1872 von Jerôme du Fondette gegründet worden war. Fondette war ein angesehener Bürger von Carpentras, und die einfachen Leute aus der Umgebung vertrauten ihr Geld lieber ihm als den staatlichen Geldinstituten an. Der Autor spekulierte wortreich über das untergrabene Vertrauen in Banken im Allgemeinen und das Bankhaus Fondette im Besonderen, falls das Geld nicht wieder auftauchen sollte.

Molly druckte die beiden Artikel aus, brachte die Mikrofilme zurück und sah auf die Uhr. Es war kurz vor sechs, für weitere Recherchen war keine Zeit, die Médiathèque würde gleich schließen. Sie schob die Ausdrucke in ihre Tasche und verließ die Bibliothek.

Molly trat auf die Straße hinaus und atmete tief durch. Die grauen Fassaden der Häuser strahlten die Hitze des Tages ab, es roch nach abgestandenem Wasser und warmem Asphalt. Sie wandte sich nach rechts in Richtung Altstadt und bog in eine schmale Gasse ein. Zwei Häuserblocks weiter verbreiterte sich die Straße zu einem kleinen Platz, und sie fand, was sie suchte: ein kleines Bistro mit Tischen und Stühlen unter bunten Sonnenschirmen. Sie ergatterte einen freien Platz direkt an der Hauswand und ließ sich dankbar nieder, denn sie hatte kein Mittagessen gehabt und während der Fahrt lediglich einen Apfel gegessen.

Die Menüauswahl war übersichtlich, aber trotzdem vielfältig genug, um vor allem den Touristen gerecht zu werden. Molly bestellte Moules frites, in Gemüsebrühe gegarte Miesmuscheln mit Pommes frites, die nach zwanzig Minuten in einem dunkelblau emaillierten Topf serviert wurden. Die Pommes frites waren aus frischen Kartoffeln gemacht und schmeckten himmlisch, doch bald wandte sie sich dem Hauptgericht zu. Sie pulte die erste Muschel mit der Gabel aus ihrer Schale, dann legte sie das Besteck zur Seite und verwendete für die weiteren die Schale der ersten als Werkzeug, so wie die

Franzosen es machten. Bald war sie auf dem Grund des Topfes angekommen. Sie nahm den Löffel zur Hand und aß den Rest der Suppe mit den Fenchel- und Möhrenstreifen. Mit einem Stück Baguette tunkte sie den würzigen Bodensatz auf und lehnte sich danach satt und zufrieden zurück. Sie war wirklich hungrig gewesen!

Während Molly an ihrem Weißwein nippte, beobachtete sie die Menschen, die an ihrem Tisch vorbeiflanierten. Die Gassen waren eng und belebt, aber wohl lange nicht so überfüllt wie im Juli zur Festivalzeit. Sie konnte Besucher aus aller Welt erkennen, blasse Briten, beschwipste Skandinavier, Studenten aus Japan mit Kameras um den Hals, amerikanische See-Europe-in-two-weeks-Touristen und immer wieder Franzosen, sowohl Einheimische als auch Touristen aus dem Norden.

Das Handy vibrierte in ihrer Tasche, und sie zog es heraus. Eine Messenger-Nachricht von Charles, eine von der Sorte: »Mir geht es gut, ich lebe noch«. Sie lächelte und dachte einen wehmütigen Augenblick lang, wie schön es wäre, hier mit ihm zusammenzusitzen. Sie sahen sich viel zu selten!

Charles Muller war ein höchst erfolgreicher Autor von Kriminalromanen, und seine Geschichten spielten an immer neuen Schauplätzen irgendwo in Europa. Zurzeit war er in Italien und steckte mitten in den Recherchen zu seinem nächsten Buch.

Molly gestattete sich einen Seufzer des Bedauerns, dann verdrängte sie den Gedanken. Stattdessen nahm sie die Ausdrucke von der Bibliothek aus ihrer Umhängetasche und las sich die Ergebnisse ihrer Recherche nochmals durch.

Ohne viel Hoffnung öffnete sie den Browser ihres Handys und gab »Banque du Fondette« in das Suchfeld ein. Fehlanzeige. Sie hatte nichts anderes erwartet, immerhin hatte der Überfall vor über hundert Jahren stattgefunden, und es wäre höchst erstaunlich gewesen, wenn die Bank noch existierte.

Molly holte das Mailprogramm auf den Bildschirm und tippte eine kurze Zusammenfassung der Informationen zu den Wandzeichen und dem Banküberfall, die sie an ihre Abteilung sandte. Die Sache hatte zwar nicht unmittelbar mit ihrem Auftrag zu tun, aber etwas anderes hatte sie nicht vorzuweisen. Erst jetzt stellte sie fest, dass direkt neben ihr an der Fensterscheibe des Bistros ein Aufkleber mit dem Wi-Fi-Symbol klebte. Sie fotografierte die ausgedruckten Seiten mit ihrer Handykamera in höchster Auflösung, dann verband sie sich mit dem WLAN-Netz des Bistros und lud die Fotos in den verschlüsselten Cloud-Ordner ihrer Abteilung hoch. Das dauerte etwas länger als erwartet, das WLAN des Bistros war offenbar nicht das schnellste. Vielleicht war es auch nur überlastet von den vielen Gästen, die drinnen und draußen saßen – fast an jedem Tisch hatte mindestens eine Person ein Smartphone oder ein Tablet oder sogar einen Laptop in Betrieb. Molly legte das Telefon zur Seite und bestellte noch ein Glas Wein. Als der Upload endlich fertig war, hatte sie es fast ausgetrunken.

Sie öffnete den Messenger, um Charles zu antworten, und nach kurzem Nachdenken schickte sie ihm die Bilder der Zeitungsartikel ebenfalls zu. Er war ja immer noch dabei, den Gaunerzinken zu entschlüsseln, und diese Hintergrundinformationen mochten ihm dabei helfen.

In der Zwischenzeit hatte sich das Publikum im Bistro verändert. Wo zuvor Leute unterschiedlichen Alters allein oder zu zweit beim Abendessen gesessen hatten, waren nun alle Tische von schnell anwachsenden Gruppen junger Leute besetzt, die sich lautstark unterhielten. Auch die bis jetzt leise Hintergrundmusik war lauter und aggressiver geworden, und Molly winkte den Kellner heran, um zu bezahlen.

Als sie aufstand und ihre Tasche schulterte, pfiff ihr einer der jungen Männer hinterher. Sie grinste, wandte sich aber nicht um, sondern ging mit schnellen Schritten die Gasse hinunter.

Zurück im Hotel stieg Molly die Treppe hinauf und ging den mit dicken Teppichen belegten Flur entlang. In ihrem Zimmer angekommen, warf sie die Tasche aufs Bett und öffnete das Fenster. Das Nachtleben von Avignon war selbst hier noch zu hören. Die dumpfe Mischung aus Stimmen, Musik und undefinierbaren Geräuschen erzeugte eine Symphonie, die Molly schon immer mit den Sommernächten in den Städten Südfrankreichs verband. Dazu kam der süße Duft von Sommerblüten, der über allem schwebte und von den unzähligen Kübelpflanzen in dem kleinen Hinterhof kam. Tief atmete sie die warme Nachtluft ein und freute sich auf den morgigen Tag: Ausschlafen, Abstand gewinnen von dem Kalk- und Modergeruch ihrer Kapelle, durch die Einkaufsstraßen Avignons bummeln, abends ins Theater gehen mit elegant gekleideten Menschen …

Sie legte keinen übertriebenen Wert auf ihr Aussehen. Charles hätte wahrscheinlich gesagt, dass sie sowieso immer gut aussah, egal was sie trug. Aber nach zwei Wochen in staubiger Arbeitskleidung freute sie sich ehrlich auf das Kontrastprogramm in Form eines Seidenkleides und zierlicher Sandalen.

Und vielleicht hatte Charles bis morgen auch schon etwas herausgefunden, denn wie sie ihn kannte, ließ ihm der Gaunerzinken ebenfalls keine Ruhe. Die Geschichte mit dem Bankraub hatte ihrer Entdeckung eine neue Ernsthaftigkeit verliehen. Bis jetzt war es ein Spaß gewesen, ein Zufallsfund, der alles oder nichts bedeuten konnte, und wenn ihr Pierre heute Morgen erzählt hätte, dass hier jemand seine Verlobung verewigt habe, hätte sie das bereitwillig geglaubt. Der Raubüberfall aber warf ein anderes Licht auf die Sache, und sie hatte das Gefühl, dass es sich lohnte, dem Rätsel noch weiter nachzugehen.

Schließlich schloss sie das Fenster und schob die Spekulationen beiseite. Es war zu früh, sie befand sich noch im Recherchestadium, und solange sie keine weiteren Hinweise hatte, konnte sie auch nicht viel tun. Mit diesem Gedanken ging sie zu Bett und schlief tief und traumlos bis zum nächsten Morgen.

KAPITEL 4

Der Montagmorgen begann frisch und klar und versprach einen weiteren sonnigen Tag. Noch vor dem Frühstück rief Molly ihre E-Mails ab und las Charles' Nachricht, während sie ihr Croissant in den Kaffee tunkte. Sie freute sich, weil er an sie dachte, doch zu dem Gaunerzinken wusste er nichts Neues zu berichten. Auch in Italien seien die Bibliotheken am Wochenende geschlossen, schrieb er, und die Internetrecherche habe ihn bis jetzt nicht weitergebracht. Er sei sicher, so ein ähnliches Zeichen schon einmal gesehen zu haben, aber er könne es nicht festmachen. Gleich heute wolle er einen befreundeten Bibliothekar treffen und ihm Mollys Foto zeigen, und er hoffe, dass sie dies weiterbringen würde.

Draußen ertönte die Hupe von Matthieus Land Rover. Molly wischte sich den Mund mit einer Serviette ab, ergriff ihre Umhängetasche und lief hinaus.

»*Bonjour,* Matthieu!«, rief sie ihm zu, während er den Motor des Geländewagens aufheulen ließ. Sie ließ sich neben ihm in den Sitz fallen, und er brauste los, während sie noch nach dem Sicherheitsgurt tastete.

»*Bonjour,* Marie!«, antwortete er. »Hattest du ein schönes Wochenende in Avignon?«

»Oh ja, das hatte ich wirklich!«

Ein wenig störte es sie, dass er über ihren Ausflug Bescheid wusste, und sie bereute fast, ihm davon erzählt zu haben. Nicht, dass sie ein Geheimnis daraus hätte machen müssen, denn von der Übernachtung in dem etwas zu teuren Hotel wusste er nichts, und darüber hinaus hatte sie nichts getan, was nicht ihrer Rolle entsprach. Aber dieser Bankraub, von dem sie in der Médiathèque Ceccano erfahren hatte, ließ ihr keine Ruhe. Es schien zwar keine Verbindung zu ihrem aktuellen Fall zu geben, dennoch durfte sie ihre Tarnung keinesfalls gefährden, indem sie zu offensichtlich in dieser alten Sache ermittelte.

»Où est Pierre?«, fragte sie und hielt sich fest, als Matthieu schwungvoll in den holprigen Weg zu Colombins kleinem Gehöft einbog.

Matthieu hob die Schultern. »Ich weiß es nicht, er ist nicht zum Treffpunkt gekommen«, antwortete er.

Offenbar war Pierres Fernbleiben für ihn aber kein Anlass zur Sorge, denn er schmunzelte, rollte vielsagend mit den Augen und zwinkerte ihr zu. Molly musste lachen. Dass der alte Pierre auf Abwegen war und deshalb morgens nicht zur Arbeit kam, erschien ihr eher unwahrscheinlich, aber wer konnte das schon wissen. Vielleicht hatte er am Wochenende ein wenig zu viel Rotwein getrunken oder ein bisschen zu lange Pétanque gespielt?

Colombin riss die Tür auf und grinste ein zahnloses Lächeln in die Runde. *»Bonjour!«,* rief er und ließ sich auf die Rückbank fallen. Die Autotür krachte ins Schloss, als Matthieu den Wagen mit durchdrehenden Reifen wendete und in einer Staubwolke auf die Straße zur Kapelle einbog.

Das Gebäude lag still in der Morgensonne, die lilafarbenen Schmetterlinge waren wieder da und umflatterten die Pfütze, und nichts bereitete Molly auf den Anblick vor, der sie erwartete, als Matthieu das Tor der Kapelle aufschloss.

In der Mitte des Altarraums lag rücklings ausgestreckt ein Mann auf dem Boden, den Kopf in einer dunklen Blutlache, die weit aufgerissenen Augen zur Decke gerichtet. Seine Beine ragten rechts in das kleine Seitenschiff hinein, in dem Molly normalerweise ihre Arbeit verrichtete, während der Körper mit ausgebreiteten Armen auf den Steinfliesen lag. Molly trat näher, sah das verzerrte Gesicht und die matten, gebrochenen Augen, und holte erschrocken Luft. Das zischende Geräusch alarmierte auch Matthieu, der den Schlüssel zurückgelegt hatte und gerade den Stein an seinen Platz schob.

»*Zut*«, entfuhr es ihm. »Das ist Pierre!« Er riss die Augen auf und wollte nach vorne stürmen.

Molly wandte sich rasch zu ihm um und hielt ihn auf. »Nicht, Matthieu. Wir müssen die Polizei rufen.«

Matthieu erstarrte mitten in der Bewegung. »Die Polizei? Warum das denn? Lass mich vorbei, wir müssen ihm helfen!«

»Ich fürchte, es ist zu spät. Pierre ist tot, wir können nichts mehr für ihn tun.« Sie sah ihn mitleidsvoll an. »Es tut mir so leid«, setzte sie hinzu und meinte es wirklich so. Der alte Bauer war in seiner einsilbigen Art immer nett zu ihr gewesen und hatte ihr geholfen, wo er nur konnte.

»Aber warum die Polizei?«, fragte Matthieu nochmals.

»Er ist keines natürlichen Todes gestorben«, antwortete Molly und deutete mit der Hand auf den Toten. »Schau nur, das viele Blut um seinen Kopf!«

»Meinst du, es war ein Unfall? Warum war er überhaupt hier?« Matthieu war mit der Situation sichtlich überfordert.

Nun kam auch Colombin herein. »*Mon Dieu*, was ist passiert?«

»Wir wissen es doch auch nicht.« Molly streckte die Hand aus, um zu verhindern, dass er die Kapelle betrat. »Jemand muss die Polizei rufen.«

Matthieu starrte noch immer seinen Freund an, als ob er ungeschehen machen könnte, was da passiert war.

Colombin fing sich als Erster. »Hast du ein *portable?*«, fragte er.

»Ja, aber das hat hier oben keinen Empfang.«

»Dann fahre ich ins Dorf.« Colombin stieß seinen Freund in die Seite. »Matthieu, gib mir den Autoschlüssel!«

Matthieu tastete nach dem Schlüssel und drückte ihn Colombin in die Hand, ohne die Augen von Pierre zu lassen.

Colombin wandte sich nach draußen. »Ich bin so schnell wie möglich zurück«, versicherte er ihnen.

Molly hörte, wie er den Motor anließ und der Wagen davonrumpelte. »Komm, Matthieu. Wir können hier nichts tun.«

Sie nahm Matthieu am Arm, und er ließ sich willenlos nach draußen zu der Steinbank führen. Die Mauer lag noch im Schatten und war kühl, die Sonne stieg gerade erst über die Hügelkuppe und beschien die gegenüberliegende Seite der Kapelle. Molly fröstelte, als sie sich neben Matthieu setzte.

»Weißt du, was Pierre hier oben wollte?«, fragte sie ihn.

Der schüttelte nur den Kopf. »Ich habe keine Ahnung«, antwortete er. »Wir waren am Samstag alle in Carpentras beim Stadtfest und haben ganz schön gebechert. Als er heute Morgen nicht kam, dachte ich, er wäre noch immer verkatert und hätte verschlafen. Ich habe mir weiter keine Gedanken gemacht. Wenn ich das gewusst hätte …«

»Dann hättest du auch nichts tun können«, unterbrach ihn Molly. »Pierre ist schon seit Stunden tot.«

»Woher willst du das denn wissen?«

»Das Blut auf dem Boden«, erklärte sie. »Es ist schon völlig eingetrocknet.«

Matthieu sah sie zweifelnd an und schüttelte nur den Kopf.

Molly brannte darauf, wieder hineinzugehen und sich umzusehen. Vielleicht gab es Spuren einer zweiten Person? Eines Kampfes? Sie rief ihre Gedanken zur Ordnung. Keine Spekulationen, immer bei den Tatsachen bleiben.

Pierre war tot, und er war eines gewaltsamen Todes gestorben. Ob durch einen Unfall oder ob jemand nachgeholfen hatte, konnte sie nach dem kurzen Rundumblick in der Kapelle nicht sagen. Offensichtliche Hinweise auf einen Kampf hatte sie nicht bemerkt, und an Pierre waren keinerlei Verletzungen zu sehen gewesen, außer der großen Blutlache am Boden natürlich, die offenbar von einer Kopfwunde herrührte. Das hieß aber nicht, dass es nicht weitere Spuren unter der Kleidung geben mochte oder auf dem Boden in der Seitenkapelle, wo das Unglück wohl passiert war.

Doch es half alles nichts. In ihrer Rolle hatte sie keinen plausiblen Grund, den Ort des Geschehens oder gar die Leiche genauer zu untersuchen. Außerdem wollte sie nicht, dass Matthieu die Kapelle nochmals betrat, er sollte seinen Freund Pierre nicht noch einmal in diesem Zustand sehen. Sie musste bei ihm bleiben und auf die Polizei warten.

Es dauerte eine gefühlte Ewigkeit, bis Molly endlich Motorengeräusche vernahm, die schnell lauter wurden. Zuerst bog Matthieus Land Rover um die Kurve, Molly erkannte Colombin am Steuer und neben ihm einen weiteren Mann mit ausladendem Schnurrbart und einer deutlichen Glatze. Direkt dahinter folgte ein blau-weißer Polizeiwagen mit eingeschaltetem Blaulicht auf dem Dach.

Die beiden Autos näherten sich auf dem Schotterweg, der zur Kirche führte, und blieben hintereinander stehen. Ein junger Polizist in der dunkelblauen Uniform der *Police municipale* sprang aus dem Polizeiwagen und eilte auf sie zu. Er war etwas blass um die Nase, und sein Adamsapfel hüpfte auf und ab vor Aufregung.

»Wo ist der Tote?«, fragte er und sah sich hektisch um.

Molly stand auf und deutete auf das Tor der Kapelle. »Da drin«, antwortete sie und machte Anstalten vorauszugehen.

»Sie bleiben hier«, blaffte der Polizist sie an. »Ich komme zu Ihnen, wenn ich Fragen habe.«

Brüsk wandte er sich ab und betrat die Kapelle. Inzwischen war Colombin ebenfalls ausgestiegen. Er umrundete den Geländewagen und öffnete die Beifahrertür für den glatzköpfigen Mann, der eine große Tasche bei sich trug. Das musste der Arzt sein.

»*Bonjour,* Mademoiselle, *bonjour,* Matthieu«, begrüßte dieser die Anwesenden. »Ich bin Dr. Girardi«, stellte er sich Molly vor und schüttelte ihr die Hand. »Ich sehe am besten …«

In diesem Augenblick stürzte der junge Polizist aus der Kirche und verschwand hinter der Mauerecke. Man hörte ihn husten und würgen, und der Arzt hob eine buschige Augenbraue.

»Der junge Mann hat in seinem Leben wohl noch nicht so viele Tote gesehen«, meinte er lakonisch und folgte dem Beamten um die Ecke.

Diesen Augenblick nutzte Molly, um die Kapelle zu betreten. Rasch eilte sie nach vorn zum Altar, wo der Tote lag. Sie drehte sich einmal um ihre eigene Achse und versuchte, so viel wie möglich von der Situation zu erfassen.

In der Ecke hinter der Tür stand der große Eimer mit dem Schutt neben einem Sandhaufen und mehreren Säcken Zement. Das Werkzeug lehnte ein Stück weiter an der Wand. Konzentriert musterte sie die stille Gestalt am Boden und prägte sich die Einzelheiten ein: die mit getrocknetem Blut verklebten Haare, die schreckgeweiteten Augen, die in grausamer Starre glanzlos zur Decke blickten, die verkrümmten Finger, die das Leben bis zuletzt hatten festhalten wollen, die Sonntagskleidung, die Pierre trug. Warum war er nur in der Kapelle gewesen? Was war hier passiert?

Ihr Blick fiel in das Seitenschiff, in dem sie normalerweise arbeitete, und sie sog scharf die Luft ein: Die Bruchstücke des

Kalkputzes mit den geheimnisvollen Zeichen darauf, die sie bei ihrem Weggang am Freitag säuberlich geordnet am Fuß der Wand zurückgelassen hatte, waren verschwunden. Auf dem Boden, von dem sie den Kalkstaub nur grob weggefegt hatte, waren deutliche Fußspuren zu sehen, doch das hatte nicht viel zu sagen. Sie selbst war hier noch hin und her gelaufen, Pierre war bei ihr gewesen und Matthieu ebenfalls.

Von draußen waren Stimmen zu hören, und rasch trat sie ein paar Schritte zurück. Der junge Polizist stand im Eingang und blinzelte wie eine Eule, um seine Augen an das dämmrige Licht zu gewöhnen. Als er sie erblickte, setzte er zu einer Schimpftirade an, doch Dr. Girardi nahm sie am Arm und führte sie sanft, aber nachdrücklich nach draußen vor die Tür.

»Mademoiselle, Sie sollten nicht hier sein«, sagte er laut und sah sie aufmerksam an. Der junge Polizist war eifersüchtig darauf bedacht, seine Position als leitender Ermittler nicht infrage stellen zu lassen, aber der Arzt schien zu spüren, dass es ihr nicht um die schnöde Befriedigung ihrer Neugier ging.

»Sébastian, hast du schon die *Police nationale* in Carpentras verständigt?«, wandte er sich an den Polizisten.

»Ja, sie wollten gleich jemanden schicken«, antwortete der. »Bis dahin soll ich hierbleiben und darauf achten, dass niemand die Kapelle betritt. Diese junge Frau eben …«

»… ist von Pierres Tod genauso betroffen wie wir alle«, fiel ihm Dr. Girardi ins Wort. »Den Toten zu betrachten kann helfen, sich mit dem Tod abzufinden«, fügte er hinzu.

Der Polizist sah ihn unsicher an, dann zuckte er mit den Schultern. »Gehen Sie schon rein«, sagte er und deutete mit einer Handbewegung auf Pierres Leiche. »Tun Sie, was immer Sie jetzt tun müssen.«

Der Arzt betrat die Kapelle und schaute sich im Raum um, ehe er sich dem Toten zuwandte. »Ich werde nur eine oberflächliche Untersuchung vornehmen, um den Tod festzustellen. Den Rest übernimmt dann mein Kollege von der *Médecin légale*.«

»Ja, ja, schon gut«, antwortete der Polizist, und Molly sah, dass er sich krampfhaft bemühte, die Augen nicht auf die Leiche zu richten.

»Warum befragen Sie nicht schon mal die Leute, die ihn gefunden haben?«, schlug Dr. Girardi vor.

Der Polizist wirkte erleichtert. Er verließ seinen Platz am Eingang der Kapelle und ging zu Colombin und Matthieu hinüber, nicht ohne Molly noch einen misstrauischen Blick zuzuwerfen. Matthieu saß noch immer auf der Steinbank an der Außenwand der Kapelle, während Colombin neben ihm an der niedrigen Mauer lehnte, die den kleinen Garten mit dem einsamen Olivenbaum umgab. Molly folgte dem Beamten und hörte zu, wie Matthieu, der sich offenbar ein wenig gefangen hatte, dem Polizisten erklärte, warum sie hier in der Kapelle waren.

Dass die *Groupe BFC* diese Renovierungsarbeiten als gemeinnütziges Projekt durchführte, hatte sie natürlich gewusst. Doch dass es einen Mann gab, der persönlich hinter den Plänen zur Restaurierung der Kapelle stand, dessen Vorfahren aus Mirocène stammten und der ausgerechnet Claude du Fondette hieß, ließ sie aufhorchen. Der Name der Bank, von der sie am Freitag in der Médiathèque gelesen hatte, lautete *Banque du Fondette*; das war bestimmt kein Zufall.

Der Polizist vermied es, ihr Fragen zu stellen, und ließ sich dafür von Colombin erzählen, wo er, Matthieu und Pierre am Samstagabend gewesen waren. Als erneut Motorengeräusch von der Straße zu hören war, nickte er Colombin zu und trat auf den Schotterweg. Ein silbergrauer Renault bog in den Zufahrtsweg ein, und der junge Polizist hob die Arme, um den Wagen einzuweisen.

»*Bonjour,* Monsieur Demoireau!«, begrüßte er den Ankömmling.

Molly musterte den Mann unauffällig, während er aus dem Auto stieg und Sébastian begrüßte. Demoireau war ein kräftig gebauter Mann in den Fünfzigern mit wettergegerbtem Gesicht und ergrautem Haar. Er trug ein kurzärmeliges Uniformhemd mit Schulterklappen, die ihn als Commissaire auswiesen, doch bis auf dieses Detail wirkte er eher wie einer der Weinbauern aus der Umgebung und nicht wie ein leitender Beamter der Nationalpolizei.

Der Eindruck mochte täuschen, denn im Organigramm der örtlichen Zuständigkeiten stand Commissaire Georges Demoireau ganz oben auf ihrer Liste. Sollte sie bei ihren Ermittlungen die Unterstützung der lokalen Behörden benötigen, wäre er ihr Ansprechpartner, und es kostete sie nur einen Anruf, damit sie über ihn und seine Ressourcen verfügen konnte.

Trotzdem hatte sie nicht vor, ihn um Hilfe zu bitten, nicht, wenn es nicht unbedingt sein musste. Denn das bedeutete nicht nur, ihre Tarnung aufzugeben, sondern auch, nicht mehr unabhängig agieren zu können. Nein, sie arbeitete lieber allein.

Nun kam ein zweites Fahrzeug den Berg hoch, ein weißer Kleinbus mit geschlossenen Seiten. Türen knallten, Stimmen wurden laut, drei Männer und eine Frau mittleren Alters stiegen in weiße Ganzkörperanzüge und schleppten Gerätschaften in die Kapelle: Die Beamten der *Police scientifique* waren angekommen.

Commissaire Demoireau schüttelte in der Zwischenzeit dem Arzt die Hand und hörte dem jungen Polizisten aufmerksam zu, als dieser ihn wortreich ins Bild setzte. Dann wandte er sich um und kam auf Molly und die beiden alten Bauern zu.

»*Bonjour,* Messieurs, Mademoiselle, danke, dass Sie gewartet haben«, sagte er. »Ich bin sofort bei Ihnen!« Mit diesen Worten bog er um die Ecke und verschwand in der Kapelle.

Nach erstaunlich kurzer Zeit kam er wieder zurück; offenbar hatte ihm ein erster Eindruck der Situation genügt, und nun überließ er den Profis vom Untersuchungsteam das Feld.

Doktor Girardi folgte ihm und fragte: »Brauchen Sie mich noch?«

»Nein, danke, ich glaube, Sie können hier nichts mehr tun. Wenn Sie nur bitte eine Kopie des Totenscheins an uns schicken würden?«

»Selbstverständlich, Monsieur le Commissaire, ich erledige das gleich heute Nachmittag.«

Der Arzt wandte sich an Colombin. »Bringst du mich wieder zurück?«

»Nein, das soll Sébastian machen«, widersprach der Kommissar. »Mit Monsieur Colombin möchte ich noch sprechen.«

Er rief nach dem jungen Polizisten der *Police municipale*, der im Kircheneingang lehnte und den Leuten von der Kriminaltechnik bei der Arbeit zusah. »Sébastian, bitte bringen Sie Monsieur le Docteur nach Hause. Sie können dann zurück zu Ihrer Wache fahren, ich brauche Sie hier nicht mehr. Ich komme bei Ihnen vorbei, sobald ich hier fertig bin.«

Nun endlich wandte sich Commissaire Demoireau den dreien zu. Automatisch sprach er Matthieu an, der so etwas wie der Leiter ihres kleinen Renovierungstrupps war.

»Monsieur Salucci, wollen Sie mir einfach erzählen, was heute Morgen passiert ist?«, fragte er.

Molly stutzte, sie hörte Matthieus Nachnamen zum ersten Mal. Der Commissaire dagegen schien hier jeden zu kennen.

»*Oui, mon commissaire*. Wir sind wie jeden Morgen zur Kapelle gefahren ...«, begann Matthieu.

»Nicht wie immer«, fiel ihm Colombin ins Wort. »Pierre war ja nicht dabei!«

»Ja, das stimmt«, gab Matthieu ihm recht. »Aber das weiß der Commissaire doch.«

Colombin nickte. »*Mais oui!*«

Matthieu begann von Neuem. »Normalerweise wartet Pierre vor seinem Haus auf mich, aber heute Morgen war er nicht da. Ich habe geläutet und geklopft, aber als sich nichts rührte, bin ich ohne ihn gefahren. Ich musste ja Mademoiselle abholen!« Damit deutete er auf Molly.

»Und Sie sind?«, fragte der Commissaire und blickte Molly zum ersten Mal richtig an.

»Marie Bonnieux«, erwiderte Molly und sah ihm geradewegs in die Augen, ohne eine Miene zu verziehen. »Ich studiere Kunstgeschichte in Paris.«

Der Kommissar nickte und wandte sich gleich wieder Matthieu zu. »Sie sind also allein losgefahren.«

»Ja«, antwortete Matthieu. »Was hätte ich denn machen sollen?«

Hilfesuchend schaute er zu Molly und Colombin, als ob es etwas geändert hätte, wenn er zehn Minuten länger gewartet hätte.

»Und dann?« Der Commissaire hatte eine Engelsgeduld mit Matthieu.

»Dann bin ich zum Marktplatz gefahren und habe Mademoiselle Marie von ihrem Hotel abgeholt. Ich habe mir nichts dabei gedacht, falls Sie das meinen.«

»Nein, das meine ich nicht«, beruhigte ihn Demoireau. »Kam das öfter vor, dass Pierre nicht auftauchte?«

»Hm, nein, normalerweise nicht. Aber wir waren am Samstagabend bis spät in die Nacht unterwegs, und da dachte ich …« Matthieu stockte und warf Colombin einen Seitenblick zu. »Ich meine …«

Molly unterdrückte ein Schmunzeln und wandte sich ab.

»Schon gut«, unterbrach ihn Demoireau. »Erzählen Sie weiter.«

»Na ja, ich habe Mademoiselle abgeholt, dann sind wir gemeinsam zu Colombin gefahren. Und danach zur Kapelle. Und als ich die Tür aufschloss, da …« Er holte tief Luft.

»Da haben Sie Pierre gefunden«, vervollständigte der Kommissar den Satz. »Ist Ihnen irgendetwas aufgefallen? Haben Sie auf dem Weg hierher jemanden gesehen?«

»Nein, gar nichts.« Matthieu schüttelte vehement den Kopf.

»Wir haben aber auch nicht extra darauf geachtet«, warf Colombin ein. »Wir wussten da ja noch nicht, dass etwas passiert ist.«

Dieser messerscharfen Logik hatte der Commissaire nichts entgegenzusetzen. »Wer von Ihnen hat denn heute Morgen die Kapelle betreten?«

»Wir alle drei«, antwortete Matthieu und blickte vorwurfsvoll zu Molly.

»Ich habe nachgesehen, ob Pierre noch lebt«, erklärte sie.

Die braunen Augen des Commissaires glommen auf und richteten sich wie Scheinwerfer auf sie. »Haben Sie dabei etwas angefasst?«, wollte er wissen.

»Nein, natürlich nicht«, antwortete Molly und unterdrückte ein Schaudern. Commissaire Demoireau schien das als die natürliche Abneigung junger Menschen gegen den Tod zu interpretieren, was Molly nur recht war.

»Wir brauchen von Ihnen allen die Fußabdrücke zum Abgleich. Und am besten auch die Fingerabdrücke«, teilte er ihnen mit. »Sie haben doch nichts dagegen?«

Molly und Matthieu schüttelten den Kopf.

Colombin kniff die Augen zusammen und fixierte Demoireau mit misstrauischem Blick. »Wozu soll das denn gut sein?«, fragte er.

»Wir müssen die Spuren abgleichen, die wir in der Kapelle finden«, erwiderte der Kommissar und sah Colombin scharf an. »Haben Sie ein Problem damit, Monsieur Grasse?«

»Nein, nein, natürlich nicht«, murmelte Colombin.

Demoireau wandte sich wieder Matthieu zu. »Monsieur Salucci, wollen Sie mir noch kurz erzählen, was Sie eigentlich hier tun?«

»Wir renovieren die Kapelle«, antwortete Matthieu.

»Ja, das habe ich schon gehört«, sagte der Commissaire und blickte ihn fragend an.

»Monsieur du Fondette ist der Auftraggeber«, sprach Matthieu weiter. »Seine Vorfahren stammen aus Mirocène, und er möchte die alte Kapelle restaurieren lassen.«

Jetzt erst wandte sich der Kommissar Molly zu.

»Und wie kommen Sie ins Spiel?«, fragte er.

»Bei den Restaurierungsarbeiten wurden alte Fresken entdeckt«, erklärte Molly. »Sie wurden später übermalt, und ich soll sie freilegen.«

»Eine Studentin?« Demoireau zog eine buschige Augenbraue hoch, was ihm das Aussehen eines alten Terriers gab.

»Die Fresken sind nicht wirklich bedeutend oder so«, antwortete Molly schnell, gab ihm im Grunde ihres Herzens aber recht. Normalerweise wäre das die Aufgabe für ein Team von sachkundigen Restauratoren gewesen, doch offenbar wollte man Geld sparen und hatte deshalb eine Studentin engagiert. »Die Kapelle stammt aus dem fünfzehnten Jahrhundert und ist architektonisch nichts Besonderes. Sie ist einfach nur sehr alt, und man möchte sie möglichst originalgetreu wiederherstellen.«

»Hm.« So ganz schien ihre Antwort den Commissaire nicht zu befriedigen. Aber sie war wohl die Letzte, an der er seine Zweifel an der Sache auslassen konnte. Er wandte sich wieder Colombin und Matthieu zu. »Hat Pierre mit jemandem Streit gehabt? Wollte ihm jemand Böses?«

»*Mais non,* Pierre war ein sehr gutmütiger Mensch«, erwiderte Colombin wie aus der Pistole geschossen. »Den konnte so leicht nichts in Rage bringen.«

»Außer am Samstag …«, begann Matthieu.

»Aber das zählt doch nicht«, fiel ihm Colombin ins Wort.

Der Kommissar hob den Kopf. »Was meinen Sie?«

»Ach, nichts, *pas du tout.*« Colombin sah ihm nicht in die Augen.

»Colombin, du musst es sagen«, drängte Matthieu. »Monsieur le Commissaire findet es doch sowieso heraus.«

»*Zut«,* fluchte Colombin. »Wir haben uns am Samstag gestritten.«

»Worum ging es?« Demoireau, der bis zu diesem Augenblick fast unbeteiligt gewirkt hatte, war auf einmal hellwach.

Colombin presste die Lippen aufeinander und schwieg.

»Colombin hat der Wirtin schöne Augen gemacht«, flüsterte Matthieu dem Commisaire zu und warf einen Seitenblick auf Molly. Obwohl die Situation wahrhaftig nicht zum Lachen war, musste sie schmunzeln.

»Pierre meinte, ich wäre ihr zu nahe getreten«, knurrte Colombin. »Einer Wirtin, stell dir das vor!«

»Du hast sie eine *salope* genannt, eine Schlampe«, korrigierte ihn Matthieu.

»Na und? Deshalb muss er mich doch nicht schlagen.« Er rieb sich demonstrativ die Wange, auf der – wenn man es wusste – ein leichter Bluterguss zu sehen war.

»Sei froh, dass ich euch Idioten getrennt habe«, brummte Matthieu. »Sonst sähe es jetzt schlecht für dich aus.«

»Ich hab ihm doch nichts getan«, fuhr Colombin auf. »Niemals hätt ich ihm was getan. Er war zwar ein *coullion*, ein Dummkopf, aber er war mein Freund!«

»Hm«, machte der Commissaire. »Wann haben Sie ihn zuletzt gesehen?«

»Das war irgendwann gegen Morgen«, gab Matthieu zu Protokoll. »Mein Sohn hat uns nach Hause gefahren.«

»Haben Sie eine Ahnung, was er am Sonntag in der Kapelle wollte?« Demoireau schaute aufmerksam von einem zum anderen. Doch in den verneinenden Antworten war kein Zögern zu bemerken, es wusste wirklich niemand.

»Wer von Ihnen hat denn den Schlüssel zur Kapelle?«

»Keiner, *mon commissaire*«, antwortete Matthieu schnell. »Der Pfarrer hat einen eigenen Schlüssel, aber jeder kann hinein, der weiß, wo der Schlüssel liegt.« Er deutete auf den etwas vorstehenden Steinquader neben der Bank. Colombin ging in die Hocke und zog den Stein mit überraschender Leichtigkeit aus seinem Fach. Dahinter lag der Schlüssel, knapp zwanzig Zentimeter lang und aus massivem Eisen.

»Ach, das ist ja interessant«, meinte der Commissaire. Er bückte sich und blickte in das Loch. »Bitte fassen Sie ihn nicht an.«

»Ich hatte ihn heute Morgen schon in der Hand«, erklärte Matthieu und hob bedauernd die Schultern. »Ich musste ja aufschließen.«

»Trotzdem, vielleicht finden wir noch Fingerabdrücke«, antwortete Demoireau und richtete sich wieder auf. »Fürs Erste habe ich keine weiteren Fragen mehr.« Er blickte sich nach dem Kollegen von der Spurensicherung um. »Ein Beamter kommt gleich, um Ihre Schuhabdrücke zu nehmen. Bitte warten Sie noch so lange«, wies er sie an. »Er wird auch Ihre Namen und Adressen, wo wir Sie erreichen können, aufnehmen. Danach können Sie gehen, doch halten Sie sich die nächsten Tage zu unserer Verfügung.«

»Und die Fingerabdrücke?« Matthieu fing sich einen bösen Blick von Colombin ein.

»Ach ja, die Fingerabdrücke.« Der Commissaire grinste schief und zwinkerte Colombin zu.

»Am besten kommen Sie morgen auf die Wache der *Police municipale,* Sébastian kann das machen.«

Er wandte sich ab und ging zum Portal der Kapelle hinüber. Dort waren die Untersuchungen offenbar inzwischen abgeschlossen. Die Fotoausrüstung der Spurensicherung wurde bereits im Wagen verstaut.

»Der Leichenwagen müsste gleich kommen«, sagte einer der Männer zu Demoireau. »Ich denke, morgen Abend werden wir Genaueres wissen.«

Der Commissaire dankte ihm und verschwand im Eingang.

KAPITEL 5

Zurück von der Kapelle duschte Molly erst einmal lange und ausgiebig. Sie wusste natürlich, dass sie das nicht vom Anblick des toten Pierre befreien konnte, aber zumindest fühlte sie sich danach etwas besser.

Anschließend setzte sie sich mit dem Handy ans Fenster und verfasste einen ausführlichen Bericht über die Vorkommnisse des Tages für ihre Abteilung, den sie absenden wollte, sobald sie wieder eine Internetverbindung hatte. Die gab es hier nur auf der Terrasse der *Bar Lavande*, deshalb ging sie hinunter, bestellte Café au Lait bei Margot und setzte sich an einen Tisch im Schatten der Hauswand.

Sie zückte ihr Telefon und schickte als Erstes den Bericht ab, dann gab sie den Namen »Claude du Fondette« in die Suchmaschine ein. Molly interessierte brennend, ob der Mann von der *Groupe BFC* tatsächlich etwas mit der *Banque du Fondette* in Carpentras zu tun hatte. Doch das Netz schien Monsieur Fondette überhaupt nicht zu kennen, was für sich genommen schon verdächtig war. Deshalb schickte sie eine weitere Nachricht an ihre Abteilung und bat darum, Informationen über den Mann einzuholen.

Lilou brachte den Kaffee, und Molly nahm ihn dankbar entgegen. Sie steckte das Telefon weg, lehnte sich in ihrem Stuhl zurück und versuchte, sich zu entspannen, aber die warmen Strahlen der Nachmittagssonne konnte sie nicht so recht genießen. Dazu war ihr der Todesfall zu präsent, und zu viele Fragen gingen ihr durch den Kopf.

Was hatte Pierre am Sonntag in der Kapelle gesucht? War er

allein gewesen oder hatte er sich mit jemandem getroffen? War es ein Unfall, ein schreckliches Unglück oder gar ein Mord? Und wohin waren die Bruchstücke ihres Gaunerzinkens verschwunden?

Molly war tief in Gedanken versunken und schrak auf, als sich jemand an den Nebentisch setzte. Es war der alte Jules, einer der Pétanquespieler, die sie jeden Abend von der Terrasse aus beobachtete. Er schien in Mirocène für den Dorfklatsch zuständig zu sein – er hatte sie bereits an ihrem ersten Abend in der *Bar Lavande* zu einem Glas Wein eingeladen und ausgefragt.

Er nickte ihr zu. »*Salut,* Marie!«

»*Bonsoir,* Monsieur Jules!«

Sie stieß sich nicht an der saloppen Anrede des alten Mannes. Jacques hatte ihr erzählt, dass Jules früher Lehrer gewesen war und mit allen Leuten so sprach. Immerhin war so gut wie jeder in diesem Dorf bei ihm zur Schule gegangen, sogar der Bürgermeister, und deshalb duzte er sie alle.

Lilou kam heraus und stellte eine Karaffe mit hellrotem Wein und eine unetikettierte Flasche Wasser auf Jules' Tisch.

»Trinkst du ein Glas Wein mit mir?«, fragte er und sah Molly hoffnungsvoll an.

»Ja, gerne«, antwortete Molly. Ein wenig Ablenkung würde ihr guttun.

Jules nickte Lilou zu, die daraufhin ein zweites Glas brachte und vor Molly abstellte. Jules zog einen Stuhl heran und setzte sich Molly gegenüber. Sorgfältig füllte er die beiden Gläser bis zur Hälfte mit Wein. Danach füllte er sein Glas mit Wasser auf und sah Molly fragend an. Als sie nickte, verdünnte er auch ihren Wein. Immerhin war es ja erst Nachmittag.

»Schreckliche Sache das, nicht wahr?«, begann er beiläufig und blickte sie aus den Augenwinkeln an. Sie hätte sich denken können, dass er Informationen aus erster Hand von ihr bekommen wollte. Dabei wirkte er gar nicht übermäßig neugierig oder gar sensationslüstern, sondern offen und interessiert.

»Weißt du, Pierre und ich waren alte Freunde«, setzte er hinzu. »Wir waren zusammen beim Militär.«

Molly beschloss, sich auf das Gespräch einzulassen. Vielleicht würde sie im Gegenzug auch etwas über Pierre erfahren. »Es ist wirklich furchtbar«, antwortete sie deshalb. »Ich habe Pierre ja nicht lange gekannt, aber er war immer sehr freundlich zu mir.«

»Ja, freundlich, das war er wirklich. Besonders zu Frauen.« Wieder dieses Zwinkern.

»Es ging also um eine Frau?«, hakte Molly nach. Was er konnte, konnte sie schon lange.

Jules sah sie überrascht an. »Du meinst den Streit mit Colombin? Das glaub ich nicht. Die zanken sich vielleicht mal, aber deshalb bringt man sich doch nicht um.«

»Dann glauben Sie also, es war ein Unfall?« Molly sah ihn nun direkt an.

Jules schüttelte den Kopf.

»Woher soll ich das wissen, Mädchen? Ich kann mir eben nicht vorstellen, was er am Sonntag in der alten Kapelle wollte. Und warum er da einfach umfällt und sich den Kopf stößt und tot ist.«

Offenbar hatte Jules schon mit Matthieu oder Colombin gesprochen und war genauestens informiert. Die Nachricht von Pierres Tod war heute sicher das Gesprächsthema Nummer eins im Dorf, und die Einzelheiten machten bereits die Runde.

»Du fragst dich, woher ich das weiß?« Jules zwinkerte ihr zu, als ob er ihre Gedanken lesen konnte. »Georges ist mein Sohn. Georges Demoireau, der Kommissar«, setzte er hinzu, als er Mollys fragende Miene sah.

»Der Commissaire aus Carpentras, der heute bei der Kapelle war, ist Ihr Sohn?«, wiederholte Molly erstaunt. Dann war ihr Gespräch hier wohl kein Zufall.

»Ja, mein Sohn.« Jules nickte bekräftigend. »Wollte unbedingt Polizist werden, schon als kleiner Junge, wie sein Großvater. Und er hat es ja auch zu etwas gebracht.« Er war sichtlich stolz auf ihn.

»Schickt er Sie zu mir? Hat er noch Fragen?« Molly mochte es gar nicht, wenn man sie hintenherum ausfragte.

»Nein, keine Sorge«, antwortete Jules und tätschelte ihr vertraulich den Arm. »Ich wollte einfach nur mit dir reden.«

Molly traute ihm trotzdem nicht. Sie zog den Arm zurück und nippte an ihrem Glas. Der Rosé aus der Gegend schmeckte leicht säuerlich, dabei aber frisch und fruchtig, und mit Wasser verdünnt konnte er glatt als Durstlöscher durchgehen. Jules schwieg jetzt auch und ließ den Wein in seinem Glas kreisen.

»Wusstest du eigentlich, dass Pierre nicht der erste Tote in dieser Kapelle ist?«, fragte er unvermittelt.

»Nein, das wusste ich nicht.« Molly sah ihn überrascht an.

»Im Jahr 1912 ist da oben ein Bankräuber erschossen worden, in der Kapelle, genau wie Pierre«, erzählte er.

»Aber Pierre ist doch nicht erschossen worden«, antwortete sie. Hinter ihrer Stirn arbeitete es fieberhaft.

»Woher weißt du das?«, gab Jules zurück. Seine dunklen Augen musterten sie aufmerksam.

»Hm, es sah für mich so aus, als hätte er sich den Kopf aufgeschlagen«, sagte sie langsam. Sie musste achtgeben, dass sie sich nicht verriet, der alte Mann besaß denselben scharfen Blick wie sein Sohn, der Kommissar.

»Du hast sicher recht«, sagte Jules und zwinkerte ihr wieder zu. »Pierre war ja auch kein Bankräuber.«

»Erzählen Sie mir von dem Bankraub?«, fragte sie so beiläufig wie möglich.

Jules' Miene hellte sich auf. »Natürlich«, antwortete er. »Im Mai 1912 hat ein junger Mann aus dem Dorf, Gerard Depuis, eine Bank in Carpentras überfallen. Er ist mit der Schrotflinte seines Vaters in die Bank spaziert, hat den Bankdirektor gezwungen, den Safe zu öffnen, und hat das ganze Gold mitgenommen. Dann ist er geflüchtet. Aber man hat ihn an seinem Motorrad erkannt, damals gab es ja noch nicht so viele, und so suchte ihn schon am nächsten Tag die Polizei. Gerard wurde schließlich in der Kapelle gestellt und erschossen. Es war eine Tragödie.«

Jules schüttelte den Kopf. »Mein Vater war als ganz junger Polizist dabei, als sie ihn in der Kapelle erwischten. Gerard war völlig durchgedreht, fuchtelte mit der Flinte herum und schoss wild um sich. Meinen Vater hat er an der Schulter erwischt, und sein Kollege hat ihn daraufhin erschossen. Miquèl hat wohl die Nerven verloren, auf so etwas waren die Dorfpolizisten ja damals nicht vorbereitet«, fügte Jules fast entschuldigend hinzu.

»Wer ist Miquèl?«

»Miquèl Lombard, der Kollege meines Vaters. Er ist im Krieg gefallen.«

»Und das Geld?«, fragte Molly. »Hatte es der Bankräuber bei sich?«

»Gold, Mädchen, nicht Geld«, antwortete Jules. »Gerard nahm nur Goldmünzen mit, keine Scheine. Und man hat sie nie gefunden.«

Molly ließ im Geiste nochmals die Informationen aus dem alten Zeitungsartikel in der Médiathèque ablaufen. Ja, die Geschichte vom Banküberfall war natürlich dieselbe, sie wies keine Widersprüche auf. Nach dem Überfall hatte sich der Täter in die Kapelle geflüchtet. Der Gaunerzinken war also vielleicht sogar von Gerard Depuis selbst an die Wand gemalt worden, bevor man ihn erschossen hatte. Und nun saß sie hier mit jemandem, dessen Vater Augenzeuge der damaligen Ereignisse war.

»Hat man denn nicht nach dem Gold gesucht?«, fragte sie.

»*Bien sur!* Immer wieder haben die Leute die Kapelle und die Umgebung abgesucht. Aber niemand hat etwas gefunden. Zumindest hat es niemand erzählt«, setzte er augenzwinkernd hinzu.

Molly zwinkerte zurück. Langsam begann sie, den Alten zu mögen.

»Dann kam der Krieg, und die Leute hatten andere Sorgen als den Goldschatz von Gerard.« Er nahm einen großen Schluck von seinem Wein. »Gold kann man nicht essen, und das Geld war ohnehin nichts mehr wert«, bemerkte er tiefsinnig.

In diesem Augenblick brummte Mollys Telefon.

»Entschuldigen Sie einen Moment«, sagte sie zu Jules und sah auf das Display. Eine Nachricht von Charles.

»Ich habe den Zinken entschlüsselt, Genaueres folgt«, stand da zu lesen.

Molly atmete tief durch und sah zu Jules hinüber. Dieser hatte sie nicht aus den Augen gelassen und zwinkerte schon wieder.

»Dein Freund?«, fragte er.

»Ja«, antwortete Molly. Es ging ihn zwar nichts an, aber jede andere Antwort hätte eine Erklärung verlangt, und die wollte sie nicht geben.

»*Bien,* ich muss ohnehin los.« Jules deutete zum Boulodrome und erhob sich. »Vielleicht unterhalten wir uns ein andermal wieder.«

»Das würde mich freuen«, antwortete Molly und meinte es durchaus ernst. »*Au revoir*, Monsieur Demoireau!«

»*Au revoir*, Marie«, erwiderte Jules und reichte ihr die Hand. Dann überquerte er die Straße und verschwand im Schatten der Platanen, wo die ersten Spieler aufgetaucht waren. Sein halb volles Weinglas hatte er stehen lassen, und in der Karaffe war auch noch ein Rest. Molly goss ihn sich ein und trank einen Schluck. Inzwischen war die Dämmerung hereingebrochen, dieser furchtbare Tag ging endlich zu Ende.

Margot kam an ihren Tisch. »Marie, möchten Sie schon essen?«, fragte sie.

»Was gibt es denn heute?«, fragte Molly zurück.

»Ich habe Ratatouille gemacht, dazu gibt es Bratwurst und geröstetes Baguette, ist das in Ordnung?«

»Ja, sehr gerne«, antwortete Molly. Nach den Geschehnissen des heutigen Tages war ihr zwar der Appetit vergangen, aber beim Gedanken an die provenzalische Gemüsepfanne knurrte ihr Magen. Erst jetzt kam ihr zu Bewusstsein, dass sie seit dem Frühstück nichts gegessen hatte; kein Wunder, dass sie hungrig war.

Charles' zweite Nachricht kam zeitgleich mit Lilou und dem dampfenden Teller. Auberginen, Zucchini und Paprika waren zu einem Auflauf geschichtet und die kleinen französischen Bratwürste, Saucisses, im Kreis darum herumdrapiert. Molly sog den Duft tief ein, nahm ein Stück Baguette und begann zu essen.

Als der erste Hunger gestillt war, trank sie noch einen Schluck Wein, dann siegte ihre Neugier. Sie öffnete Charles' Nachricht; sie war länger als sonst.

Chère Marie,
ich habe endlich herausgefunden, was diese Zeichnung bedeutet. Die Schwierigkeit war, dass es diese Symbole so überhaupt nicht gibt, zumindest nicht in dieser Kombination. Ich musste also ein wenig raten, aber ich bin mir ziemlich sicher, dass ich richtigliege.
Es ist, wie schon gesagt, ein Gaunerzinken, und der Pfeil zeigt die Richtung an, in die der Gauner geflüchtet ist. Die Schlangenlinie an dem Pfeil steht für »gelungene Tat«. Die Zahlen links sind das Datum der Tat, und die beiden Striche bedeuten »es wurde etwas gestohlen«. Die Kreise in der Mitte symbolisieren Geld und sagen »fette Beute«.
Ich interpretiere das so, dass das Zeichen von jemandem hinterlassen wurde, der am 23. Mai 1912 etwas gestohlen hat, wahrscheinlich Geld. Er ist in die Richtung geflüchtet, in die der Pfeil weist. Es gibt aber einen Widerspruch in den Zeichen: Die Schlangenlinie und das Datum werden normalerweise vom Gauner angebracht zum Zeichen, dass hier nichts mehr zu holen ist; die beiden Striche sagen im Prinzip das Gleiche.
Der Pfeil dient jedoch als Verabredungszeichen, um jemandem den Weg zu weisen. Und der Hinweis auf das Geld, die »fette Beute«, wird gewöhnlich vor einem Überfall gemacht, nicht danach.
Ich hoffe, du kannst damit etwas anfangen!

Mollys Essen wurde kalt, doch sie achtete nicht darauf. Ihre Gedanken flogen hin und her, von dem toten Pierre zu dem alten Bankraub, von dem Gaunerzinken, den sie gefunden hatte, zu dem geheimnisvollen Monsieur du Fondette, von dem sie erst durch Pierres Tod erfahren hatte, dass es ihn überhaupt gab. Von ihrem Auftrag und der *Groupe BFC* zur *Banque du Fondette* in Carpentras, von dem Studenten Gerard Depuis zu dem Polizisten Miquèl Lombard, der ihn erschossen hatte, und zurück zu Jules Demoireau, dem Vater des Kommissars.

Langsam kristallisierte sich ein Muster aus den einzelnen Puzzlestücken heraus. Es war noch unvollständig, weil noch lange nicht alle Schlussfolgerungen bestätigt waren, doch sie erkannte immer mehr Zusammenhänge, und am Ende glaubte sie ein Bild zu erahnen, in das alle bisher bekannten Fakten passten.

Sie atmete tief durch und nahm ihre Umgebung wieder wahr. Jacques stand im Eingang zum Hotel und musterte sie besorgt. Wie lange war sie weggetreten gewesen? Wenn dieser »Flow«, dieser Gedankenfluss, sie überfiel, verlor sie jegliches Zeitgefühl, wie ein Dichter oder Maler, den die Muse küsst und der die Welt um sich vergisst.

»Geht es Ihnen gut?«, fragte er.

»Ja, danke, es ist alles in Ordnung«, antwortete Molly und legte ein kleines Zittern in ihre Stimme. Sie tastete nach dem Weinglas.

»So ein Todesfall kann einen ganz schön mitnehmen.« Jacques' Stimme war voller Mitgefühl.

Molly nickte und senkte den Kopf, und Jacques war höflich genug, sie in Ruhe zu lassen.

Sie nahm die Gabel und aß das lauwarme Ratatouille auf. Den Geschmack nahm sie nur nebenbei wahr, denn in Gedanken ging sie nochmals ihre Theorie durch.

Gerard Depuis stammte aus Mirocène, genau wie der Bankdirektor Jerôme du Fondette. Es war also durchaus denkbar, dass die beiden sich kannten und dass Gerard die *Banque du Fondette* in Carpentras nicht zufällig für seinen Überfall gewählt hatte.

Depuis musste gewusst haben, dass Fondette in seiner Bank einen regelrechten Goldschatz hortete. Er war gut vorbereitet gewesen, als er seine Beute in einer Rückentrage mit dem Motorrad abtransportiert hatte. Irgendwo auf dem Weg musste er das Gold versteckt haben, denn wäre er beladen mit dem Gold nach Mirocène zurückgekehrt, hätte das sicherlich jemand bemerkt. Und hätte er es hier in der Nähe versteckt, wäre es schon längst gefunden worden. In einem kleinen Dorf wie Mirocène blieb so etwas bestimmt nicht geheim.

Später war Gerard Depuis zur Kapelle gefahren und hatte das Zeichen an die Wand gemalt. Molly war ganz sicher, dass niemand anderer als er selbst das getan hatte. Denn wie Charles geschrieben hatte, es handelte sich nicht um eine echte Gaunersprache, nur eine willkürliche Zusammenstellung halbwegs passender Zinken. Die einzig logische Erklärung dafür war, dass er einen Komplizen hatte, dem er auf diese Art und Weise das Versteck des Goldes mitteilte. Doch warum hatte man den Hinweis nicht direkt nach der Tat entdeckt und entschlüsselt?

Die Polizei hatte keine großen Schwierigkeiten, ihn in der Kapelle dingfest zu machen. Doch warum ließ sich Depuis nicht einfach verhaften? Er wäre natürlich für ein paar Jahre ins Gefängnis gekommen, doch anschließend hätte er sich mit seinem Goldschatz ein schönes Leben machen können. Warum also kämpfte er so erbittert gegen die Festnahme? Hatte er gedacht, er könne die beiden Polizisten einschüchtern und doch noch entkommen?

Und wie passte Pierres gewaltsamer Tod zu alledem? Ihre Rolle als Studentin verhinderte, dass sie sich in die Ermittlungen der *Police nationale* einklinkte, die musste sie wohl oder übel dem Kommissar überlassen. Und früher oder später würde sie ihm auch von ihrem Fund erzählen und ihn über ihre eigenen Ermittlungen ins Bild setzen müssen. Doch bevor sie sich Demoireau anvertraute, wollte sie sicher sein, dass der Gaunerzinken tatsächlich etwas mit Pierres Tod zu tun hatte, und das würde sie allein herausfinden. Denn diese Spur führte zur *Banque du Fondette*, die es zwar nicht mehr gab, aber es gab einen Mann gleichen Namens bei der *Groupe BFC*. Das war Grund genug, in diese Richtung weiter zu ermitteln.

KAPITEL 6

Tags darauf ruhten die Arbeiten an der Kapelle. Matthieu war extra vorbeigekommen, um Molly das mitzuteilen, während sie noch beim Frühstück saß.

Molly knirschte innerlich mit den Zähnen. Sie brannte vor Ungeduld, sie wollte zur Kapelle und vor Ort ihre Theorie überprüfen, dass der Gaunerzinken einen Hinweis auf das Versteck des Schatzes enthielt. Aber heute ließ sie sich besser nicht da oben blicken, denn Matthieu sagte auch, dass die Polizei den Tatort noch nicht freigegeben hatte. Die Wahrscheinlichkeit war groß, dass die Leute von der Spurensicherung nochmals wiederkamen.

»Was haben Sie stattdessen vor?«, fragte Margot, während sie den Tisch abräumte.

»Ich weiß noch nicht so recht.« Molly hob die Schultern. »Viel kann ich nicht unternehmen. Ich muss nachmittags zur Polizei, wegen der Fingerabdrücke.«

»Sie könnten einen Spaziergang durch das Dorf machen und sich die Kirche ansehen, sie ist sehr schön!« Margot lächelte ihr zu und verschwand mit dem Geschirr hinter der Theke.

Molly warf einen Blick auf die Uhr, es war kurz nach neun, und sie beschloss, Margots Rat zu folgen. Vielleicht konnte sie mit einem der Dorfbewohner ins Gespräch kommen und so etwas über Monsieur du Fondette herausfinden, der in Mirocène ja kein Unbekannter zu sein schien.

Sie lief hoch in ihr Zimmer, um sich umzuziehen. Anstelle der üblichen fleckigen Jeans, die sie bei der Arbeit trug, wählte sie eine helle Sommerhose und dazu eine grüne Bluse mit kurzen Ärmeln; damit konnte sie auch eine Kirche betreten. Sie hängte sich ihre Tasche über die Schulter und verließ das Hotel.

Der Marktplatz lag still in der Morgensonne. Die *Épicerie* des Dorfes hatte schon geöffnet, und der Inhaber stellte gerade Kisten mit Obst und Gemüse auf den Bürgersteig. Eine Tafel verkündete wie jeden Tag, dass es hier frisches Baguette und Pain de campagne gab, und wie jeden Tag fragte sich Molly, warum man das nicht in der *Boulangerie* drei Häuser weiter kaufte. Vielleicht weil die Bäckerei schon wieder geschlossen hatte? Die Bäckersfrau stand nur frühmorgens im Laden, während ihr Mann den Lebensmittelladen, das Altersheim, den Campingplatz im Nachbarort, die Hotels in der Umgebung und ein paar Privathaushalte belieferte.

Ein wenig außerhalb der Ortschaft gab es einen großen *Hypermarché*. Er war direkt an dem Kreisverkehr gelegen, wo die Straße in die Berge abzweigte, die durch das Dorf und irgendwann hoch zum Mont Ventoux führte. Für den Großeinkauf fuhr inzwischen jeder zum Supermarkt, doch noch behauptete sich die *Épicerie* tapfer. Der kleine Laden bot neben der Grundversorgung auch regionale Spezialitäten an: Handgemachte Marmelade stand neben billiger Industrieware, Kräuter, Wein und Saucissons artisanales zwischen Toilettenpapier und Wäscheklammern, frisches Obst und Gemüse lag Seite an Seite mit Konservendosen und Tiefkühlpizza. Den Nougat de Montélimar, weißen Nougat mit Nüssen und Früchten, den einer der Bauern aus Mirocène noch in Handarbeit herstellte, hatte Molly schon einige Male hier gekauft.

Am Ende des Marktplatzes bog sie in eine kleine Gasse ein, die ungefähr hundert Meter weiter an einer trutzigen Kirche endete. Ein paar Stufen führten sie hoch zu einem schmalen

Vorplatz vor dem Portal. Sie drückte die Klinke nach unten, doch das Tor war verschlossen. Sie wandte sich nach links und ging um die Kirche herum, doch es gab keinen weiteren Eingang. Das Gebäude stand auf einer Terrasse, die von einer niedrigen Natursteinmauer begrenzt war. Von hier aus hatte Molly einen beeindruckenden Ausblick in das unter ihr liegende Tal. Rechter Hand erstreckte sich der Berghang, den sie jeden Tag mit Matthieu, Colombin und Pierre hochgefahren war, doch die Kapelle selbst lag außer Sicht hinter einer Hügelkuppe.

Sie wandte sich ab und kehrte zum Portal zurück. Auf der anderen Seite schloss ein schmales hohes Gebäude aus dem gleichen Naturstein direkt an die Kirche an. Bevor sie noch entscheiden konnte, ob sie anklopfen oder den Besuch der Kirche auf ein andermal verschieben sollte, öffnete sich die Tür, und ein älterer Mann in schwarzer Soutane kam heraus.

»*Bonjour,* Mademoiselle, kann ich Ihnen helfen?«, sprach er sie an.

»*Bonjour,* Monsieur l'Abbé!«, antwortete Molly. »Ich wollte mir die Kirche ansehen, aber sie ist verschlossen.«

»Das ist kein Problem, kommen Sie!«, antwortete der Pfarrer und ging voraus zum Portal. Mit einem kleinen Schlüssel, den er aus seiner Soutane kramte, sperrte er auf.

»Entschuldigen Sie, Mademoiselle, wir hatten ein paar unangenehme Vorfälle in den letzten Jahren, seither haben wir ein neues Schloss, und ich schließe immer ab«, erklärte der Pfarrer. »Einmal wurde sogar ein Heiligenbild gestohlen!« Die Entrüstung über diese Entweihung seiner Kirche war ihm anzusehen. »Heutzutage ist wirklich nichts mehr heilig«, seufzte er.

»Das hätte ich hier in diesem Dorf nicht gedacht!«, stimmte ihm Molly zu.

»Die Diebe waren auch nicht von hier, sie kamen aus Carpentras.« Der Pfarrer spie den Namen der Kreisstadt regelrecht aus, als käme alles Böse und Schlechte immer nur von dort.

Molly folgte ihm in das dämmrige Gebäude. Als sich ihre Augen an das schwache Licht gewöhnt hatten, erkannte sie ein gedrungenes Kirchenschiff mit romanischen Rundbögen an der Decke. Der Chor war in dem schnörkellosen Stil der provenzalischen Gotik gehalten und offenbar erst später hinzugekommen. Langsam schritt sie durch den Innenraum, vorbei an drei stabilen Bögen, die die Wand des Glockenturms bildeten.

»Die Kirche wurde im zwölften Jahrhundert erbaut und ist den Heiligen Peter und Paul geweiht. Sehen Sie hier, die Seitenkapellen wurden im neunzehnten Jahrhundert hinzugefügt, und 1875 errichtete man den Glockenturm.«

Der Stolz auf seine Kirche sprach aus den Worten des Pastors.

Molly betrachtete die geschnitzten Kapitelle im Chor und wandte sich dann um.

»Das ist wunderschön«, flüsterte sie ehrfürchtig. Diese Kombination aus romanischem Grundbau und gotischem Chor, die man in vielen Kirchen Frankreichs fand, hatte sie schon immer fasziniert. Im Gegensatz zu anderen Ländern, wo auf die strengen Linien der Gotik mit viel Gold und Pomp barocke Formen aufgesetzt worden waren, hatten sich die französischen Kirchen die klaren himmelstrebenden Linien bewahrt – vielleicht hatte man auch einfach nicht genug Geld für so viel Prunk gehabt.

»Was verschlägt ein junges Mädchen wie Sie denn ganz alleine nach Mirocène?«, fragte der Pfarrer. »Ich hoffe, Sie verzeihen mir meine Neugierde. Aber es kommen so wenige

Menschen hierher, die sich für meine Kirche interessieren, dass ich einfach fragen muss.«

Ausnahmsweise war Molly froh über diese Frage, denn sie bot ihr einen guten Einstieg in das Gespräch.

»Ich helfe bei der Renovierung der alten Kapelle oben in den Bergen«, antwortete sie also bereitwillig.

»Ah, Sie sind die Studentin aus Paris, die sich um die Fresken kümmert?« Natürlich wusste der alte Pfarrer Bescheid.

»Ja, genau. Ich studiere Kunstgeschichte und möchte mich auf kirchliche Freskenkunst im Mittelalter spezialisieren.« Sie fühlte sich nicht wohl dabei, einen Pfarrer zu belügen, doch ihr blieb nichts anderes übrig. Sie musste ihre Rolle weiterspielen und hoffte nur, dass er sich mit ihrem eher oberflächlichen Wissen zufriedengeben würde. Zum Glück fragte er nicht weiter nach.

»Monsieur du Fondette macht unserem Dorf damit ein sehr großzügiges Geschenk«, schwärmte der Pfarrer. »Ich konnte es gar nicht glauben, als er vor einem Jahr das erste Mal hier war und mir von seinen Plänen erzählte.«

»Lebt er denn hier im Dorf?«, hakte Molly sofort nach, als sie den Namen hörte. Vielleicht würde sie nun mehr über den Mann erfahren.

»Monsieur du Fondette?« Der Pfarrer lachte herzlich. »Aber nein, Monsieur du Fondette ist ein wichtiger Mann, der ein großes Finanzimperium leitet. Sein Urgroßvater Jerôme stammte aus Mirocène, aber er selbst wohnt nicht hier.«

Molly hielt den Atem an. Hier war er, der Zusammenhang. Jerôme du Fondette hatte die *Banque du Fondette* gegründet, er war Direktor der Bank gewesen, als sie Gerard Depuis vor über hundert Jahren überfallen hatte. Und jetzt ließ sein Urenkel ausgerechnet jene Kapelle restaurieren, in der der Bankräuber damals zu Tode gekommen war? Es fiel Molly schwer, an einen Zufall zu glauben.

»Die Kapelle ist wirklich sehr schön und verdient es, renoviert zu werden«, sagte sie, um das Gespräch in Gang zu halten.

Der Pfarrer griff das Thema sofort dankbar auf. »Ja, nicht wahr?«, sagte er. »Sie ist der heiligen Agnes von Fides gewidmet, *Sainte Foye* nennt man sie hier. Wissen Sie, wer das war?«

Molly hatte ihre Hausaufgaben gemacht. »Sie war eine Märtyrerin.«

»Richtig. Sie lebte im vierten Jahrhundert nach Christus und sollte verbrannt werden, doch ein Regenschauer rettete ihr wunderbarerweise das Leben. Später wurde sie dennoch enthauptet, und angeblich wurde die Kapelle genau an der Stelle errichtet, wo sie zu Tode kam.«

»Das war im fünfzehnten Jahrhundert, nicht wahr?«, warf Molly ein. »Denn die Fresken, die ich gerade freilege, stammen auch aus dieser Zeit.«

»So ist es. Und die Kapelle wurde später nie umgebaut. Man hat sie immer nur neu ausgemalt und einmal das Dach erneuert.«

»Wird sie eigentlich heute noch benutzt?«

»Oh ja«, erklärte der Pfarrer. »Jedes Jahr zu Pfingsten gibt es eine Prozession vom Dorf zur Kapelle. Dann wird dort oben eine Messe gelesen.«

»Das ist ja interessant«, meinte Molly.

»Diesen Brauch gibt es schon sehr lange, und die Pfingstwallfahrt ist in all den Jahren noch nie ausgefallen. Nur im Jahr 1912 hätte sie um ein Haar nicht stattfinden können.«

Molly spitzte die Ohren. »Wieso denn das?«, hakte sie nach.

»Zwei Tage vor Pfingsten flüchtete sich ein Bankräuber in die Kapelle und wurde dort von der Polizei erschossen. Es war schrecklich, alles war voll Blut, so hätte man niemals den Gottesdienst abhalten können. Aber der damalige Pfarrer, Abbé Hippolite, hat mit seinen eigenen Händen das Blut von den

Wänden gewaschen und die bespritzte Seitenwand der Kapelle neu gestrichen. Den ganzen Tag und die ganze Nacht hindurch hat er gearbeitet, aber am Pfingstsonntag war alles wieder sauber, und die heilige Messe konnte gelesen werden.«

Molly atmete tief durch. Das war die Antwort auf die Frage, warum der Gaunerzinken nie entdeckt worden war.

»Das ist ja schrecklich!« Molly mimte Bestürzung. »Ein Bankraub? Hier in Mirocène?«

»Der Raub hat in Carpentras stattgefunden« – da war wieder die missbilligende Betonung des Namens –, »aber der Bankräuber kam tatsächlich von hier. Er hatte sich in der Kapelle versteckt. Als sie ihn verhaften wollten, hat er wild um sich geschossen und sogar einen der beiden Polizisten verletzt. Da haben sie ihn am Ende erschossen. Es war sehr tragisch, denn der junge Mann war kein schlechter Mensch.«

Der alte Priester erzählte so lebhaft, als wäre er selbst dabei gewesen. Molly musterte ihn erstaunt, er lachte und zwinkerte ihr zu.

»Nein, ich habe das natürlich nicht selbst miterlebt, das ist immerhin über hundert Jahre her. Ich habe Abbé Hippolite nicht einmal persönlich gekannt. Aber die Geschichte wurde mir von meinem Vorgänger so oft erzählt, dass ich manchmal das Gefühl habe, selbst mittendrin gewesen zu sein.«

Molly musste nun auch lachen. So alt sah der Pfarrer wirklich nicht aus!

»Und nun gibt es wieder einen Toten in der Kapelle ...«, brachte Molly das Gespräch zurück auf die Gegenwart.

»Schrecklich ist das, was mit Pierre passiert ist, Gott sei seiner Seele gnädig.« Dem Pfarrer ging das genauso nahe wie allen anderen im Dorf.

»Ja, wirklich. Wir haben ihn gestern Morgen gefunden, und ich kann es noch immer nicht glauben.« Mollys Stimme drückte ihre Betroffenheit aus, sie musste sie nicht einmal spielen.

»Weiß Monsieur du Fondette schon davon?« Der Pfarrer machte sich offenbar Sorgen um das Projekt in der Kapelle.

»Ich habe keine Ahnung«, antwortete Molly wahrheitsgemäß. »Ich denke aber, die Polizei wird ihn verständigt haben.«

Der Pfarrer blickte auf die Uhr. »Oh, es ist schon so spät? Entschuldigen Sie mich bitte, ich muss jetzt einen Hausbesuch machen.« Mit diesen Worten wandte sich der Pfarrer zum Ausgang. »Kommen Sie bitte?«

»Ja, natürlich«, antwortete Molly und folgte ihm hinaus. »*Au revoir,* Monsieur l'Abbé!«

Draußen musste sie blinzeln, die Sonne stand schon hoch am Himmel und wurde von den hellen Steinen reflektiert. Die Zeit war schnell vergangen. Der Pfarrer schüttelte ihr zum Abschied die Hand, lief eilig die Stufen hinunter und stieg in einen alten Renault Kangoo, der in der Gasse parkte. Die Tür zum Pfarrhaus öffnete sich, eine ältere Frau mit Schürze kam heraus und wischte sich die Hände an einem Tuch ab.

»Monsieur l'Abbé, ich dachte, Sie wären schon längst unterwegs. Madame Bûlot hat schon angerufen!«, rief sie ihm zu.

»Nein, Clementine, ich musste der jungen Dame hier noch unsere Kirche zeigen.« Der Pfarrer wirkte ein wenig schuldbewusst, offenbar hatte er die Zeit vergessen.

»Bitte rufen Sie doch Madame Bûlot an, und sagen Sie ihr, dass ich gleich komme!« Der Pfarrer setzte den Wagen zurück und fuhr die holprige kleine Gasse hinunter.

Clementine musterte Molly von oben bis unten, doch offenbar fand sie nichts auszusetzen an dem, was sie sah.

»Abbé Maréchal ist sehr stolz auf seine Kirche«, sagte sie.

»Ja, das habe ich bemerkt«, antwortete Molly freundlich. »Es ist aber auch eine sehr schöne Kirche!«

»Sind Sie hier auf der Durchreise?« Clementine war offenbar ebenfalls neugierig.

»Ich helfe bei der Restaurierung der Kapelle«, antwortete Molly und deutete vage nach oben in Richtung der Berge.

»Ah, Sie sind die Studentin aus Paris!«, wiederholte die Frau die Worte des Pfarrers.

Molly musste lächeln. »Ja, die bin ich.«

»Furchtbar, das mit Pierre, nicht wahr?«, seufzte Clementine und knetete das Tuch in ihren Händen. »Er war zwar kein großer Kirchgänger, aber er war ein guter Mensch.«

»Ja, das glaube ich«, antwortete Molly. »Kannten Sie ihn besser?«

Die Frau schüttelte den Kopf. »Wie man sich im Dorf eben so kennt«, sagte sie und wandte sich ab.

Molly seufzte resigniert. Hier würde sie offenbar nichts mehr erfahren.

Nachdenklich ging Molly die kurze Straße von der Kirche zurück. Nach ein paar Metern bog nach links eine schmale Gasse ab. Die Häuser standen so nahe beisammen, dass zwischen den Fenstern Wäscheleinen gespannt waren, und Bettwäsche flatterte fröhlich über der Straße. Der Weg führte steil bergab, alle paar Meter war der Asphalt von einer flachen Stufe unterbrochen. Die Haustüren waren aus Holz und standen in einem unmöglichen Winkel zur Straße, keilförmige Treppenstufen reichten bis an die Türschwellen heran.

Molly folgte der Gasse und trat auf eine Straße hinaus, die sich zu einem Parkplatz erweiterte. Auf der anderen Seite erhob sich eine hohe Natursteinmauer mit einem Gittertor: der Friedhof. Sie überquerte die Straße und trat durch das Tor, das quietschend hinter ihr ins Schloss fiel. Auch der Friedhof war terrassenförmig angelegt, denn der Großteil des Dorfes lag am

Hang eines Hügels, was von der anderen Seite gar nicht zu erkennen war.

Langsam schlenderte Molly an den Grabreihen vorbei. Fast jedes Grab war von einer Steinplatte bedeckt, wie es hier üblich war. Auf den neueren Gräbern standen Blumentöpfe oder Kerzen, die älteren waren völlig leer. Die meisten Platten wurden von einem Kreuz aus Stein oder Holz gekrönt, doch dazwischen gab es auch Reihen mit Grabsteinen, wie sie sie aus Deutschland kannte. Still war es hier, nur eine einzelne Zikade zirpte in dem knorrigen Eichenbaum, der sich in der Mitte des Friedhofs erhob. Darunter war es schattig und nicht ganz so heiß.

Molly wusste selbst nicht, was sie hier eigentlich suchte, doch plötzlich stand sie vor einem schmucklosen Grabstein und musterte überrascht die Inschrift.

GERARD DEPUIS, 13 MAI 1889 – 24 MAI 1912

Hier lag also ihr Bankräuber begraben. Er hatte nicht einmal eine Grabplatte, nur ein Stück nackter Erde mit einer betonierten Einfassung. Ein paar Gräber weiter stand ein großer Stein mit weiteren Namen der Familie Depuis, wahrscheinlich seine Eltern und Großeltern. Doch alle waren schon lange tot.

Nun ging sie aufmerksamer durch die Reihen und hielt Ausschau nach bekannten Namen. Im unteren Bereich des Friedhofs wurde sie fündig: Hier lag die Familie Lombard begraben. Der Polizist Miquèl war, wie Molly von Jules wusste, im Krieg gefallen, sein Todestag war der 23. September 1917. Hier ruhte auch eine Auguste Lombard, die 2006 gestorben war, geboren 1909, das könnte Miquèls Tochter sein.

Ein paar Meter weiter stieß Molly nochmals auf den Namen Depuis: Eine Marie Faber war hier begraben, geborene Depuis. Sie war 1893 zur Welt gekommen und 1975 gestorben. Ihr Mann Claude Faber lag ebenfalls hier, er war ihr drei Jahre später ins Grab gefolgt. Darunter noch ein Eintrag, Fréderic Faber, wohl der Sohn, der von 1920 bis 1998 gelebt hatte. Unter Fréderics Namen war der seiner Frau eingraviert, Magdalène Faber, *née* Perette, geboren 1926 und offenbar noch am Leben, denn es war kein Todesdatum verzeichnet. Molly stellte sich vor, ihr Name stünde bereits auf einem Grabstein und wartete auf ihren Tod, und ihr lief trotz der Mittagshitze ein Schauer über den Rücken.

Sie blickte auf die Uhr, es war inzwischen kurz nach eins, und die Sonne brannte vom Himmel. Sogar die Zikade hatte ihr Zirpen eingestellt. Molly stieg den Weg zwischen den Grabsteinen wieder hoch und drehte sich am Tor nochmals um. Vor ihr breitete sich das Panorama der umgebenden Hügel aus. Unten im Tal glitzerte die Nesque in der Sonne, der Fluss, der im Laufe von Jahrmillionen den Taleinschnitt ausgewaschen hatte und an dessen Hängen das Dorf lag. Sie ließ diesen Anblick kurz auf sich wirken, dann drehte sie sich um und kehrte ins Dorf zurück.

Nach dem Mittagessen im Hotel – ein mit Schinken und Tomaten belegtes Baguette und ein Glas Orangensaft – begab sich Molly zur Polizeiwache, um ihre Fingerabdrücke nehmen zu lassen. Kommissar Demoireau hatte ihnen allen gestern versichert, dass sie keinesfalls unter Verdacht stünden und es nur darum ginge, eventuell gefundene Spuren zuordnen zu können. Aber sie machte sich ohnehin keine großen Sorgen, dass ihre Abdrücke dauerhaft im französischen Zentralregister gespeichert würden, und selbst wenn, würde ihre Abteilung in Brüssel beizeiten dafür sorgen, dass sie daraus auch wieder verschwanden.

Sie betrat die kleine Wachstube der *Police municipale* und war froh, aus der Sonne zu kommen. Der junge Polizist von gestern saß hinter einer hölzernen Trennwand am Schreibtisch und sprang auf, als er sie sah.

»Sie sind wegen der Fingerabdrücke hier, nicht wahr?«, fragte er.

»Ja, Commissaire Demoireau hat gesagt, ich soll heute Nachmittag herkommen.«

Der Polizist errötete aus unerfindlichen Gründen und verschwand nach hinten, um Stempelkissen und Karteikarten zu holen.

»Haben Sie einen Ausweis dabei?«, fragte er geschäftsmäßig.

»Ja, meinen Studentenausweis.«

»Das wird reichen«, murmelte er. Jetzt fiel Molly auch sein Name wieder ein, Sébastian hatte der Arzt ihn genannt. Seinen Nachnamen hatte sie nicht gehört.

Er öffnete die Absperrung in der hölzernen Balustrade, ließ sie ein und deutete mit der Hand auf den Stuhl, der auf der anderen Seite seines Schreibtischs stand. Er kehrte zurück auf seine Seite und malte mit sorgfältigen Buchstaben ihren Namen in die Karteikarte: Marie Bonnieux.

Dann schob er ihr das Karteiblatt, das Stempelkissen und ein Blatt Papier zu.

»Sie drücken der Reihe nach jeden Finger auf das Kissen, dann einmal auf das Blatt Papier und anschließend auf die Karteikarte. Jeden Finger in das richtige Feld, sehen Sie, hier. Soll ich Ihnen helfen?«

Seine braunen Hundeaugen sahen sie hoffnungsvoll an. Molly tat ihm den Gefallen nicht und schüttelte den Kopf. Als sie fertig war, fragte sie: »Wo kann ich mir die Hände waschen?«

»Oh, verzeihen Sie bitte!« Sébastian wurde schon wieder rot. Offenbar war er es nicht gewohnt, mit einer Frau allein im Zimmer zu sein. »Kommen Sie bitte mit.«

Er stand auf, führte sie einen schmalen Gang nach hinten und öffnete die Tür zu einer Toilette mit Waschbecken.

»Warten Sie, ich bringe Ihnen ein frisches Handtuch«, sagte er und verschwand hinten im Gang. Kurze Zeit später brachte er ein raues Baumwolltuch und reichte es Molly. Dabei berührten sich kurz ihre Fingerspitzen, und das brachte den jungen Mann völlig aus dem Konzept. Sein Adamsapfel hüpfte nach oben und unten, dann stammelte er: »Ich lasse Sie jetzt allein«, und flüchtete wieder zu seinem Schreibtisch.

Molly seifte sich die Hände gründlich ein und verwendete die Bürste, die am Waschbeckenrand lag, um die Finger von der Stempelfarbe zu säubern. Sie trocknete ihre Hände ab und hängte das benutzte Handtuch über das Waschbecken.

Als sie zurück in die Wachstube kam, saß Sébastian an seinem Schreibtisch und starrte konzentriert auf den Bildschirm seines Computers.

»Brauchen Sie mich noch?«, fragte Molly.

»Nein, Sie sind jetzt fertig«, antwortete der Polizist und hatte schon wieder diesen Hundeblick.

»Ja dann, *au revoir,* Sébastian!«

»Ich heiße Poirot«, murmelte er. »So wie …«

»Wie Hercule Poirot, der Detektiv?« Molly lächelte ihn an. »Das ist sicher ein gutes Omen für Ihren Beruf«, sagte sie und wandte sich ab.

In der Tür drehte sie sich noch einmal um und sah, dass Sébastian Poirot ihr wie ein hypnotisiertes Schaf hinterherstarrte. Auf einmal fühlte sie sich sehr alt, dabei war der junge Mann höchstens drei Jahre jünger als sie.

KAPITEL 7

Auf dem Rückweg zum Hotel hielt Molly an der *Épicerie* an, um frisches Obst und ein paar Süßigkeiten zu kaufen. Sie war hungrig und hatte das Gefühl, sich diesen Luxus heute verdient zu haben. Gedankenverloren stand sie vor den Kisten mit den Äpfeln und konnte sich nicht zwischen den einzelnen Sorten entscheiden. Während sie noch überlegte, Pink Lady oder doch Provençale rouge, wurde ihr bewusst, dass sie Zeit totschlug. Bis zum Abendessen war es noch eine ganze Weile hin, und die erzwungene Untätigkeit lag ihr gar nicht. Immerhin hatte sie einen Auftrag zu erfüllen! Aber so lange die Polizei an der Kapelle ermittelte, konnte sie nicht viel tun.

So stöberte sie in den Regalen mit Salzkaramellen und Nougat, betrachtete die schön gestalteten Etiketten der Weinflaschen und landete am Ende vor einem Aufsteller mit Wanderkarten und Reiseführern. In denen blätterte sie eine Zeit lang. Nachdem sie die Zusage für das Praktikum in der Kapelle bekommen hatte, hatte sie sich als Vorbereitung auf ihre Aufgabe zwar über Mirocène und seine Umgebung informiert, aber viel wusste sie bisher nicht über die Gegend.

Am Ende kaufte sie einen Wanderführer, den der Fremdenverkehrsverband des Mont Ventoux herausgegeben hatte; darin waren auch detaillierte Karten der Umgebung enthalten. Bevor sie ging, streichelte sie noch den Hund des Ladenbesitzers, der wie immer an der Kasse saß und alles genau im Blick hatte. Beim Gedanken daran, dass so etwas in Deutschland völlig unmöglich wäre, musste sie schmunzeln.

Mit ihren Schätzen beladen kehrte sie ins Hotel zurück und verspeiste auf dem Weg einen Apfel. In ihrem Zimmer angekommen, legte sie sich aufs Bett und schloss für einen Moment die Augen. Gefühlt nur Sekunden später schreckte sie hoch, als es leise an der Tür klopfte.

»Marie, das Essen ist fertig!« Lilous Stimme klang gedämpft durch die Tür.

»Danke«, rief Molly. »Ich komme gleich!«

Kurz blieb sie noch liegen und bemühte sich, richtig wach zu werden. Normalerweise schlief sie nie tagsüber, und der Lohn für ihren Nachmittagsschlaf war prompt ein stechender Kopfschmerz. Sie stand auf, ging zum Fenster und stieß die Läden auf. Die warme Abendluft strömte ins Zimmer, und unmittelbar ging es ihr besser. Sie wusch sich das Gesicht mit kaltem Wasser, dann musterte sie sich stirnrunzelnd im Spiegel.

Sie hatte ihre Augenbrauen nicht mehr gezupft, seit sie hier war, und schminkte sich auch nicht, um ihrer Rolle als Marie zu entsprechen. Sie sah dadurch jünger aus und ähnelte ein wenig ihrer französischen Großmutter. Sie bürstete die schwarzen Haare aus dem Gesicht und band sie wieder zum Pferdeschwanz zusammen, dann lief sie die Treppe hinunter und betrat den Gastraum.

»*Bonsoir,* Marie!«, rief Jacques ihr von der Theke aus zu. »Sie möchten sicher lieber draußen essen, *n' est-ce pas?*«

»Ja, gern«, antwortete Molly. »Bringen Sie mir bitte ein Glas Wein?«

Jacques nickte ihr zu und holte eine offene Flasche Rosé aus dem Kühlschrank unter der Theke. Ohne nähere Angabe war »Wein« hier immer der rosafarbene Vin de pays aus der Vaucluse.

Molly nahm draußen an ihrem üblichen Tisch an der Hauswand Platz, und prompt begann das Handy zu brummen, als es endlich Empfang bekam. Molly warf einen Blick darauf, der Akku war fast leer; sie hatte vergessen, es tagsüber auszuschalten, und das arme Ding hatte den ganzen Tag vergeblich versucht, ein Netz zu finden.

Eine E-Mail von Freunden aus Düsseldorf, weitergeleitet von ihrer privaten Mailadresse, die sie für nächste Woche zum Essen einladen wollten. Eine kurze Mail von Charles, nichtssagend wie immer, die ihr Herz dennoch zum Klopfen brachte. Molly kannte seine Bücher und wusste, wie gut er mit Worten spielen konnte. Sie waren sein Werkzeug, mit dem er alles erschaffen konnte, was auch immer er sich vorstellte. Die scheinbar fehlende Tiefe in seinen Mails gehörte zum Spiel, ein kleiner Wink aus der Ferne: »Ich bin hier und liebe dich«, den außer ihr niemand verstand.

Zuletzt ertönte ein Pling des verschlüsselten Messengers, das sie über eine neue Nachricht ihrer Abteilung informierte. Es gab Ergebnisse zu der angeforderten Recherche über Claude du Fondette; die Dateien lagen im Cloud-Verzeichnis. Während Molly noch überlegte, ob sie sie gleich herunterladen oder lieber erst in Ruhe essen sollte, verdunkelte sich das Display, und das Handy schaltete sich ab – der Akku war leer, die Arbeit musste warten.

In diesem Augenblick erschien Lilou mit einem dampfenden Teller voll Spaghetti, auf denen sich Fischstücke, Meeresfrüchte und eine helle Sauce den Platz streitig machten. Das Mädchen stellte den Teller vor sie hin und wünschte *»Bon appétit«*.

Molly sog den Duft tief ein, schnupperte Knoblauch und Thymian, und das Wasser lief ihr im Mund zusammen. Sie genoss die feinen Aromen und tunkte noch den letzten Rest der Sauce mit einem Stück Baguette auf. Danach saß sie mit dem Weinglas in der Hand in der hereinbrechenden Dämmerung, satt und zu müde zum Denken, und sah den Pétanquespielern auf dem Platz gegenüber zu. Auch Jules war dabei; er blickte zu ihr herüber und hob grüßend die Hand. Sie winkte zurück und lächelte ihm zu, auch wenn er das auf die Entfernung kaum wahrnehmen konnte.

Tags darauf erwachte Molly voller Tatendrang. Noch vor dem Frühstück lud sie die Ergebnisse ihrer Anfrage zu Claude du Fondette aus dem Cloudspeicher auf ihr Handy und sichtete die Dateien. Es war überraschend wenig, was die Recherchespezialisten ihrer Abteilung zusammengetragen hatten.

Claude du Fondette war 1950 in Carpentras geboren und nach Abschluss seines Studiums der Nationalökonomie in die *Banque du Fondette* eingetreten. Schon früh hatte er die Leitung übernommen und wurde auch als letzter Inhaber der Bank im Bankenregister geführt. Er besaß Anteile an mehreren Investmentunternehmen, ohne jedoch namentlich als Gesellschafter geführt zu werden. Seine Wohnadresse lautete auf einen Pariser Nobelbezirk, und über sein Privatleben war überhaupt nichts bekannt.

Molly ließ das Telefon sinken und runzelte die Stirn. Von den Recherchen hatte sie sich mehr erwartet. Insbesondere fehlte ihr die Verbindung zur *Groupe BFC*, die doch unzweifelhaft bestehen musste, denn immerhin trat der Mann als Vertreter der Bankengruppe auf. Doch davon war in dem Bericht nichts zu lesen. Die Arbeiten an der Kapelle würden heute bestimmt noch nicht fortgesetzt, also beschloss sie, gleich nach dem Frühstück nach Carpentras zu fahren und vor Ort weitere Nachforschungen anzustellen. Falls es ihr gelänge, die Adresse der *Banque du Fondette* herauszubekommen, wäre das zumindest ein Ansatz.

Als sie beim Frühstück Lilou gegenüber erwähnte, dass sie nach Carpentras wollte, hellte sich das Gesicht der jungen Frau auf.

»Kannst du mich mitnehmen?«, fragte sie. »Ich muss einige Besorgungen für meine Tante erledigen, und mit dem Bus dauert das ewig!«

Molly nickte. Innerlich war sie nicht erfreut, denn bei ihren Recherchen wollte sie keine Zuschauer haben, aber sie sah keine Möglichkeit, Lilou die Bitte abzuschlagen.

Sie brauchten ziemlich lang, um aus dem Dorf zu kommen, denn heute war Markttag in Mirocène, und der gesamte Hauptplatz rund um das Boulodrome war für den Autoverkehr gesperrt. Immerhin hatte man vor dem Hotel eine schmale Fahrspur für die Autos freigehalten, trotzdem kam Molly nur im Schritttempo voran.

In Carpentras stellte sie den Peugeot auf dem großen Parkplatz an der Porte d'Orange ab, und sie gingen zu Fuß in die Innenstadt. Unzählige Bilder, Exponate des jährlichen Kunstfestivals, hingen wie Flaggen an gespannten Leinen über den schmalen Gassen von Carpentras. Sie bewegten sich leicht im Morgenwind und setzten bunte Farbtupfer zwischen die Häuser. Es war noch früh, die Kellner stellten gerade die Tische und Stühle vor die Cafés, und die Gemüsehändler bauten ihre Auslagen auf den Bürgersteigen auf.

Molly war bis jetzt erst einmal hier gewesen, um sich den Wochenmarkt anzusehen, der zu den schönsten und größten in der Provence gehörte. Die gesamte Altstadt verwandelte sich jeden Freitag in ein einziges Einkaufsparadies, wo man nicht nur Obst und Gemüse, Wurst, Käse, Wein und Oliven kaufen konnte, sondern auch Kleidung, Haushaltsartikel, Stoffe, Kinderspielzeug, Kunst, Antiquitäten und leider auch immer mehr Ramsch jeglicher Art. Heute jedoch herrschte nur die an einem Geschäftstag übliche Betriebsamkeit.

An der Place de l’Horloge trennten sich ihre Wege. Lilou verschwand in einer der zahlreichen Seitengassen, und Molly durchquerte die Altstadt mit schnellen Schritten, um zum Boulevard Albin Durand zu gelangen. Ihr Ziel war die Bibliothèque Inguimbertine, eine der ältesten und berühmtesten in Frankreich. Der museale Teil war zurzeit nicht zugänglich, da die komplette Bibliothek neu strukturiert und in ein neues Gebäude überführt werden sollte. Der allgemeine Teil der Stadtbibliothek, der auch das Stadtarchiv enthielt, war jedoch geöffnet und stand jedermann zur freien Verfügung.

Molly betrat das Gebäude und brauchte einen Moment, bis sie sich an der großen Schautafel in der Eingangshalle orientiert hatte. Die Räume, die zur Belletristik führten, ließ sie links liegen, stattdessen steuerte sie direkt auf die Abteilung mit der Stadtgeschichte zu. Hier fand sie dicke Fotobände mit den historischen Monumenten Carpentras’ neben Stadtführern für Touristen und kunsthistorischen Fachbüchern. Sie wusste gar nicht so recht, wonach sie genau suchen sollte, aber wenn es etwas gab, das nicht im Internet stand, dann womöglich hier. Vielleicht gab es eine Biografie des alten Jerôme du Fondette oder einen Abriss über die Finanzwelt in der Provence; alles konnte hilfreich sein, um Licht in die Geschehnisse rund um die Bank zu bringen.

Die Sammlung zur Stadtgeschichte war ein wenig unsortiert, und so dauerte es ziemlich lange, bis sie in einer der hinteren Ecken zwischen einem Band mit Biografien der Bürgermeister von 1850 bis 1975 und einem spirituellen Reiseführer zu den alten Kultstätten der Provence fündig wurde. Dort stand ein schmales leinengebundenes Büchlein mit goldgeprägten Lettern: »Brochure commémorative à quarante ans de la Banque du Fondette«, eine Festschrift zum vierzigjährigen Bestehen der Bank. Sie nahm das Büchlein aus dem Regal, setzte sich an den Tisch in der Mitte des Raums und begann zu lesen.

Das Währungssystem in Europa wurde in der zweiten Hälfte des neunzehnten Jahrhunderts von Goldmünzen bestimmt. Sie waren überall in Umlauf, und der eingeprägte Wert entsprach exakt dem Goldwert der jeweiligen Münze.

Doch nach dem Deutsch-Französischen Krieg 1870/71 brauchte der französische Staat sein Gold für Reparationen und Auslandsgeschäfte. Die ersten Banknoten wurden ausgegeben, und der Staat führte eine Goldprämie ein, angeblich, um die höheren Transportkosten und die Abnutzung des weichen Metalls auszugleichen. Tatsächlich gelangten dadurch aber immer weniger Goldmünzen in Umlauf, und notgedrungen gewöhnten sich die Menschen an das Bezahlen mit den ungeliebten Noten.

In den Köpfen der Menschen war nämlich immer noch Gold als Symbol für Reichtum verankert. Alltagsgeschäfte wickelte man mit den praktischeren Banknoten ab, aber große Anschaffungen wurden in traditioneller Weise nach wie vor mit edlem Metall bezahlt. Besonders die Landbevölkerung trennte sich nur schwer von ihrem gewohnten Zahlungsmittel. Die Bauern bewahrten ihr erspartes Gold lieber im Keller auf, anstatt es auszugeben oder zur Bank zu bringen, denn zu den Banken hatte niemand Vertrauen.

In dieser Situation gründete Jerôme du Fondette im Jahr 1872 die *Banque du Fondette*.

Die Familie Fondette betrieb seit mehreren Generationen eine kleine Pfandleihe in der Rue d'Inguimbert in Carpentras. Schon immer machten hier die Menschen ihre Wertsachen zu Geld, im Vertrauen darauf, dass sie ihr Eigentum wiederbekamen, sobald die finanzielle Lage es erlaubte. Jerôme du Fondette stammte selbst aus einem kleinen Dorf in den provenzalischen Bergen und konnte das Misstrauen der Landbevölkerung gegenüber den großen Bankhäusern nachvollziehen. Er verstand, wie wichtig das ersparte Gold für die Bauern war, denn es bedeutete Reichtum und Status, während die einfachen Landarbeiter mit ihren Banknoten wirtschaften mussten.

Für ein Geschäft ein Goldstück anzubrechen, um dann das Wechselgeld in Banknoten zu erhalten, widerstrebte dem einfachen Mann, und darauf gründete Jerôme du Fondettes Geschäftsidee: Er bot den Leuten an, ihre Goldmünzen in Verwahrung zu nehmen und ihnen jeden gewünschten Betrag bis zur Höhe des entsprechenden Wertes in Noten auszuzahlen. Für die Münzen stellte er eine Quittung aus, so wie zuvor in der Pfandleihe, und innerhalb einer festgelegten Frist konnte jeder sein Gold gegen eine kleine Gebühr wieder zurückerwerben. Die Gebühr lag unter der Goldprämie des Staates, und da der Goldpreis immer dem aufgeprägten Wert der Münze entsprach, würde auch niemand bei diesem Geschäft verlieren. Die Bauern waren wieder flüssig und hatten trotzdem das Gefühl, ihr Gold noch zu besitzen – sie konnten es ja jederzeit zurücktauschen. Und Jerôme du Fondette hatte stets hartes Edelmetall im Tresor, auf dessen Basis ihm jeder bereitwillig Kredit gewährte.

Zwar gab es zu diesem Zeitpunkt bereits Sparkassen und Sparbücher, auf die man sogar Zinsen bekam, doch die Sparkassen führten alle Einlagen sofort an das Schatzamt in Paris ab, und in den Augen der einfachen Landbevölkerung war ihr Gold damit unwiederbringlich verloren.

Da durch die Entwertung der Banknoten nur selten jemand das Geld für den Rückkauf des Goldes aufbrachte, wuchs der

Goldbestand der *Banque du Fondette* immer weiter. Und auch das Vermögen von Jerôme du Fondette wuchs unablässig, denn mit den Krediten, die er aufgrund seines Goldes großzügig erhielt, investierte er geschickt im Ausland. So kaufte er frühzeitig Anteile an Goldminen in Amerika und verwendete die daraus resultierenden Gewinne zum Ankauf weiterer Anlagen. Er spekulierte an der Börse und hatte auch damit meistens Glück.

Im Laufe der Jahre stieg die staatliche Goldprämie, und das beschränkte den Umlauf des Metalls immer weiter. Die Menschen bekamen immer weniger Goldmünzen in die Hand, doch das wenige wurde von den vertrauensvollen Menschen immer noch zur *Banque du Fondette* gebracht und in die praktischeren Geldscheine umgetauscht.

In der Festschrift zum vierzigsten Gründungsjahr der Bank wurde diese Geschichte natürlich ein wenig anders dargestellt: Hier war Jerôme du Fondette der große Wohltäter, der dafür sorgte, dass die Landbevölkerung immer genügend Geld in der Tasche hatte. Doch Molly wusste genug über die Wirtschaftsgeschichte Frankreichs und die Tricks im Geldverkehr, um die Wahrheit zwischen den Zeilen herauslesen zu können.

Sie schloss die Augen und vergegenwärtigte sich die damalige Situation: Rein rechtlich gehörte das Gold natürlich gar nicht der Bank. Theoretisch konnten es die Bauern jederzeit gegen Bezahlung des quittierten Betrags wieder auslösen. Doch in Wahrheit war das unmöglich, denn die Geldscheine verloren immer schneller an Wert. Die Situation eskalierte im Jahr 1912, als der Staat den privaten Besitz von Gold praktisch verbot. Ein junger revolutionärer Student der Finanzwissenschaften, der die Dorfbewohner aufwiegelte und ihnen etwas von Zins und Zinseszins erzählte, reichte aus, um die Landbevölkerung zum

Sturm auf die Bank aufzurufen. Und genau das schien passiert zu sein, wenn sie den Zeitungsausschnitt richtig interpretierte, der ihr aus dem schmalen Band der Gedenkschrift entgegenrutschte: Im April 1912 war Gerard Depuis an der Spitze von einigen hundert Bauern vor der *Banque du Fondette* aufmarschiert und hatte lautstark die Rückzahlung des in den letzten zwanzig Jahren deponierten Goldes gefordert. Die Bauern hatten ihre Quittungen vorgezeigt und ihre wertlosen Banknoten geschwungen, doch die Polizei war gekommen und hatte den Aufmarsch ohne viel Aufhebens zerstreut. Der alte Fondette war nicht einmal in Erscheinung getreten, was nur bewies, wie sicher er sich seiner Sache war.

Doch was um alles in der Welt hatte den bis dahin unbescholtenen Studenten dazu gebracht, eine Bank zu überfallen? War es denkbar, dass Jerome du Fondette mit Depuis gemeinsame Sache gemacht hatte? Mit einem vorgetäuschten Bankraub hätte er zwei Fliegen mit einer Klappe geschlagen: Die Bauern bekämen einen Teil ihres Goldes wieder, während er den Rest unauffällig vor dem Zugriff des Staates verbergen konnte. Denn auch Kleinbanken wie die Banque du Fondette gerieten im Jahr 1912 immer mehr unter Druck, ihr Gold an den Staat abzugeben, da kam so ein Bankraub bestimmt nicht ungelegen.

Doch das nachzuweisen würde schwierig, wenn nicht sogar unmöglich werden. Aber wenn sie recht hatte, dann hatte Gerard Depuis den Gaunerzinken in der Kirche für niemand anderen als für Jerôme du Fondette hinterlassen, und wenn sie herausfand, was er bedeutete, konnte sie vielleicht sogar das Gold finden. Das wiederum, so hoffte sie, würde auch Claude du Fondette aus der Reserve locken, von dem bis jetzt verdächtig wenig bekannt war.

Sie gestand sich ein, dass der Umweg über die Schatzsuche erneut eine Sackgasse sein konnte. Nach so langer Zeit war ihre Chance, etwas zu finden, denkbar gering. Andererseits war das die einzige Spur, die sie hatte, und solange sich nichts anderes ergab, würde sie es damit versuchen.

Sie holte ihr Telefon aus der Tasche und fotografierte gewissenhaft erst alle Seiten des Büchleins und anschließend den vergilbten Zeitungsausschnitt ab. Dann schob sie ihn wieder zwischen die Seiten, stellte die Festschrift ins Regal zurück und verließ die Bibliothek in Richtung Altstadt.

Sie hatte sich die Adresse eingeprägt, die in der Festschrift der Bank angegeben war; die Rue d'Inguimbertine lag mitten in der Altstadt. Schon aus der Entfernung erkannte sie das Gebäude, das in dem Büchlein abgebildet war, an den verschnörkelten Balkonen in der ersten Etage.

Beim Näherkommen riss sie überrascht die Augen auf. Im Erdgeschoss residierte nach wie vor eine Bank – das blaue Logo der *Groupe BFC* zierte die Türen und wiederholte sich in den Fensterscheiben. Molly runzelte die Stirn. Das Emblem auf der Festschrift tauchte vor ihrem inneren Auge auf, und sie meinte, eine gewisse Ähnlichkeit im Schriftbild zu erkennen. *BFC.* Vielleicht stand das »BF« ja für *Banque du Fondette* und das C für Carpentras? Langsam fügte sich ein Puzzlestück an das andere.

Ein paar Minuten lang betrachtete sie die graue Fassade, die nichts darüber erzählte, was an dieser Stelle vor hundert Jahren geschehen war. Dem Publikum nach, das hier verkehrte, war das Bankhaus offenbar noch immer die Hausbank vieler Menschen, obwohl die großen staatlichen Banken wie Crédit Agricole oder die BNP Paribas bestimmt günstigere Konditionen boten. Kurz entschlossen trat Molly in den Eingang. Wenn sie vorgab, hier ein Konto eröffnen zu wollen, konnte sie vielleicht im Gespräch mit einem der Bankangestellten mehr zur Vergangenheit der Bank erfahren.

Der Schalterraum war modern eingerichtet und reflektierte in keinster Weise das alte Gebäude, das ihn umgab. Molly sah sich nach den Beratungsplätzen um, da fiel ihr Blick auf einen blonden Haarschopf in der Schlange der Menschen, die am Kassenschalter anstanden. Es war Lilou! Schnell wandte sie sich ab, bevor das Mädchen sie bemerkte. Ihre Anwesenheit hätte sie nicht gut erklären können, deshalb verließ sie die Bank unverrichteter Dinge und suchte stattdessen nach dem Café Paris, wo sie sich mit Lilou verabredet hatte.

Auf großen Tafeln wurde das Mittagsgericht angepriesen, Spaghetti au saumon fumé. Sie bestellte eine Portion und dazu eine Flasche Mineralwasser. Während sie auf ihr Essen wartete, schickte sie eine neuerliche Anfrage an die Rechercheabteilung. Mit dem Wissen, dass die frühere *Banque du Fondette* inzwischen zu einer Filiale der *Groupe BFC* geworden war, ließ sich vielleicht etwas über die komplizierten Verflechtungen der Bankengruppe herausfinden. Ihre Kollegen in Brüssel arbeiteten schließlich eng mit der Europäischen Bankenaufsicht zusammen, und die wiederum hatte Zugriff auf die Daten der Bankenkontrolle der Banque du France. Und mit etwas Glück brachte das auch Licht in die Rolle von Claude du Fondette.

Beim Essen ging sie in Gedanken nochmals die gewonnenen Informationen durch. Offenbar war die *Banque du Fondette* in der *Groupe BFC* aufgegangen, und Claude du Fondette hatte da eine leitende Position inne – wie sonst konnte er über die Restaurierung der Kapelle entscheiden? Bestimmt wusste er von dem alten Bankraub, von dem sie vermutete, dass er eine abgekartete Sache gewesen war. War das der wahre Grund für die Renovierungsarbeiten? Molly schüttelte den Kopf, das erschien ihr doch zu weit hergeholt. Allerdings würde es erklären, warum man eine Studentin und nicht ein ausgebildetes Team von Restauratoren beauftragt hatte, die alten Fresken freizulegen. Jedenfalls schien der geheimnisvolle Monsieur du Fondette ein privates Interesse an der Kapelle zu haben, so viel war ihr klar.

Das Auftauchen von Lilou in der Menge unterbrach Mollys Gedanken. Sie winkte dem Mädchen zu, das sich erschöpft auf den Stuhl neben ihr fallen ließ.

»Ich verdurste«, stöhnte Lilou. »Ich werde mich nie an diese Hitze gewöhnen!«

Molly schmunzelte und winkte dem Kellner, der wenig später Lilou eine Flasche Wasser und für sie einen Kaffee brachte. Im Kopf plante sie bereits ihre nächsten Schritte.

KAPITEL 8

Der Rückweg nach Mirocène dauerte länger als geplant. Vor ihnen zuckelte ein altersschwacher Traktor an der Spitze einer langen Kolonne von Autos. Immer wieder scherten einzelne Fahrzeuge aus und zogen hupend an dem Museumsstück vorbei. Molly waren die Überholmanöver der Franzosen zu riskant, sie biss die Zähne zusammen und fasste sich in Geduld.

Hatte Lilou anfangs noch gescherzt und von ihrem Studium in Paris erzählt, wurde sie zusehends stiller und sah immer öfter nervös auf die Uhr. Inzwischen war es Nachmittag geworden, und Margot wunderte sich bestimmt schon, wo ihre Nichte blieb.

Molly hielt in zweiter Spur vor dem Hotel und ließ Lilou aussteigen, dann setzte sie den Wagen zurück, verließ das Dorf und bog in die schmale Straße ab, die in die Berge führte. Nach einigen Minuten hatte sie die Kapelle erreicht und parkte ihren Peugeot im Schatten unter den Büschen, die den Zufahrtsweg säumten. Sie sah sich aufmerksam um, als sie zu der kleinen Terrasse neben der Kapelle schritt, aber weit und breit war niemand zu sehen. Vom Knauf an der Eingangstür flatterte das rote Absperrband der Polizei, doch sie wollte die Kapelle gar nicht betreten.

Die Sonne schien warm auf den kleinen Platz, und die alte Steinwand reflektierte die Hitze des Tages. Molly atmete tief ein und genoss die Gerüche in vollen Zügen: Thymian und ein wenig Lavendel lagen immer in der Luft; hier gesellte sich noch eine harzige Note hinzu, die von den Kiefern auf der anderen Straßenseite rührte. Der Gesang der Zikaden schallte von den Olivenbäumen hinter der Kapelle herüber und übertönte fast das Gezwitscher der Vögel in den Büschen.

Molly nahm auf der Steinbank Platz, auf der Colombin und Pierre so oft gesessen hatten, und vergegenwärtigte sich nochmals die Position des Gaunerzinkens in der Kapelle. Die Kirchenmauer sprang neben ihr ein Stück vor und bildete die Ecke der Terrasse; dahinter musste das kleine Seitenschiff sein, in dem sie gearbeitet hatte. Eine niedrige Steinmauer begrenzte die sandige Fläche, unterbrochen von ein paar Stufen, die hinunter zu dem Olivenhain führten, über dem sich die Kapelle erhob.

Molly zog ihr Handy aus der Tasche und öffnete die Fotogalerie. Als sie das Bild anklickte, auf dem die Bruchstücke des Zinkens noch an der Wand hingen, erkannte sie, dass der Pfeil nicht gerade gemalt war, sondern dass seine Spitze nach unten wies. Sie stand auf, das Handy mit dem Bild der Kapellenwand in der Hand, und stellte sich so hin, dass der Zinken parallel zur Wand des Mauervorsprungs verlief.

Ah! Sie grinste anerkennend, als ihr klar wurde, was Gerard mit dem Zeichen hatte sagen wollen.

Sie steckte das Handy wieder ein und kletterte vorsichtig die steilen Stufen zum Olivenhain hinunter. Dann wandte sie sich der Kapelle zu.

Von hier aus ragte sie überraschend hoch über ihr auf, denn sie war auf einem Felsvorsprung errichtet, wie sie jetzt erkannte. Die Natursteinwand der Apsis schien direkt aus dem Fels herauszuwachsen, und der kleine Garten mit dem Olivenbaum war nichts anderes als die Fortsetzung der felsigen Fläche, auf der die Kapelle stand.

Die Pfeilspitze des Gaunerzinkens musste genau auf die Ecke der Seitenkapelle gewiesen haben, dorthin, wo die Außenwand der Kapelle mit der Begrenzungsmauer zusammenstieß. Und wenn sie die Richtung des Gaunerzinkens richtig interpretierte, dann müsste sie am Fuß der Mauer fündig werden. Sie beugte sich vor, um die Steine genauer in Augenschein zu nehmen.

Mit den Fingern tastete sie die Mauer ab, doch die Steine waren alle fest verankert und wiesen keine Zwischenräume auf. Die Felswand unterhalb der Mauer dagegen war zerklüftet und von Spalten durchzogen, in denen wilder Thymian und stacheliger Steinbrech wuchsen. Vorsichtig fasste sie in die kleinen Höhlungen hinein, doch außer einer Eidechse, die erschrocken davonraschelte, fand sie nichts.

Sie wollte gerade aufgeben, da erspürten ihre Finger eine kleine Bewegung. Direkt unterhalb der untersten Mauerreihe wackelte ein faustgroßer Stein unter ihrer Berührung, und als sie daran zog, gab er nach. Doch bevor sie noch den Stein aus seinem Bett aus Moos und Sand befreien konnte, vernahm sie ein Motorengeräusch und das Knirschen von Sand unter Reifen.

Im Stillen verfluchte sie die Zikaden für den Lärm, denn sie hatte das Auto nicht kommen hören. Rasch sprang sie die Treppenstufen hoch, und als die Autotüren zuschlugen und Schritte näher kamen, saß sie bereits mit klopfendem Herzen auf der Steinmauer, zwang sich, ruhig zu atmen, und schaute anscheinend in Gedanken versunken in die Ferne.

Sie hob den Kopf und musste ihre Überraschung nicht vortäuschen. Es war Commissaire Demoireau, der in Begleitung des Mannes von der *Groupe BFC* den Platz vor der Kapelle betrat. Beide waren offenbar mindestens genauso überrascht, sie zu sehen, doch nur Demoireau kam näher und reichte ihr die Hand.

»*Bonsoir,* Mademoiselle Bonnieux«, begrüßte er sie jovial. »Ich nehme an, Sie kennen Monsieur du Fondette bereits?«

Molly nickte seinem Begleiter stumm zu und unterdrückte jede Regung in ihrem Gesicht. Sie hätte sich eigentlich denken können, dass er es war. In der Aufregung der letzten Tage hatte sie gar nicht mehr an den elegant gekleideten Herrn gedacht, der letzte Woche die Arbeiten an der Kapelle inspiziert hatte. Unauffällig musterte sie den Mann, der sich bis jetzt jeder Nachforschung entzog.

»Was führt Sie denn hierher?«, fragte Demoireau. Sein Tonfall war in keiner Weise vorwurfsvoll oder anklagend, nichts als freundliches Interesse, aber Molly hatte gelernt, in ihrem Job niemandem zu vertrauen.

»*Excusez-moi,* Monsieur le Commissaire«, antwortete sie leise und stand auf. »Ich wusste nicht …«

Sie sah ihn mit gespielter Unsicherheit an. Die Scharade war vor allem für Fondette gedacht, aber sie durfte nicht übertreiben, der Kommissar war sicher ein guter Menschenkenner.

Demoireau reagierte prompt. »Nein, nein, Mademoiselle, es ist alles in Ordnung«, beteuerte er. »Die Kapelle ist noch gesperrt, wir haben die Untersuchungen noch nicht abgeschlossen.« Er nickte dem Bankier zu, als ob sich das »Wir« auch auf ihn bezog.

»Gibt es schon etwas Neues?« Ihre Stimmlage war einen Hauch höher als sonst.

»Nein, leider wissen wir noch nichts Genaues.«

Nun kam auch Claude du Fondette heran. »Sie bekommen Bescheid, sobald es weitergeht«, erklärte er kurz angebunden.

Er nahm wohl an, dass sie wegen der Arbeit hier war, doch Molly entging nicht, dass er sie scharf musterte.

Sie erwiderte seinen Blick offen, nein, sie hatte nichts zu verbergen.

»Ich fahre dann wohl besser wieder.« Sie warf Demoireau noch einen traurigen Blick zu und wandte sich zum Gehen.

»Nehmen Sie sich die Sache nicht so zu Herzen«, sagte der Commissaire. Offenbar war der Eindruck, den sie vermitteln wollte, bei ihm angekommen.

»Es ist sehr schwer«, griff Molly seine Worte auf. »Ich hatte das Gefühl, es würde helfen, wenn ich hierherkomme.«

»Ja, das kann ich verstehen.« Der Kommissar war jetzt ganz der fürsorgliche väterliche Freund. Er warf Fondette einen entschuldigenden Blick zu, nahm sie beim Arm und führte sie zu ihrem Wagen. Molly ließ ihn gewähren und blieb ihrer Rolle treu: erschüttert vom gewaltsamen Tod ihres Arbeitskollegen, erschrocken über die Konfrontation mit der Vergänglichkeit des Lebens.

Als sie ins Auto stieg und den Motor anließ, erhaschte sie noch einen Blick auf Fondette. Er stand starr wie aus Stein gemeißelt am Kirchenportal und ließ sie nicht aus den Augen, während Demoireau auf ihn einredete. Offenbar hatte sie seinen Verdacht nicht zerstreuen können, sein Misstrauen war fast körperlich greifbar. Doch woher kam es? Was störte ihn an der Tatsache, dass sich die kleine Studentin, die er eingestellt hatte, an der Kapelle aufhielt?

Molly legte den Rückwärtsgang ein, wendete das Auto und fuhr zurück nach Mirocène. Die Geschichte gefiel ihr immer weniger. Sie war sich inzwischen sicher, dass hinter Pierres Tod mehr steckte als nur ein Unfall. Warum sonst sollte Claude du Fondette persönlich hier auftauchen? Nun war sie froh, dass sie dem Kommissar nichts von dem Gaunerzinken erzählt hatte, denn er schien den Bankier als Wohltäter des Dorfes regelrecht zu hofieren. Ärgerlich war nur, dass sie nun auch nicht erfahren würde, ob die Bruchstücke mit dem Zeichen wirklich verschwunden waren.

Beim Abendessen überlegte Molly ihr weiteres Vorgehen. Obwohl der Salade niçoise hervorragend schmeckte, ließ sie der Gedanke an den Fall nicht los, und sie überdachte beim Essen die Möglichkeiten, die ihr zur Verfügung standen.

Zur Kapelle konnte sie jetzt nicht mehr ohne Weiteres fahren, ohne Aufmerksamkeit zu erregen. Wenn der Kommissar oder gar Monsieur du Fondette sie nochmals dort oben antreffen sollten, würde ihr niemand mehr die Harmlosigkeit ihres Tuns abnehmen. Trotzdem musste sie unbedingt wieder hin, denn der lose Stein in der Mauer, den sie entdeckt hatte, ließ ihr keine Ruhe. Es war wirklich Pech, dass Demoireau und Fondette ausgerechnet in diesem Augenblick zur Kirche gekommen waren!

Sie erinnerte sich an den Wanderführer, den sie am Vortag in dem kleinen Laden am Marktplatz erstanden hatte, und legte die Gabel zur Seite. Sie kramte ihn aus ihrer Tasche, schlug ihn auf und fand ziemlich in der Mitte das Dorf Mirocène samt einer Beschreibung der wenigen Sehenswürdigkeiten. Die Kirche fand Erwähnung, ebenso der alte Friedhof, doch in erster Linie war Mirocène Ausgangspunkt von mehreren Wanderwegen in die Berge. Sie studierte die detaillierte Karte und sah einen rot markierten Steig eingezeichnet, der hinter dem Marktplatz am Ende einer Gasse begann und auf halber Höhe des Berghangs bis hoch zur Kapelle führte. Dort überquerte er die Straße und setzte sich auf der anderen Seite fort, den Berg wieder hinunter bis ins nächste Tal. »*Route ancienne*« stand am Beginn des Weges, die alte Straße. Der Weg verlief auf der Karte fast schnurgerade den Berghang entlang und erschien deutlich kürzer als die *Route départementale*, die sich auf der anderen Seite des Hügels in Serpentinen hochwand. Eine Stunde gab der Wanderführer als benötigte Zeit an, doch das war bei Tageslicht gerechnet, während in Molly gerade ein ganz anderer Plan reifte.

Sie beendete ihre Mahlzeit, trank den Wein aus und ging hoch in ihr Zimmer. Nach einer Dusche schloss sie die Fensterläden, löschte das Licht und schlüpfte ins Bett. Zum Glück konnte sie zu jeder Tages- und Nachtzeit schlafen, so lag sie innerhalb kürzester Zeit in tiefem Schlummer.

Um halb zwei Uhr morgens weckte sie das Vibrieren ihres Handys. Leise und ohne Licht zu machen, zog sie sich an: schwarze Jeans, dunkles langärmeliges T-Shirt und ein schwarzes Schaltuch über die zu einem festen Zopf geflochtenen Haare. Leichte Trekkingstiefel vervollständigten das Outfit, dazu eine Gürteltasche mit Taschenlampe und ein wenig Werkzeug. Bevor sie das Zimmer verließ, spähte sie noch ein letztes Mal durch den Spalt der Fensterläden.

Halt, was war das? Ein orange leuchtender Punkt war kurz aufgeglimmt, auf der anderen Straßenseite bei den parkenden Autos. Nun noch einmal – da saß jemand im Auto und rauchte. Die Scheibe senkte sich, und der Stummel der Zigarette flog funkenstiebend auf die Straße. Kurz erhaschte Molly einen Blick auf das Profil eines Mannes, doch sein Gesicht blieb im Dunkel verborgen. Wie lange saß er schon da? Und was gab es in einem Dorf wie Mirocène mitten in der Nacht zu sehen?

Molly hatte eigentlich vorgehabt, das Hotel durch den Vordereingang zu verlassen, für den ihr Zimmerschlüssel ebenfalls passte, aber mit dem Mann vor der Tür wollte sie kein Risiko eingehen. Vielleicht hatte der stumme Beobachter auch etwas ganz anderes im Sinn, aber das wusste sie nicht.

Leise verließ sie ihr Zimmer und schlich die Treppe hinunter. Wenn sie jetzt jemand zu Gesicht bekäme, könnte sie ihren Aufzug nur schwer erklären. Unten wandte sie sich nach rechts in die Gaststube, verschwand hinter der Theke und durchquerte die Küche. Von dort aus führte ein schmaler Flur zum Hintereingang, der sich auf einen kleinen Hof öffnete. Die Tür war abgeschlossen, doch der Schlüssel steckte von innen im Zylinderschloss, und Molly huschte hinaus. Sie zog die Tür hinter sich zu, ließ sie aber nicht ins Schloss fallen, denn außen gab es keine Klinke. Mit dem Fuß schob sie einen kleinen Stein in den Türspalt und hoffte, dass das ausreichte, um ihr den Rückweg zu sichern.

Sie mied die Einfahrt, die auf den Marktplatz hinausführte, und verschwand stattdessen auf der anderen Seite des Hofs in einem schmalen Durchgang zwischen zwei Häusern. Ihre Angewohnheit, mögliche Fluchtwege immer als Erstes auszuspionieren, hatte sich einmal mehr ausgezahlt. Durch dunkle Höfe und Gassen erreichte Molly den Marktplatz. Rasch drückte sie sich um die Ecke und verließ das Dorf in Richtung Wanderweg.

Sobald Molly die Häuser hinter sich gelassen hatte, schritt sie kräftig aus. Die Luft war warm und roch würzig nach Sommer. Die Zikaden waren verstummt, und so bildeten ihre Schuhsohlen auf dem steinigen Pfad das einzige Geräusch. Es war sehr dunkel, doch Mollys Augen hatten sich schnell an die Finsternis gewöhnt. Ihre Taschenlampe schaltete sie nur ab und an kurz ein, um sich zu orientieren. Der Weg war zum Glück nicht zu verfehlen; es handelte sich eher um eine kleine Straße mit ausgefahrenen steinigen Spurrinnen. An den seltenen Abzweigungen war eine rote Markierung angebracht, die ihr den Weg wies. Einmal hörte sie ein Auto, aber es war außer Sicht hinter dem Hügel. Kurz sah sie die Scheinwerferkegel des Fernlichts, die eine entfernt liegende Kuppe beschienen, als es um eine Kurve fuhr. Es hielt nicht an, und das Motorengeräusch verklang schnell.

Nach einer knappen Stunde in zügigem Schritt hatte Molly die Kapelle erreicht und näherte sich ihr von der Rückseite. Sie rechnete nicht damit, dass sie hier jemandem begegnete, trotzdem verlangsamte sie ihr Tempo und setzte leise einen Fuß vor den anderen. Dank ihrer dunklen Kleidung war sie in der Landschaft so gut wie unsichtbar, doch vor der hellen Wand der Kapelle würde sie sich abheben wie ein Schatten im Sonnenschein. Der sandige Vorplatz, auf dem sie heute Nachmittag geparkt hatte, lag leer vor ihr. Sie wandte sich vor der Kapelle nach links und schlich den grasbewachsenen Abhang zum Olivenhain hinunter. Dann umrundete sie das Gebäude, dessen schwarze Fensterhöhlen sie wie dunkle Augen zu verfolgen schienen, und näherte sich der Mauer.

Noch einmal hielt sie inne und blickte sich um. Nichts, alles war ruhig. Sie holte ein Paar Handschuhe aus der Gürteltasche und streifte sie über. Nach kurzer Suche hatte sie den Stein ertastet, den sie am Nachmittag entdeckt hatte. Sie zog daran, er ließ sich bewegen, kam jedoch nicht frei. Molly kratzte ein wenig Moos und Sand aus seinem Bett, drehte ihn noch etwas hin und her, und plötzlich hatte sie ihn in der Hand. Dahinter sah sie eine schwarze Höhlung, und als sie ihre behandschuhte Hand hineinsteckte, erwies sich diese als erstaunlich tief. Molly drehte ihre Hand in dem Loch und tastete die Wände ab. Raues Gestein. Sie zog die Hand zurück und streifte den Handschuh ab, schob ihre Hand noch tiefer hinein und fühlte kühle Erde, dann berührte sie mit den Fingerspitzen etwas Weiches. Sie biss die Zähne zusammen, umschloss es mit ihren Fingern und zog es heraus.

Der Gegenstand fühlte sich an wie ein Stück Stoff, mehr ein Lumpen, doch darin eingeschlagen spürte sie etwas knistern. Sie legte das Bündel beiseite und manövrierte den Stein wieder an seinen Platz. Jetzt erst schaltete sie die Taschenlampe ein. Sie drehte die Blende so, dass nur noch ein schmaler Lichtstreif zu sehen war, zog den anderen Handschuh ebenfalls aus und untersuchte im Schein der Lampe ihren Fund.

Es sah aus wie ein ehemals blau kariertes Küchentuch, doch es war schwarz angelaufen und zerfiel an den Rändern. Sie schlug den Stoff zurück, ein Stück Wachspapier kam zum Vorschein, und ein stechender Geruch stieg ihr in die Nase.

In diesem Augenblick sah sie die Lichtkegel eines Autos über den Horizont huschen. Sie erstarrte. Dann hörte sie das leise Brummen eines Motors, der näher kam, Scheinwerfer tauchten auf, und das Fahrzeug bog in den Weg zur Kapelle ein. War es das Auto, das sie vorhin in Mirocène vor dem Hotel hatte stehen sehen? Hatte man sie am Ende doch verfolgt?

Molly reagierte blitzschnell. Sie knipste die Lampe aus, schlug den Stoff wieder zusammen und stopfte sich das Stoffbündel vorne ins T-Shirt. Geräuschlos entfernte sie sich von der Kapelle, zwischen die Bäume des Olivenhains, wo sie sich hinter einen der Bäume kauerte. Er wuchs aus einem dicken abgebrannten Stumpf und war umgeben von mehreren großen Steinen, die ihr schmerzhaft in die Knie stachen, doch hier war sie in Deckung. Sie zog sich das schwarze Tuch tief ins Gesicht, sodass nur die Augen frei blieben. So geschützt, spähte sie vorsichtig um den Baum herum.

Das Licht einer Taschenlampe schwankte oben bei der Kapelle hin und her und näherte sich der Treppe, die in den Olivenhain führte. Molly kniff die Augen zusammen und sah eine dunkle Silhouette die Stufen herunterklettern. Der nächtliche Besucher wandte sich zielstrebig der Mauer zu und begann, diese eingehend zu untersuchen. Molly hielt den Atem an, als ihr klar wurde, was das bedeutete: Wer auch immer das war, er wusste von dem Gaunerzinken und hatte daraus die gleichen Schlüsse gezogen wie sie. Sie war dem anderen nur um Minuten zuvorgekommen, und ihr Instinkt sagte ihr, sie sollte sich hier besser nicht erwischen lassen.

Der laue Wind blies zum Glück von der Kapelle weg und ihr ins Gesicht, denn der Geruch des Päckchens, das sie auf der bloßen Haut spürte, hätte sie durchaus verraten können. So aber nahm nur sie den intensiv modrigen Gestank wahr, der sich mit dem Duft von Thymian und Erde mischte.

Ziemlich lange stocherte die dunkle Gestalt in der Mauer herum, bis sie offenbar irgendwann den losen Stein entdeckte, denn Molly hörte eine Männerstimme laut fluchen. Die Taschenlampe schwenkte herum. Im hellen Licht wurden die Olivenbäume lebendig, ihre Schatten sprangen umher wie aufgeschreckte Gespenster. Molly ignorierte ihre protestierenden Knie und kauerte sich noch tiefer in den Schatten des Stumpfes. Das Schaltuch zog sie sich komplett vors Gesicht, sodass sie farblich mit dem verkohlten Holz verschmolz. Keine Sekunde zu früh, denn der Lichtkegel der Taschenlampe kam näher. Ein paar Schritte vor ihr blieb die Gestalt stehen, ein hochgewachsener Mann in einer langen dunklen Jacke, mehr konnte sie durch den dünnen Stoff nicht erkennen.

Molly leerte ihren Geist und unterdrückte alle Gedanken. Mit der Routine jahrelanger Übung entspannte sie Körper und Geist gleichermaßen und wurde in ihrer Vorstellung zu einem schwarzen Loch, das jegliche geistige Regung absorbierte und nichts mehr abstrahlte. Der Mann ließ den Lichtstrahl zwischen den Olivenbäumen tanzen, doch den Baumstumpf zu seiner Rechten beleuchtete er nicht.

Eine Ewigkeit schien zu vergehen, bis sich der Mann wieder umdrehte. Das Licht glitt über Molly hinweg, aber er bemerkte sie nicht. Selbst wenn er einen dunklen Schemen gesehen hätte, Molly war eins mit der Umgebung und nicht mehr als Lebewesen zu erkennen. Eigentlich war sie nicht der Typ für esoterische Praktiken, doch diese Entspannungsübung hatte sich schon so oft bewährt, dass sie inzwischen automatisch darauf zurückgriff. Was auch immer es war, das einen Menschen spüren ließ, wenn er beobachtet wurde, sie konnte es bewusst abschalten und wurde dadurch praktisch unsichtbar, egal ob in einer Menschenmenge oder allein im Wald.

Als der Mann sich abwandte, trug ihr der Wind das würzige Aroma von Leder und Patschuli zu, gemischt mit ein wenig Zitrone und Zigarrenrauch. Molly schnupperte vorsichtig, dann sog sie den Geruch tief ein; es roch nach teurem Rasierwasser, aber sie erkannte die Marke nicht. Der Mann blieb stehen und drehte sich nochmals um; der Duft hatte sie aus ihrer Tiefenentspannung geholt, und er musste es bemerkt haben. Sie ließ ihren Atem geräuschlos verströmen und jegliche Anspannung mit ihm. Endlich wandte sich der Mann ab und erklomm die Stufen hoch zur Kapelle. Sie hörte die Autotür schlagen, der Motor sprang mit einem satten Brummen an. Einen Augenblick später strichen die Scheinwerfer über die Kapellenwand, und die Reflexion erhellte kurz den Olivenhain. Dann war es wieder dunkel, und das Motorengeräusch verklang in der Nacht.

Molly wartete noch mehrere Minuten, doch alles blieb still. Erst dann stand sie auf, zog sich das Schaltuch vom Gesicht und streckte ihre verkrampften Gliedmaßen. Entspannung hin oder her, längere Zeit regungslos hinter einem Baumstumpf zu kauern brachte selbst ihre Körperbeherrschung an den Rand des Erträglichen. Sie klopfte sich Staub und Holzkohlestückchen von der Kleidung und unterdrückte ein Zittern, das nicht nur von der verkrampften Haltung kam. Es konnte gut sein, dass sie soeben Pierres Mörder gesehen hatte.

Ein Blick auf die Uhr zeigte ihr, dass es kurz nach drei war; es war weniger Zeit vergangen, als sie gedacht hatte. Trotzdem musste sie sich beeilen, wenn sie vor Einsetzen der Dämmerung zurück im Hotel sein wollte.

KAPITEL 9

Sie wählte den gleichen Weg wie auf dem Hinweg und schaffte es in fünfundvierzig Minuten. Als sie den Hinterhof betrat, sah sie sofort, dass die Tür zur Küche geschlossen war. Der Schlüssel steckte wahrscheinlich noch immer von innen, und so ließ sich das Schloss auch nicht mit speziellem Werkzeug öffnen. Ein verstohlener Blick aus dem Durchgang zum Marktplatz zeigte ihr, dass das Auto von vorhin noch immer an der gleichen Stelle stand. Ob der Mann darin wach war, konnte sie von ihrer Position aus nicht erkennen, aber näher heranzugehen erschien ihr zu riskant. Das Auto vor dem Hotel konnte ein Zufall sein, aber nach ihrem Erlebnis an der Kapelle soeben glaubte sie nicht mehr daran. Irgendjemand verfolgte dasselbe Ziel wie sie.

Wenn sie Kleidung zum Wechseln mitgenommen hätte, überlegte sie, hätte sie außerhalb des Dorfes auf den Tag warten und dann ganz unschuldig zurückkehren können, als ob sie nur beim Bäcker gewesen wäre. Doch in ihren schwarzen Kleidern und mit Ruß im Gesicht und an den Händen klappte das nicht. Da könnte sie genauso gut in einem Clownskostüm durch das Dorf laufen, es wäre nicht auffälliger.

Sie blickte sich in dem engen Hinterhof um. Die Fenster der Küche waren vergittert und verschlossen. Im ersten Stock befanden sich die Fenster von zwei der vier Gästezimmer, fußbodentief mit einem verschnörkelten schmiedeeisernen Geländer davor, doch leider waren sie zu hoch, um sie zu erreichen. Ein drittes Fenster genau über dem Hintereingang war kleiner, und als sie genau hinsah, bemerkte sie, dass es nicht ganz geschlossen war. Mit den Augen suchte sie ihren Weg die Wand hoch, dann atmete sie tief durch und war mit zwei schnellen Klimmzügen im Efeu an der Regenrinne und von da auf dem Vordach über dem Kücheneingang. Sie verharrte kurz und wartete ab, ob jemand durch das Rascheln der Blätter aufmerksam geworden war, doch alles blieb still.

Jacques und Margot hatten ihre Wohnung im obersten Stockwerk, und zum Glück schliefen sie zur anderen Seite hinaus. Leise drückte Molly das Fenster auf und zog sich hoch. Ihre Muskeln protestierten schmerzhaft, doch darauf konnte sie jetzt keine Rücksicht mehr nehmen. Mit einer letzten Anstrengung ließ sie sich über die Fensterbank gleiten. Schnell schob sie das Fenster wieder zu und stand auf. Sie war in der kleinen Abstellkammer am Ende des Flurs, in der Margot Bettwäsche, Handtücher und Reinigungsutensilien aufbewahrte. In der Ecke stand der Staubsauger. Molly ertastete sich den Weg zur Tür, doch diese war abgeschlossen.

Molly fluchte stumm, sie hatte sich schon auf ihr Bett gefreut. Sie untersuchte kurz das Schloss. Wenigstens war es ein einfaches Türschloss, kein Sicherheitsschloss wie am Hintereingang des Hotels. Seufzend öffnete sie ihre Hüfttasche und entnahm etwas, das auf den ersten Blick wie ein Schweizer Messer aussah. Doch die Werkzeuge, die sie ausklappte, hatten mit Klingen und Flaschenöffnern nicht viel zu tun. Sie nahm ein gebogenes Stück Federstahl aus der Tasche, steckte es in das Schloss und drehte es ein Stück gegen den Uhrzeigersinn. Mit einer kleinen Sonde aus dem Multitool stocherte sie in den Tiefen des Schlosses nach dem Verriegelungsmechanismus. Es dauerte nur ein paar Sekunden, dann klickte es leise, und Molly packte ihr Besteck wieder ein. Vorsichtig öffnete sie die Tür und blickte in den Gang. Alles war still.

Als sie ihr Zimmer betrat, atmete sie tief durch und holte, ohne Licht zu machen, eilig das Stoffbündel aus ihrem T-Shirt. Der Gestank hatte sich durch ihre Körperwärme noch verstärkt. Angewidert zog sie sich das schwarze Shirt über den Kopf und rubbelte damit über die Haut, wo das modrige Tuch sie berührt hatte. Im schwachen Licht des Mondscheins, der durch das Fenster fiel, wickelte sie das Päckchen aus und legte es auf den Nachttisch. Sie riss den mürben Stoff in schmale Streifen, die sie in die Toilette warf, dann zog sie Hose und BH aus und ließ alles im Badezimmer zu Boden fallen. Duschen kam jetzt nicht infrage, fiel ihr ein, damit würde sie das ganze Haus wecken. Also drehte sie den Wasserhahn nur ein klein wenig auf, befeuchtete mit dem Wasser ihr T-Shirt und wischte sich damit die schwarze Asche von Gesicht und Händen. Erst als sie keine schwarzen Spuren mehr entdecken konnte, betätigte sie die Toilettenspülung und wusch sich anschließend Gesicht und Hände mit fließendem Wasser.

Sorgfältig kontrollierte sie das weiße Handtuch auf schwarze Aschespuren und packte zuletzt ihre schmutzige Kleidung in eine Plastiktüte – die würde sie irgendwann an einer *Déchetterie* entsorgen.

Inzwischen war es halb fünf Uhr morgens, und die ersten Vögel begannen zu zwitschern. Vor dem Fenster wurde es langsam hell. In dem T-Shirt, das sie zum Schlafen trug, trat Molly an den Fensterladen und sah durch einen Spalt hinaus. Das Auto stand noch immer an seinem Platz. Der Mann auf dem Fahrersitz war wach und blickte in diesem Augenblick zu ihr hoch. Rasch trat sie einen Schritt zurück. Das geheimnisvolle Päckchen musste warten. Für die Untersuchung brauchte sie Licht und einen wachen Verstand. Resigniert seufzte sie und stieg ins Bett.

Gefühlte zehn Minuten später wurde Molly durch ein leises Klopfen an der Tür geweckt.

»Marie, ist alles in Ordnung?« Lilous Stimme klang besorgt.

Molly schreckte hoch und sah auf die Uhr. Im ersten Moment wusste sie nicht, wo sie war. Draußen schien hell die Sonne, und die Vögel zwitscherten laut. Dann kam die Erinnerung zurück.

»*Bonjour,* Lilou«, rief Molly. »Ich habe wohl verschlafen.«

»Das ist doch nicht so schlimm«, sagte Lilou, und Molly hörte sie kichern. »Soll ich Margot sagen, dass sie frischen Kaffee machen soll?«, fragte das Mädchen.

»Ja, bitte«, rief Molly und schwang die Beine aus dem Bett. »Ich komme gleich!«, setzte sie hinzu und gähnte ausgiebig.

Die Nacht war deutlich zu kurz gewesen. Das Handy hatte sie zwar wie immer um halb acht geweckt, aber offensichtlich war sie danach wieder eingeschlafen. Jetzt war es kurz vor zehn. Wahrscheinlich wollte Margot endlich mit der Morgenarbeit fertig werden und hatte deshalb ihre Nichte hingeschickt, um nachzusehen, wo Molly blieb.

Eine kalte Dusche vertrieb die letzten Reste von Müdigkeit. Molly schlang die feuchten Haare zu einem lockeren Knoten und zog eine helle Jeans und eine der karierten Baumwollblusen an, die Maries Outfit kennzeichneten. Um eine Rolle über eine längere Zeit glaubwürdig zu spielen, musste sie diese möglichst konstant und ohne große Änderungen in Optik oder Verhalten anlegen, das hatte sie in ihrem Job als Erstes gelernt. Es war erstaunlich, wie einfach sich die Leute auf diese Art und Weise täuschen ließen, vor allem, wenn sie keinen Grund hatten, etwas anderes zu vermuten, als sie vorgab zu sein.

Im Gastraum war »ihr« Tisch am Fenster schon gedeckt, und Margot brachte gerade eine frische Kanne mit Kaffee. Ein Körbchen mit zwei Croissants, Honig und Marmelade standen bereits neben dem Teller mit einem Stück Butter. Alles wie immer. Molly sah aus dem Fenster, der Wagen von letzter Nacht war verschwunden.

Sie beeilte sich mit dem Frühstück, denn noch immer hatte sie keinen Blick auf den Fund der letzten Nacht werfen können, und ihre Neugierde wurde immer größer. Trotzdem nahm sie sich die Zeit, sich mit der zweiten Tasse Kaffee auf die Terrasse zu setzen und ihre neuen Nachrichten abzurufen.

Ihr Chef hatte einen Zweizeiler per Messenger geschickt, in dem er den Erhalt des letzten Berichts bestätigte, ihr aber ansonsten keine weiteren Anweisungen gab. Wie üblich blieb es ihr selbst überlassen, wie sie die Ermittlungen führte. Von der Rechercheabteilung gab es noch nichts Neues, das wäre auch verfrüht gewesen. Sobald es um die länderübergreifende Kooperation von mehreren Behörden ging, mahlten die Mühlen langsam.

Anschließend las sie die tägliche E-Mail von Charles, wie immer neutral und unverdächtig in ihrer scheinbaren Oberflächlichkeit. Mit einem Lächeln auf den Lippen kehrte Molly in ihr Zimmer zurück und machte sich an die Arbeit.

Sie nahm eine ihrer staubigen Blusen aus dem Wäschesack und breitete sie auf dem kleinen Tisch aus. Darauf legte sie das flache Briefchen aus Wachspapier und betastete es mit spitzen Fingern. Aus den Kanten rieselten noch Sand und Reste des Stoffes, in den das Päckchen eingeschlagen gewesen war. Molly klopfte den Schmutz ab und schlug das Wachspapier auseinander. Darin befand sich ein Stück Papier, ebenfalls gefaltet und an den Rändern leicht vergilbt, doch ansonsten in erstaunlich gutem Zustand. Sie faltete es auf, schob die Verpackung beiseite und strich es vorsichtig glatt.

Das Blatt war nicht sehr groß, kleiner als eine DIN-A5-Seite, und wies ein feines Linienmuster auf. Eine Kante war ausgefranst, als ob es aus einem Heft oder einem Notizbuch herausgerissen worden wäre. Schwach konnte sie auch an dem Papier den Geruch nach Moder und Erde wahrnehmen; es roch alt.

Blassblaue Linien und Umrisse, offenbar mit Tinte gemalt. Sie drehte das Blatt herum, es war nicht ganz einfach zu erkennen, wo oben und unten war. Dann bemerkte sie den Pfeil in der rechten unteren Ecke, der in einem Kreis schräg nach links oben wies. Sie hatte eine handgezeichnete Karte vor sich, und der Pfeil zeigte offenbar nach Norden. Doch was stellte sie dar?

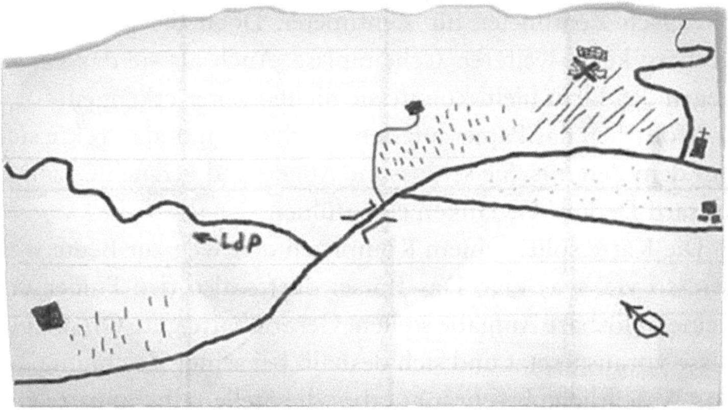

Die durchgehende Linie, die am linken unteren Rand begann, schien eine Straße zu sein. Die ausgemalten Vierecke dazwischen konnten Gebäude darstellen, die angedeuteten Striche vielleicht einen Weingarten. Von der Straße, wenn es denn eine war, zweigte eine kurvige Linie ab, die eine winzige Beschriftung aufwies, einen Pfeil und die Buchstaben »LdP«. Ein Stück oberhalb der »Straße« befand sich ein weiteres Quadrat, zu dem ein kurzer Weg führte. Wo sie rechts aus dem Bild verschwand, befand sich ein Gebäude mit einem kleinen Kreuz darüber. Zwischen dem letzten Gebäude und der Abzweigung des Weges waren schräge Schraffuren gesetzt – ein Abhang?

Darüber sah sie mehrere kleine Vierecke und Kreise, manche in Reihen angeordnet, andere unregelmäßig und verstreut, und dazwischen eine Markierung, ein X.

Leider fehlte ihr die Ortskenntnis, um die auf der Karte dargestellte Umgebung spontan lokalisieren zu können. Mit der Kamera ihres Smartphones machte sie ein Foto von der Zeichnung in hoher Auflösung, sodass man bei entsprechender Vergrößerung die Einzelheiten erkennen konnte. Anschließend holte sie eine Lupe aus der Tasche und untersuchte das Papier akribisch Zentimeter für Zentimeter. Doch die Karte selbst verbarg keine weiteren Geheimnisse. Auch als sie das Papier gegen das Licht hielt, konnte sie nichts weiter erkennen.

Molly ließ das Papier auf dem Tisch liegen und streckte sich auf dem Bett aus. Sie schloss die Augen und versuchte, sich in Gerard Depuis' Gedanken einzufühlen.

Die Karte sollte seinem Komplizen den Weg zur Beute weisen, so viel war klar. Das Rätsel durfte also den Finder vor keine unlösbare Aufgabe stellen. Gerard hatte gute Ortskenntnisse vorausgesetzt und sich deshalb bei seiner Zeichnung auf das Wesentliche beschränkt, aber die Stelle selbst musste eindeutig zu finden sein.

Im Geiste ging sie ihre Möglichkeiten durch. Das Handy konnte sie vergessen, bei der langsamen Netzverbindung hier würde die Suche in der Karten-App zu einem endlosen Geduldsspiel werden. Jemanden um Hilfe zu bitten, war auch keine Option. Dann hatte sie eine Idee. Sie stand auf, verließ ihr Zimmer und lief die Treppe hinunter, aus dem Haus und zu ihrem Peugeot, der ein paar Meter weiter am Straßenrand parkte. Aus dem Handschuhfach holte sie den Autoatlas von Frankreich und kehrte damit zur *Bar Lavande* zurück.

»Brauchst du Hilfe?« Der alte Jules saß auf der Terrasse des Hotels und nickte ihr zu.

Sie winkte ab. »Nein, danke, ich möchte nur etwas nachschlagen!«, antwortete sie. Aber sie lächelte ihm freundlich zu, denn wenn sie nicht erfolgreich war, musste sie vielleicht wirklich auf sein Angebot zurückkommen.

»Ich kenne mich hier in der Gegend aus wie kein anderer«, rief er ihr noch hinterher.

In ihrem Zimmer setzte sie sich an den Tisch, Gerards gezeichnete Karte vor sich, und schlug den Atlas auf der Seite auf, welche die Region rund um Mirocène zeigte.

Bestimmt war Gerard mit seinem Motorrad keine großen Umwege gefahren, um die Beute loszuwerden. Das Versteck musste irgendwo auf der Strecke zwischen Carpentras und Mirocène liegen, überlegte Molly, zumindest würde sie dort mit ihrer Suche beginnen.

Es gab allerdings mehrere Straßen, die infrage kamen. Die größeren verließen Carpentras sternförmig, und immer wenn sie eine Ortschaft durchquerten, knüpfte eine kleinere Straße eine Verbindung zum nächsten Ort. Dazwischen gab es weitere kleinere und größere Wege, bis die Umgebung von Carpentras aussah wie ein Spinnennetz mit der Stadt als Spinne in der Mitte. Und das galt nicht nur für Carpentras. Jede Ortschaft saß in ihrem eigenen Netz von Wegen und Straßen, die sich mit denen der nächsten Orte verknüpften, bis die gesamte Umgebung von einem Teppich aus Straßen bedeckt war.

Molly war bisher nicht bewusst gewesen, wie dicht das Straßennetz hier eigentlich war. Die Straßen waren zwar klein und schmal, bis auf die wenigen Departementstraßen mit den niedrigen Nummern, aber es waren viel zu viele. Sie seufzte. Willkürlich wählte sie eine Straße aus, fuhr sie mit dem Finger nach und versuchte, die Abzweigungen mit denen auf Gerards Karte zu vergleichen.

Zwei Stunden später richtete sie sich auf und rieb sich die Augen. Bis jetzt war ihre Suche erfolglos, aber das hatte nichts zu bedeuten. Zum einen hatte sie erst einen vergleichsweise schmalen Streifen zwischen Carpentras und Mirocène abgesucht, zum anderen konnte sich der Straßenverlauf in den letzten hundert Jahren auch komplett geändert haben. Wenn sie es sich recht überlegte, war das sogar sehr wahrscheinlich.

Sie stand auf und trat ans Fenster. Der Wagen von letzter Nacht war wieder da, aber die Sonne spiegelte sich in den Scheiben, und sie konnte nicht erkennen, ob jemand darin saß. Kurz entschlossen nahm sie den Straßenatlas und Gerards Karte, schob beides in ihre Tasche und ging hinunter zu ihrem Auto. Die Suche per Landkarte brachte nichts, es war an der Zeit, sich die fragliche Gegend live und in Farbe anzusehen.

Sie fuhr nicht sofort los, sondern nahm sich einen Augenblick Zeit, um Charles die Fotos von der Karte per Messenger zu schicken. Mit drei kurzen Sätzen berichtete sie von ihrem Fund, ohne das nächtliche Abenteuer dabei zu erwähnen. Aufgrund ihres Jobs neigte er ohnehin dazu, sich ständig Sorgen um sie zu machen, und das wollte sie ihm ersparen.

Sie legte Gerards Zeichnung auf den Beifahrersitz, drehte den Zündschlüssel und rangierte das Auto aus der Parklücke. Zügig lenkte sie den Wagen aus Mirocène hinaus und nahm die Hauptstraße in Richtung Carpentras. Bei der ersten Gelegenheit fuhr sie rechts, am nächsten Kreisverkehr bog sie in eine kleinere Straße ein und setzte ihren Weg parallel zur Hauptstraße fort. Die Gegend war hier unbewohnt, die Straße zog sich zwischen Weingärten und abgeblühten Lavendelfeldern dahin. Eine kleine Steinhütte inmitten von Weinstöcken war das einzige Gebäude, das sie entdecken konnte, es gab keinerlei Ähnlichkeit mit Gerards Karte. Sie kurbelte das Fenster herunter und atmete tief ein. Der Duft nach Lavendel lag noch immer in der Luft, gemischt mit Rosmarin, Thymian und warmer Erde, und Molly begann, ihre Fahrt zu genießen.

Nach vielleicht drei Kilometern traf sie wieder auf eine etwas größere Straße. Geradeaus wies ein Wegweiser in die nächste Ortschaft, Bedrange, doch ganz sicher konnte sie nicht sein, denn in Frankreich standen die Richtungspfeile oft nicht gerade und waren daher nie ganz eindeutig. Sie hielt auf Carpentras zu, und als sie in die Überlandstraße einbog, sah sie im Rückspiegel ein Auto hinter sich auftauchen.

An der nächsten Abzweigung nahm sie erneut eine kleinere Straße. Hier erstreckten sich Weinstöcke rechts und links, so weit das Auge reichte. Auch das andere Auto bog hier ein. Die Straße wand sich in Kurven durch den Weingarten, es gab kein einziges Gebäude, und Molly trat das Gaspedal durch. Bald traf sie wieder auf eine Hauptstraße und musste an einem Stoppschild halten.

Auf einem Sandplatz neben der Kreuzung hatte ein Gemüsehändler seinen Stand aufgebaut. Es war eine stabil aussehende Hütte aus Holz und Dachpappe mit einem ausladenden Vordach, in dessen Schatten der Mann die Erzeugnisse seiner Arbeit präsentierte. Vor dem Eingang hatte er Melonen in allen Farben und Größen aufgestapelt. Molly überlegte gerade, anzuhalten und eine zu kaufen, da tauchte im Rückspiegel zwischen den Weingärten erneut das andere Auto auf. Es näherte sich schnell und hielt hinter ihr an, es war ein dunkelgrauer Golf mit einem Mann am Steuer, und plötzlich war sie sich ganz sicher, dass es sich um dasselbe Auto handelte wie jenes, das gestern Nacht in Mirocène am Marktplatz gestanden hatte. Das war bestimmt kein Zufall, wenn jemand so wie sie im Zickzack durch die Weingärten fuhr. Nur – was wollte er von ihr? Hatte er sie auch gestern Nacht schon bis zur Kapelle verfolgt?

Endlich tat sich eine Lücke im Verkehr auf, und Molly bog nach rechts in die Hauptstraße ein. Am nächsten Kreisverkehr fuhr sie nach rechts ab und folgte diesmal dem Wegweiser nach Bedrange. Der Golf war an der Kreuzung zurückgeblieben und inzwischen außer Sicht – vielleicht hatte er aufgegeben, oder sie war ihm im dichten Verkehr entwischt.

KAPITEL 10

Das Stadtzentrum von Bedrange war von einer mittelalterlichen Mauer umgeben. Molly fuhr durch einen steinernen Torbogen und fand sich auf einem großen, recht vollen Parkplatz wieder. Dahinter prangte ein großes Fahrverbotsschild. Sie stellte ihr Auto ab und blieb noch einen Moment sitzen. Es dauerte nicht lange, und der graue Golf tauchte auf. Der Fahrer sah zu ihr herüber, wendete und verließ den Parkplatz wieder. Molly rieselte es eiskalt über den Rücken. Wenn er es war, den sie letzte Nacht an der Kapelle gesehen hatte, dann hatten sie das gleiche Ziel. Wer war dieser Mann und was wollte er von ihr? Hatte er tatsächlich etwas mit Pierres Tod zu tun?

Am liebsten wäre sie direkt zurück nach Mirocène gefahren, doch sie wollte ihm nicht die Gewissheit geben, dass sie seine Beschattung bemerkt hatte. Außerdem hoffte sie, ihn aus seinem Fahrzeug zu locken, damit sie sein Gesicht besser sehen konnte. Deshalb stieg Molly aus und wandte sich dem schmalen Durchgang zu, der offenbar ins Zentrum führte. Ein Hotel gab es hier und Wohnhäuser, aber keine Läden, und es war erstaunlich still. Auf der anderen Seite des Platzes wurde es so quirlig und belebt, wie man sich ein Dorf in der Provence zur Hauptsaison vorstellte. Kleine Läden mit Andenken präsentierten sich neben Bäckereien, Lebensmittelgeschäften und Boutiquen. Bunt gekleidete Menschen drängten sich um noch buntere Marktstände, hier konnte man die Früchte des Landes direkt vom Erzeuger kaufen: dunkelroten luftgetrockneten Schinken, goldenen Honig, violetten Lavendel, rosafarbenen Wein in schlanken Flaschen. Obst und Gemüse in allen Farben, schwarze Tomaten und weiße Zucchini, aber auch blauen oder grünen Käse, Stoffe in noch mehr Farben, billigen Silberschmuck mit vielfarbigen Steinen, Kunsthandwerk und Kleidung. Zwischen den Ständen liefen magere Hunde umher und suchten nach weggeworfenen Lebensmitteln, Kinder spielten kreischend Fangen, und als Krönung des Ganzen dröhnte vom Ende des Platzes Musik aus einem Lautsprecher hoch oben an der Fassade.

Die meisten Marktstände waren bereits im Abbau begriffen, und Molly bahnte sich ihren Weg vorbei an leeren Kisten und offenen Autotüren. Im hintersten Winkel des Marktplatzes erspähte sie ein kleines Café mit runden Bistrotischen auf der Straße. Sie suchte sich einen freien Platz im Schatten der Hauswand und ließ sich erleichtert fallen. Der Kellner kam, und sie bestellte eine »Sélection des Tapenades« und eine Flasche Wasser, dann lehnte sie sich zurück, um dem fröhlichen Treiben zuzusehen. Während sie auf ihr Essen wartete, bemerkte sie den Mann, den sie zuvor im Auto gesehen hatte. Er drehte eine Runde um den Marktplatz, konzentrierte sich aber in erster Linie auf die Marktstände. Er war mittelgroß, trug dunkelblaue schlecht sitzende Jeans, ein weißes T-Shirt und darüber trotz der Hitze eine schwarze Windjacke aus dünnem Stoff. Die Sonnenbrille hatte er in die Stirn geschoben, und er redete gestikulierend auf sein Handy ein. Molly durchforstete ihr Gedächtnis, aber sie kannte den Mann nicht, in Mirocène hatte sie ihn noch nie gesehen.

Molly stand auf und betrat das Café, bevor er an ihrem Ende des Marktplatzes angekommen war. Mit schnellen Schritten durchquerte sie den dunklen schmalen Raum und fand hinten die Toilette. Sie schloss die Tür hinter sich und löste den Haargummi aus ihrem Pferdeschwanz. Die schwarzen Strähnen fielen ihr wirr ins Gesicht, sie kämmte sie aus und frisierte sie in die Stirn. In ihrer Tasche fand sie noch ein buntes Schaltuch, das sie sich um den Hals band. Sie krempelte ihre Hosenbeine bis zu den Knien hoch, öffnete die beiden obersten Knöpfe ihrer Bluse und setzte ihre Sonnenbrille auf. Keine wirkliche Verkleidung, aber mehr hatte sie momentan nicht zur Verfügung.

Als sie an ihren Platz zurückkehrte, standen ihr bestelltes Essen und das Wasser bereits auf dem Tisch. Molly schob die Tasche unter den Stuhl, lehnte sich etwas zurück und streckte die Beine lang aus, sodass jeder ihre nackten Unterschenkel sehen konnte. Tatsächlich blickten die vorbeikommenden Männer nun als Erstes auf ihre sanft gebräunten Waden, dann auf ihr zur Schau gestelltes Dekolleté und als Letztes – wenn überhaupt – in ihr Gesicht, das zur Hälfte von der Sonnenbrille verdeckt war.

Auch ihr Verfolger kam vorbei und ließ seine Augen über die Gäste des Cafés schweifen. Unmittelbar bevor sein Blick sie erreichte, hob sie das Wasserglas an den Mund und trank in langsamen Zügen. Doch es war gar nicht notwendig, auch er achtete nur auf ihre nackten Beine und ging ohne ein Zeichen des Erkennens an ihr vorbei.

Molly grinste in sich hinein, während sie ein Stück Baguette nahm. Auf eine bestimmte Art von Männern konnte man sich immer verlassen. Dann musterte sie ihren Teller, auf dem drei kleine Töpfchen standen. Jedes enthielt eine Creme aus Oliven und Anchovis in einer anderen Farbe: rot mit getrockneten Tomaten, bräunlich grün mit Auberginen und schwarz mit dunklen Oliven, typisch für diese Gegend. Sie tunkte das Brot in das erste Töpfchen und begann zu essen.

Während sie die unterschiedlichen Geschmäcker der Tapenades genoss, dachte sie nach. Die kleinen Straßen landauf, landab zu fahren brachte genauso wenig wie das Absuchen der Straßenkarte. Sie musste logischer vorgehen und das Gebiet irgendwie eingrenzen.

Das Gebäude mit dem Kreuz darüber könnte ein Hinweis auf eine Kirche sein, doch es gab zu viele Kirchen und Kapellen hier, als dass ihr das weiterhalf. Über die Buchstaben LdP hatte sie die ganze Zeit im Unterbewusstsein gegrübelt, aber es erinnerte sie an nichts, was sie hier irgendwo gesehen oder gelesen hatte. Die Abkürzung konnte alles bedeuten, ein Weingut, ein Bauernhof oder ein Hotel, und wahrscheinlich gab es das heute gar nicht mehr.

Molly holte das Blatt Papier mit Gerards Karte heraus und betrachtete die Zeichnung. Wenn die Schraffur unterhalb der Kreuzmarkierung tatsächlich einen Abhang, einen Hügel andeuten sollte, dann war sie hier in der Ebene rund um Carpentras ohnehin falsch. Die höchsten Erhebungen waren hier die Beffrois, die steinernen Glockentürme mit dem offenen Eisenkäfig, in dem die Glocke erklang. Sie musste in den Bergen suchen, vielleicht doch näher an Mirocène oder an der Kapelle. Allerdings kannte sie die Straßen rund um ihr Dorf inzwischen gut genug, um zu wissen, dass Gerards Zeichnung hier nicht passte. Die einzige Brücke in der näheren Umgebung von Mirocène führte über die Nesque, die vom Mont Ventoux herabfloss, und diese lag viel zu nahe an der Ortschaft.

Molly zückte ihr Telefon und schaltete es ein. Sie schob die Sonnenbrille hoch und wartete, bis die Gesichtserkennung reagierte. Sie hatte Glück, der Empfang war hier gut, auch wenn es kein öffentliches WLAN gab wie in den größeren Städten. Sie startete Google Maps und suchte ihr Dorf. Die Darstellung der Straßen war grob, und es waren weder Gebäude noch Geländekonturen eingezeichnet. Sie schaltete um auf die Satellitenansicht und bekam nun eine etwas bessere Vorstellung, in welcher Richtung sie suchen musste. Doch auch hier konnte man die Gebäude nur schlecht erkennen, denn die ländlicheren Gegenden der Provence waren von Googles Satellitenkameras bisher eher stiefmütterlich behandelt worden.

Ein neuer Versuch mit Open Street Map war erfolgreicher: Hier waren die Gebäude als graue Vierecke eingezeichnet und die Straßen entsprechend ihrer Rangordnung unterschiedlich eingefärbt. Dicke gestrichelte Linien stellten Karrenwege dar, dünne gepunktete Linien die Wanderwege. Und von denen gab es hier in den Bergen eine Menge!

Molly zoomte in das Bild hinein und suchte nach Mirocène. Ihre Kapelle war eingezeichnet und mit Namen bezeichnet: Sainte Foye. Die kleine Straße, die sich an ihr vorbei durch die Berge wand, war hellgelb gefärbt, die Zufahrtsstraße zur Kapelle gestrichelt markiert. Dahinter traf sie auf den Wanderweg, den Molly benutzt hatte, eine gepunktete Linie, die den Berghang entlang zurück nach Mirocène führte. Unten im Tal schlängelte sich die Nesque, und Mirocène selbst klebte als grauer Fleck in dem Winkel, den Fluss und Straße an der Brücke bildeten.

Molly verkleinerte die Darstellung und orientierte sich. Zwischen Carpentras und Mirocène gab es keine Berge; also war Gerard doch einen Umweg gefahren. Molly wählte eine Einstellung, die Höhenlinien und schattierte Hügel anzeigte, dann suchte sie in immer größerem Umkreis von Mirocène entlang der Berghänge, warf zwischendurch immer wieder einen Blick auf Gerards Zeichnung, doch es war schwieriger als erwartet. Einige Male dachte sie schon, sie hätte die richtige Stelle gefunden, doch immer passte ein anderer Aspekt nicht ins Bild: Mal fehlten Gebäude oder standen an der völlig falschen Stelle, mal verliefen Abzweigungen anders als eingezeichnet, oder die Himmelsrichtung stimmte nicht.

Am Ende gab sie entnervt auf. Die Sonnenbrille hatte sie schon lange abgesetzt und die Haare, die ihr ständig ins Gesicht fielen, mit dem bunten Tuch zurückgebunden. Ihre Augen brannten, und der letzte Kaffee lag ihr schwer im Magen.

Frustriert legte sie das Telefon zur Seite und winkte dem Kellner, um zu zahlen. Der Marktplatz war inzwischen geräumt, die Sonne stand deutlich tiefer als zuvor. Es waren immer noch viele Menschen unterwegs, aber der große Trubel hatte sich aufgelöst. Auf dem Rückweg zum Auto schlenderte sie an den Schaufenstern vorbei, ohne bewusst hineinzublicken, denn ihre Gedanken kreisten immer noch um das Problem der Karte.

Der Parkplatz war nun fast leer; ihr Auto stand als einziges in der letzten Reihe. Sie blickte sich kurz um, aber der dunkelgraue Golf war nicht zu sehen. Molly zuckte mit den Schultern und stieg ein. Sie rollte die Hosenbeine wieder herunter und strich sie glatt, knöpfte die Bluse zu und fuhr auf direktem Weg zurück nach Mirocène. Als sie auf den Marktplatz einbog, stand der Golf an derselben Stelle wie am Vormittag, als sie losgefahren war. Er war leer. Hatte sie sich die Verfolgung am Ende nur eingebildet?

Während sie einparkte, sah sie auf die Uhr: Es war inzwischen fast vier, zu spät, um an diesem Tag noch etwas Neues zu beginnen, aber auch zu früh für das Abendessen; außerdem hatte sie ohnehin noch keinen Hunger.

Unschlüssig, was sie als Nächstes tun sollte, ging sie erst einmal in ihr Zimmer. Sie wusch sich Gesicht und Hände und band die schwarzen Haare wieder ordentlich nach hinten. Sie verspürte den Drang, sich zu bewegen.

Als Molly auf die Straße trat, lag der Marktplatz wie ausgestorben im nachmittäglichen Sonnenlicht. Selbst der Bouleplatz war menschenleer, nur auf der Bank gegenüber saßen drei alte Frauen im Schatten einer Platane und unterhielten sich. Der dunkle Golf stand noch immer an seinem Platz.

Molly setzte sich in Bewegung und überquerte die Straße. Unter der Motorhaube des Golfs knackte es leise. Sie blieb stehen und warf einen Blick auf das Kennzeichen. Es war neu und trug in dem hinteren blauen Feld die Zahl Vierundachtzig, die für das Departement Vaucluse stand. Damit fuhren hier die meisten Fahrzeuge herum. Sie notierte es sich im Kopf; sie würde es später an ihre Abteilung schicken, um den Halter zu eruieren. Auch wenn sie sich davon nicht viel versprach – in Frankreich gab es kein Meldesystem wie in anderen Ländern –, es gehörte zur Routine.

Der Lebensmittelhändler stand in der Tür zur *Épicerie* und grüßte Molly freundlich. Sein Hund kam heraus und setzte sich neben ihn in den Eingang. Vorbei am Bäcker, am Weinhändler, am Tabak- und Zeitungsladen und an der kleinen Apotheke bog sie bald in die schmale Gasse ein, die hoch zur Kirche führte. Eigentlich wollte sie sich nur auf die Mauer setzen, die wunderbare Aussicht betrachten und nach dem Trubel in Bedrange die Stille genießen. Doch dann wurde ihr Blick von dem Schaukasten an der Wand des Pfarrhauses gefangen. »Avis de Décès« stand da, und darunter hing eine Todesanzeige:

Mme Magdalène FABER née PERETTE
Sa mère

Mme Suzette CORILLON née FABER
Sa sœur

M. Paolo CORILLON
Son beau-frère

Bruno, Yasemine et Perrine,
Son neveu et ses nièces

Ainsi que les amis et proches

ont la douleur de vous faire part du décès de

Monsieur Pierre FABER

Dimanche, le 24 août, à Mirocène, à l'âge de 67 ans.

Die heilige Messe sollte am 31. August gelesen werden, das war am kommenden Sonntag. Von einer Beerdigung stand da nichts, der Leichnam war sicherlich noch nicht freigegeben.

Mollys Augen blieben an Pierres Nachnamen hängen, dann las sie die komplette Todesanzeige nochmals durch. Offenbar hatte er eine Schwester, und sogar seine Mutter lebte noch. Der Name der Mutter, Magdalène Faber, weckte bei Molly eine vage Erinnerung. Sie hatte ihn erst kürzlich gelesen und sie verband diese Erinnerung mit Hitze und Staub und dem Geruch nach heißem Stein. Der Friedhof!

Sie kehrte um und lief die schmale Gasse zum Friedhof hinunter. Ganz hinten in den unteren Reihen war das gewesen, ja, richtig: Magdalène Fabers Name war auf dem Grabstein der Familie Faber eingetragen, doch ein Todesdatum fehlte, und das war ihr im Gedächtnis geblieben. Nun musste wohl unter dem Namen der Mutter Pierres Name eingraviert werden, schoss ihr durch den Kopf. Dann erst bemerkte sie den Namen Depuis einige Zeilen über Magdalène, und schlagartig wurden ihr die Verwandtschaftsverhältnisse klar. Depuis war der Mädchenname von Pierres Großmutter.

Molly stieg den steilen Weg zwischen den Gräbern hoch und setzte sich oben angekommen auf die Bank, die an der Friedhofsmauer stand. Pierre war also verwandt mit Gerard Depuis, dem Bankräuber, und das warf ein völlig neues Licht auf Pierres Tod. Hatte er geahnt, was es mit dem Zeichen in der Wand auf sich hatte? War er deshalb am Sonntag zur Kapelle zurückgekehrt?

Die Wand hinter ihr reflektierte die Wärme der Nachmittagssonne, und sie schloss die Augen. Pierres faltiges Gesicht tauchte vor ihrem inneren Auge auf, sein melancholischer

Ausdruck, die grauen Bartstoppeln und das Grübchen im Kinn. Warum hatte er sterben müssen?

Hinter ihr quietschte das Gittertor. Der Pfarrer betrat den Friedhof, und als er sie bemerkte, lächelte er sie strahlend an.

»Mademoiselle Marie, ich freue mich, Sie zu sehen!«, rief er und eilte auf sie zu.

Molly erhob sich und reichte ihm die Hand.

»*Bonjour,* Monsieur l'Abbé!«

»Es ist schön hier, nicht wahr?« Der Pfarrer umfasste mit einer Handbewegung die Aussicht, die Molly noch gar nicht beachtet hatte.

»Ich habe gerade die Todesanzeige von Pierre gesehen«, sagte sie. »Steht schon fest, wann das Begräbnis ist?«

»Nein, leider nicht, es ist ungeheuerlich«, lamentierte der Pfarrer. »Der arme Pierre ist noch immer in der Gerichtsmedizin, und keiner weiß, wie lange noch. Aber seine Familie wollte den Trauergottesdienst trotzdem abhalten, es gehört sich ja auch so.«

»Weiß man denn schon etwas Genaueres über den Unfall?« Molly wollte zu gern wissen, wie weit die Untersuchungen der Polizei in diesem Fall gediehen waren, aber sie ahnte schon, dass der Pfarrer für diese Art von Information nicht der richtige Ansprechpartner war.

»*Mais non!*« Der Pfarrer schüttelte den Kopf. »Zumindest hat man mir nichts gesagt.«

Molly vermutete, dass er wegen der Beerdigung nachgefragt hatte und abschlägig beschieden worden war.

»Kommissar Demoireau ist nicht sehr mitteilsam«, setzte er hinzu, er wirkte verstimmt.

»Das sind Polizisten nur selten.« Molly wusste davon ein Lied zu singen.

»Da haben Sie wohl recht.« Er seufzte. »Für Pierres Mutter ist es besonders schrecklich«, fuhr er fort. »Sie ist eine reizende alte Dame, aber sie bekommt nicht mehr viel mit. Kommissar Demoireau war bei ihr und hat ihr von Pierres Tod berichtet, und seitdem denkt sie, ihr Mann sei gestorben, und fragt die ganze Zeit nach Pierre.«

»Wohnte sie denn mit Pierre zusammen?«, fragte Molly.

»Aber nein, sie lebt in einem Altersheim außerhalb des Dorfes«, antwortete der Pfarrer. »Ich besuche sie sehr oft.«

Molly erhob sich. »Wo ist denn das Altersheim?«, fragte sie beiläufig. »Ich habe hier keines gesehen.«

»Es liegt an der Straße nach Bedrange, direkt hinter der Ortsausfahrt«, erklärte der Pfarrer.

»Ach so«, antwortete Molly unbestimmt und erinnerte sich an ihre Zickzackfahrt durch die Weingärten. Ein Altersheim war ihr da nicht aufgefallen.

Sie reichte dem Pfarrer zum Abschied die Hand und verließ den Friedhof durch das schmiedeeiserne Törchen.

Zurück im Hotel ging Molly gar nicht erst hoch in ihr Zimmer, sondern setzte sich gleich an ihren angestammten Platz auf der Terrasse. Es war kurz vor sechs, und Margot bereitete sicherlich schon das Abendessen vor.

Kaum saß sie an ihrem Tisch, kam Lilou heraus und brachte den obligaten Rosé in einer Karaffe und eine Flasche Wasser.

»*Bonsoir,* Marie«, wünschte sie und stellte die Getränke vor ihr ab. »Heute gibt es Pissaladière. Margot lässt fragen, ob das in Ordnung ist.«

Provenzalische Pizza! Molly lief das Wasser im Mund zusammen. »Ja, das ist sehr gut«, antwortete sie.

»Übrigens, der Commissaire ist hier und befragt gerade Tante Margot und Onkel Jacques«, setzte Lilou hinzu.

»Commissaire Demoireau?«, fragte Molly. Als ob sie hier so viele Kommissare kennen würde.

»Ja, genau, Commissaire Demoireau«, sagte Lilou. »Er wollte auch mit dir sprechen.«

»Hat er gesagt, warum?«

»Nein.« Lilou grinste schief. »Hast du Angst, er will dich verhaften?«

»Ich hoffe nicht.« Molly ging auf den leichten Ton ein, aber im Stillen überlegte sie, was der Kommissar wohl von ihr wollte.

»Er ist schon den ganzen Tag da und redet mit den Leuten«, flüsterte Lilou. Dabei zog sie den Kopf zwischen die Schultern, runzelte die Brauen und sah verschwörerisch von einer Seite zur anderen.

Molly lachte über ihre Pantomime, und das Mädchen verschwand in der Gaststube. Sie wandte sich um und sah durch das Fenster Commissaire Demoireau an der Theke des Gastraums stehen. Er hatte einen Notizblock vor sich liegen und machte sich Notizen, während Jacques mit gestikulierenden Händen sprach.

Doch warum führte Demoireau diese Ermittlungen persönlich durch? Als leitender Beamter hatte er doch bestimmt einen Stab von Mitarbeitern für solche Aufgaben. Die Tatsache, dass er selbst die Befragungen vornahm, brachte Molly ins Grübeln. Natürlich, die Familie Fondette hatte gewichtigen Einfluss in der Gegend, was womöglich die Ermittlung im Fall Pierre Faber zur Chefsache machte. Doch schon an der Kapelle war ihr Demoireaus Verhalten gegenüber Claude du Fondette aufgefallen. Der hochgeschätzte Wohltäter des Dorfes hatte ein sehr herrisches Auftreten, und der Kommissar war – wahrscheinlich, ohne es zu merken – in die Rolle eines Untergebenen geschlüpft. Beeinflusste dies auch seine Arbeit? Konnte Commissaire Demoireau in dieser Situation wirklich unvoreingenommen ermitteln?

Mollys Gedanken wandten sich wieder Pierre und seiner Verbindung zu Gerard Depuis und dem Bankraub zu. Wenn sie den Grabstein richtig deutete, dann war Gerard der Großonkel von Pierre, und bestimmt hatte seine Großmutter ihm von ihrem Bruder erzählt. Vielleicht sollte sie wirklich versuchen, mit Pierres Mutter zu sprechen, auch wenn die Gefahr bestand, dass die alte Dame zu verwirrt war, um sich zu erinnern. Allerdings hatten alte Menschen oft eine erstaunlich klare Erinnerung an Dinge, die lange zurücklagen, auch wenn die Gegenwart im Sumpf der Demenz versank.

Das Brummen ihres Telefons riss Molly aus ihren Gedanken. Eine Nachricht von Charles. Er war nicht untätig gewesen und hatte es offenbar tatsächlich geschafft, Gerards handgezeichnete Karte zu entschlüsseln. *»LdP = Lac du Pety«* stand da, und das sollte als Information wohl ausreichen. Charles war mal wieder schneller als sie gewesen, allerdings stand ihm an seinem Laptop auch ein viel größeres Display zur Verfügung als ihr an ihrem Handy.

Gespannt öffnete sie Google Maps und gab »Lac du Pety« in das Suchfeld ein. Der kleine Kreis drehte sich und drehte sich und drehte sich, kurz erhaschte sie einen Blick auf die Karte mit einem langgezogenen See in der Mitte, dann wurde der Bildschirm dunkel, und das Handy schaltete sich aus. Mist! Ihre eigene Suche vorhin hatte den Akku leer gesaugt.

In diesem Augenblick kam Lilou mit der dampfenden Pizza, die eher einem Zwiebelkuchen glich, und stellte sie vor Molly auf den Tisch. Sie war ein gutes Stück größer als der Teller und mit Zwiebeln, Sardellen, bunten Paprikastücken und Oliven belegt, dagegen fehlte die in Italien übliche Tomatensauce. Molly ließ sich resigniert in den Stuhl zurücksinken. Die Karte musste warten.

Langsam begann sie zu essen, die Pissaladière war noch sehr heiß. Sie war gerade bei der Hälfte angekommen, als Commissaire Demoireau die Terrasse betrat.

KAPITEL 11

Der Commissaire nickte ihr zu und kam an ihren Tisch. »*Bonsoir,* Mademoiselle Marie«, begrüßte er sie jovial.

»*Bonsoir,* Monsieur le Commissaire«, antwortete Molly, legte das Besteck beiseite und reichte ihm die Hand.

»Entschuldigen Sie, dass ich Sie beim Essen störe«, sagte der Commissaire und sah ein wenig schuldbewusst drein. »Soll ich etwas später wiederkommen?«

»Nein, es ist schon in Ordnung«, erwiderte Molly. »Solange es Sie nicht stört, wenn ich weiteresse ...«, setzte sie hinzu und schaute ihn fragend an.

»Um Gottes willen, nein, das wäre ein Verbrechen an Margots Kochkunst!« Demoireau lachte herzlich und setzte sich Molly gegenüber. Er winkte Lilou heran und ließ sich von ihr einen Kaffee bringen.

»Ich habe auch gar keine konkreten Fragen an Sie«, fuhr er fort, während er drei Päckchen Zucker in seinen Kaffee schüttete. »Ich wollte Sie nur bitten, mir zu erzählen, wie das bei diesen Renovierungsarbeiten abgelaufen ist. Wie sind Sie zur Kapelle gefahren, wer hat was gemacht, einfach den normalen Tagesablauf schildern. Würden Sie das für mich tun?«

Der Commissaire sah Molly aus braunen Hundeaugen treuherzig an. Er wirkte jovial, harmlos, sein breites Gesicht strahlte eine hemdsärmelige Gemütlichkeit aus, die selbst sein Uniformhemd nicht mindern konnte. Aber Molly ahnte, dass das nur Fassade war. Demoireau war ein äußerst erfahrener Ermittler, der genau wusste, was er tat. Bestimmt hatte er genau die gleiche Bitte auch schon an Matthieu und Colombin gerichtet. Und ganz bestimmt hatte er auch mit Claude du Fondette darüber gesprochen, deshalb war Molly auf der Hut.

Fondette gehörte ganz offensichtlich zur *Groupe BFC*, die das eigentliche Ziel ihrer Untersuchungen war. Sie hatte auch nicht vergessen, wie der Bankier sie bei ihrer Begegnung an der Kapelle angestarrt hatte, als ob er ahnte, warum sie wirklich hier war. Doch von all dem durfte niemand wissen – nicht einmal der Kommissar, solange sie nicht zu hundert Prozent sicher wusste, dass er seine Ermittlungen mit der nötigen Neutralität durchführte.

Molly nickte mit vollem Mund.

»Aber essen Sie bitte erst zu Ende. Ich habe keine Eile.«

Molly tat wie geheißen. Während sie das nächste Stück Pizza in den Mund schob, beobachtete sie, wie der Kommissar seine Blicke über den Hauptplatz schweifen ließ. Er wirkte entspannt, aber er rührte beständig in seiner Tasse, ohne zu bemerken, dass der Kaffee dabei überschwappte. Sie wandte den Blick ab und legte sich im Geist zurecht, was sie gleich erzählen würde. Sie hatte nicht vor, zu viel zu sagen, lügen wollte sie aber auch nicht. Tatsächlich hatte sie selbst ein paar Fragen, die Demoireau ihr im Gegenzug beantworten sollte.

Als sie fertig war, legte sie das Besteck zurück auf den Teller. »Was wollen Sie wissen?«, fragte sie.

»Am besten alles«, antwortete er und fuhr sich mit der Hand durch die kurzen eisengrauen Haare. »Wann haben Sie morgens angefangen, wie sind Sie zur Kapelle gekommen, solche Sachen eben. Erzählen Sie mir einfach, wie so ein Tag ausgesehen hat, und versuchen Sie, nichts auszulassen. Auch Kleinigkeiten können wichtig sein.«

»Okay.« Molly nickte. Demoireau hatte eine angenehm tiefe Stimme, und er sprach mit ihr wie mit einem Kind. War das Taktik, oder hielt er sie tatsächlich für harmlos?

»Jeden Morgen hat mich Matthieu mit seinem Land Rover vom Hotel abgeholt«, begann sie. »Das war kurz nach acht. Pierre saß da normalerweise schon im Auto. Dann ist Matthieu zu Colombins Hof gefahren, anschließend ging es zur Kapelle.«

»Sie sind also immer zusammen zur Kapelle gefahren?«, unterbrach sie der Commisaire. »Es ist nie jemand mit seinem eigenen Auto gekommen?«

»Nein, nicht solange ich dabei war«, erwiderte Molly. »Nur an dem Tag, an dem Pierre …« Sie zögerte.

»Ja, ich weiß, da kam Pierre nicht zum Treffpunkt. Das hat Matthieu schon erzählt«, sagte Demoireau. »Fahren Sie bitte fort.«

»An der Kapelle haben wir dann mit der Arbeit begonnen«, erzählte Molly weiter. »Wir …«

»*Non, non,* nicht so schnell«, fiel ihr der Kommissar schon wieder ins Wort. »Wer hatte den Schlüssel?«

»Niemand«, antwortete Molly und sah ihn überrascht an. »Der Schlüssel liegt in der Kirchenwand, hinter dem Stein, das hat Ihnen doch Matthieu gezeigt«, erinnerte ihn Molly.

»Ja, Sie haben recht«, bestätigte der Commisaire und schlug sich gegen die Stirn. »Also hat nie jemand einen eigenen Schlüssel benutzt?«

»Nein. Da bin ich mir ganz sicher.«

»*Bien*. Und wer hat aufgeschlossen?«

»Das war eigentlich immer Matthieu«, antwortete Molly. Die drei Männer hatten jedes Mal eine kleine Show um die Sache mit dem Aufschließen gemacht, als ob der Schlüssel zu den Insignien des Anführers ihres kleinen Trupps gehörte.

»Wie ging es weiter?«

»Dann hat jeder sein Werkzeug genommen und mit der Arbeit begonnen. Ich habe in der Seitenkapelle die Wandfarbe von den Fresken abgekratzt. Pierre, Matthieu und Colombin haben im Hauptschiff gearbeitet. Zuletzt haben sie den Fußboden ausgebessert.«

»Waren auch noch andere Leute in der Kapelle?«

»In der Woche davor waren Dachdecker da und haben den Dachstuhl erneuert«, antwortete Molly. »Sonst niemand.«

»Monsieur du Fondette selbst war nie da?« Die tiefe Stimme des Commisaire war bar jeder Regung.

»Doch, er war einmal da. Aber ich habe ihn nur ganz kurz gesehen.« Molly war jetzt auf der Hut. Hatte der Kommissar ebenfalls einen Verdacht?

»Gut, weiter bitte.«

»Jeder war mit seiner Arbeit beschäftigt. Ich habe die anderen dabei kaum gesehen, da ich ja allein in der Seitenkapelle war. Zu Mittag haben wir draußen Pause gemacht und gegessen.«

»Gut. Wie lange haben Sie jeden Tag gearbeitet?«, fragte der Commisaire.

»Ungefähr bis fünf Uhr«, erwiderte Molly. »Manchmal haben wir etwas früher Schluss gemacht, wenn ein Arbeitsgang zu Ende war und es sich nicht lohnte, einen neuen anzufangen. Wir haben die Werkzeuge draußen am Brunnen gereinigt, alles aufgeräumt und sauber gemacht. Anschließend sind wir zurück ins Dorf gefahren.«

»Und die Kapelle wurde jeden Abend abgeschlossen?«

»Ja, immer«, bestätigte Molly. »Darauf hat Matthieu sehr genau geachtet. Immerhin war ja das ganze Werkzeug da drinnen, und er hatte die Befürchtung, dass es jemand stehlen könnte.«

»Auf dem Rückweg haben Sie Colombin dann nach Hause gebracht?« Der Commisaire wollte es ganz genau wissen.

»Nein, nicht jedes Mal. Die drei gingen meistens nach der Arbeit direkt hierher in die Bar.«

»Hm.« Demoireau war mit ihrem Bericht offenbar noch nicht zufrieden.

Molly nutzte die Gelegenheit. »Haben Sie eigentlich schon etwas Neues herausgefunden?«, fragte sie.

Der Commissaire sah sie scharf an, doch sie erwiderte ruhig seinen Blick. Einen Moment lang hatte sie das Gefühl, er wusste, wer sie war. Dabei konnte das gar nicht sein, ihre Legende war wasserdicht. Dann war der Augenblick vorbei, er seufzte und beantwortete ihre Frage.

»Leider haben wir noch nicht viel. Pierre ist mit dem Kopf auf einem Stein aufgeschlagen. Er war nicht sofort tot, sondern ist durch den Sturz bewusstlos geworden und verblutet. Sonst weist der Leichnam keine Verletzungen auf, man hat nur Prellungen am Rücken gefunden, dort, wo er gestürzt ist. Der *Médecin légiste* geht von einem unglücklichen Unfall aus.«

Ein Unfall? Das machte die Anwesenheit des Commissaire noch fragwürdiger. Molly beschloss, die Scharade mitzuspielen.

»Wie erklären Sie sich dann die verschlossene Tür?«

Demoireau schüttelte den Kopf. »Matthieu Salucci ist sich inzwischen gar nicht mehr sicher, ob die Kapelle wirklich abgeschlossen war, als er sie am Montag öffnete. Er meinte, es sei ein altes Schloss und das hake manchmal, deshalb könne es genauso gut unversperrt gewesen sein.«

»Dann war es also doch ein Unfall«, stellte Molly fest. »Warum zum Teufel ermittelt dann der leitende Kommissar der *Police nationale* aus Carpentras?«, dachte sie bei sich, aber sie sprach die Frage nicht aus.

»Warum ermitteln Sie dann noch?«, fragte sie stattdessen.

Demoireau sah sie nachdenklich an, als hätte er auch mit dieser Frage nicht gerechnet. »Wir haben frische Fußspuren in der Kapelle gefunden, die nicht von Ihnen dreien stammen«, erklärte er. »Und dann ist da noch die Sache mit dem Schlüssel …«

Molly horchte auf. »Was ist mit dem Schlüssel?«

»Auf dem Schlüssel an der Kapelle sind nur Matthieus Fingerabdrücke«, antwortete der Commissaire und schaute sie dabei prüfend an.

»Pierre hatte einen eigenen Schlüssel?« Molly sah den Commisaire überrascht an.

»Wir haben keinen Schlüssel bei ihm gefunden.«

»Aber das hieße, dass er nicht allein in der Kapelle war«, sagte Molly langsam.

»Davon gehen wir aus.« Demoireau nickte bekräftigend. »Die Fingerabdrücke auf dem Schlüssel sind nicht verwischt, und es sind auch ganz eindeutig nur die von Matthieu und von niemand anderem vorhanden. Deshalb muss derjenige, der bei Pierre war, einen eigenen Schlüssel gehabt und damit aufgeschlossen haben. Oder Pierre besaß einen, den der andere anschließend mitgenommen hat.«

»Warum sollte Pierre denn einen Schlüssel haben?«, fragte Molly. »Er wusste doch, wo der Schlüssel zur Kapelle liegt.«

»Genau das fragen wir uns auch«, antwortete der Commissaire. »Wer könnte also sonst einen Schlüssel zur Kapelle besitzen und einen Grund haben, am Sonntag die Kapelle aufzusuchen?« Jetzt sah Demoireau Molly an, als ob sie die Antwort wissen müsste.

»Der Pfarrer?«, schlug sie zögernd vor.

»Der Pfarrer.« Demoireau hob eine buschige Augenbraue und verzog das Gesicht. »Der hat bestimmt allen Grund, Pierre in der Kapelle verbluten zu lassen.« Er schüttelte den Kopf. »Nein, mit Abbé Maréchal habe ich schon gesprochen. Er hat natürlich einen eigenen Schlüssel, doch der hängt in seinem Büro. Niemand hat dort Zugang, und der Schlüssel war auch nie weg, da ist sich der Pfarrer ganz sicher.«

»Und trotzdem hat jemand am Sonntag die Kapelle aufgeschlossen«, setzte Molly den Gedankengang fort.

»Genau. Trotzdem hat jemand aufgeschlossen.«

»Matthieu?« Molly wollte die Frage nicht stellen, aber es wäre eine logische Erklärung. Außerdem sollte sie besser mitspielen, wenn sie herausfinden wollte, warum der Commisaire sie gerade ins Vertrauen zog.

»Matthieu hat ein hieb- und stichfestes Alibi«, antwortete Demoireau bereitwillig. »Er hat den ganzen Sonntag mit seinen Söhnen im Olivenhain Steine umgeschichtet. Am Abend und die ganze Nacht war er zu Hause, hat geschlafen und laut geschnarcht. Das haben alle in seiner Familie bestätigt.«

»Gut.« Sie mochte Matthieu und hätte den kauzigen Alten nur ungern im Kreis der Verdächtigen gesehen. »Und was ist mit Colombin? Immerhin hat es doch diese Auseinandersetzung zwischen ihm und Pierre gegeben.«

Demoireau schüttelte den Kopf. »Ich habe schon die Leute aus dem Dorf befragt, die ebenfalls auf dem Stadtfest waren. Die beiden waren gute Freunde, keiner nimmt den Streit ernst.«

»Denken Sie wirklich, die würden einen aus ihrer Mitte belasten?«

Der Commissaire schmunzelte. »Sie vergessen, dass auch ich einer von ihnen bin. Immerhin bin ich hier aufgewachsen.« Er nickte zu dem Boulodrome in der Mitte des Hauptplatzes hinüber, wo schon seit einiger Zeit das Pétanque-Spiel im Gange war. »Einem meiner *Officiers* würden sie kein Wort verraten, aber mir schon.«

Molly nickte. Das war natürlich ein einleuchtender Grund, warum Demoireau selbst mit den Leuten sprach. Ihr Verdacht, er wolle den im Dorf hoch angesehenen Claude du Fondette schützen, kam ihr auf einmal albern vor. Kurz war sie in Versuchung, ihn nach den geheimnisvollen Zeichen in der Kapelle zu fragen. Aber dann hätte sie ihm auch von ihrem nächtlichen Ausflug erzählen müssen und von der Karte, die sie gefunden hatte, und das wollte sie nicht. Denn die unerwartete Offenheit des Kommissars konnte genauso gut seine ganz spezielle Taktik sein, sie zum Reden zu bringen.

»Und wie geht es jetzt weiter?«, fragte sie stattdessen.

»Die Kapelle bleibt weiterhin gesperrt«, erklärte der Commissaire. »Die Kriminaltechniker werden weitere Proben nehmen, organisches Material sicherstellen und DNA-Analysen durchführen. Wir müssen herausfinden, wer am Sonntag bei Pierre in der Kapelle war und warum.« Demoireau schaute jetzt grimmig drein, und Molly wurde klar, dass der Kommissar wie ein Jagdhund war, der sich von seiner Fährte durch nichts abbringen ließ.

»Wenn mir noch etwas einfällt, erzähle ich es Ihnen«, sagte sie und unterdrückte ihr schlechtes Gewissen.

»Ich habe die ganze Zeit das Gefühl, uns fehlt noch ein Puzzlestück«, erwiderte er. »Vielleicht haben Sie es ja in der Hand, Mademoiselle Marie, und wissen es gar nicht.«

Mit diesen Worten sah er sie wieder durchdringend an. Bezog er sich auf die Bruchstücke des Gaunerzinkens und nahm an, dass sie davon wissen müsste? Gehörte sie deshalb vielleicht sogar zum Kreis der Verdächtigen, und er zog sie nur scheinbar ins Vertrauen? War der Fahrer des grauen Wagens am Ende ein Polizist in Zivil, der sie seit Pierres Tod beschattete?

Sie erwiderte seinen Blick nach außen hin gelassen und lächelte ihn unschuldig an. »Ich? Ganz bestimmt nicht. Aber wenn ich das fehlende Stück finde, dann sage ich Ihnen sofort

Bescheid, versprochen.« Sie zwinkerte ihm zu, und er musste lachen. Die Spannung, die eben noch in der Luft gelegen hatte, löste sich auf.

Demoireau erhob sich. Er zückte eine Brieftasche und reichte Molly seine Visitenkarte. Dann schüttelte er ihr die Hand. »Danke, dass Sie sich die Zeit genommen haben«, sagte er zum Abschied. Jetzt war er wieder ganz der joviale, freundliche Beamte mit der väterlichen Ausstrahlung.

»Ich bin froh, wenn ich helfen kann«, gab Molly zur Antwort. Ob er nur junge Frauen so behandelte? Oder war das sein Trick, die Leute zum Reden zu bringen? Sie sah ihm nach, als er mit schnellen Schritten den Marktplatz überquerte, ein tüchtiger, erfahrener Polizist, daran hatte sie überhaupt keinen Zweifel. Er wurde von allen Seiten freundlich gegrüßt, bevor er gegenüber in einem Hauseingang verschwand.

Molly stand auf und reckte sich. Inzwischen war die Dämmerung hereingebrochen. Der Platz hatte sich gefüllt, und das Klacken der Pétanque-Kugeln tönte durch den lauen Abend. Sie wandte sich ab und ging hoch in ihr Zimmer.

Als Erstes schloss sie ihr Telefon ans Ladegerät an. Es dauerte ein paar Minuten, bis sich der Akku erholt hatte, dann konnte sie es einschalten. Sie rief Google Maps auf, aber es half nichts, die App brauchte in jedem Fall eine Internetverbindung, selbst um die zuletzt angezeigte Seite aufzurufen. Molly kontrollierte den Akkustand, zwei Prozent, damit kam sie nicht weit. Sie steckte das Ladegerät aus, schloss es an der Steckdose am Fenster wieder an und legte das Handy draußen auf die Fensterbank, Display nach oben. Sie wartete einen Moment, doch der Empfang reichte nicht aus. Dann erinnerte sie sich an den Wanderführer, den sie gekauft hatte – der beinhaltete eine Wanderkarte. Sie schalt sich selbst für ihre Fixierung auf die elektronischen Helfer, die sie diese naheliegende Lösung hatte übersehen lassen.

Schon der Blick in den alphabetischen Index brachte einen Treffer, der Lac du Pety war verzeichnet. Sie schlug die angegebene Seite auf, suchte nach der Kennzeichnung des Kartenausschnitts und fand ihn ein Stück westlich von Mirocène. Der Lac du Pety war in der schematischen Darstellung als langgestreckter blauer Fleck eingezeichnet, und die umliegenden Straßen passten mehr oder weniger genau zu Gerards Karte. Da war die Brücke, hier das einzelne Gebäude etwas abseits der Straße. Charles hatte offenbar den richtigen Ort gefunden. Ein Stück unterhalb der Stelle, die Gerard mit einem Kreuz gekennzeichnet hatte, direkt an der Straße, war ein Campingplatz verzeichnet, und oberhalb davon führte ein Wanderweg vorbei.

Damit stand ihr Plan für den nächsten Tag fest. Sie kontrollierte, ob das Telefon am Strom hing, und ging zu Bett. Erst jetzt merkte sie, wie müde sie war.

KAPITEL 12

Molly erwachte wie üblich kurz nach sieben. Sie wählte eine alte Jeans und eine der Blusen, die sie sonst zum Arbeiten trug, denn vielleicht musste sie heute über Stock und Stein klettern, um die markierte Stelle auf der Karte zu finden. Da war ein adrettes Outfit, wie Marie es sonst in ihrer Freizeit trug, nicht besonders sinnvoll. Sie nahm das Telefon vom Ladekabel und startete es. Einen Moment lang schloss sie die Augen, um sich die Autonummer des grauen Golfs ins Gedächtnis zu rufen, dann schickte sie sie an ihre Abteilung mit der Bitte um eine Halterauskunft. Vielleicht war der Fahrer ja wirklich ein Polizeibeamter, der sie im Auftrag von Demoireau im Auge behielt. Oder es war ein unbescholtener Bürger aus Mirocène, der gar nichts mit ihr zu tun hatte, und sie bildete sich die Verfolgung nur ein. Vielleicht würde sie der Mann aber auch einen Schritt näher zu Fondette führen. Sie schaltete das Handy wieder aus, verließ ihr Zimmer und lief nach unten.

Ihr Frühstück wartete schon auf sie, und als sie aufgegessen hatte, nahm sie ihre Kaffeetasse mit und setzte sich mit dem Handy nach draußen auf die Terrasse, wo sie Empfang hatte. Es war vergleichsweise kühl, die Sonne war noch nicht über die Dächer geklettert, und die Tische lagen vollständig im Schatten.

Sie schaltete das Gerät wieder ein, rief Google Maps auf und gab »Lac du Pety« ein. Sie wollte wissen, wie die Umgebung des Sees in Natura aussah, und schaltete die Darstellung um auf das Satellitenbild, das nach kurzem Warten das Gelände rund um den See zeigte. Eine kurvenreiche Straße führte vom See hinunter zur Hauptstraße. Sie zoomte näher heran. Ein Stück links vom See erkannte sie die Umrisse eines größeren Gebäudes. Eine Ruine? Links der Straße war mitten zwischen Bäumen noch ein helles Viereck zu sehen, ein Gebäude mit Steindach, das sie schon auf der Karte im Wanderführer identifiziert hatte. Auf Gerards Karte war es ebenfalls eingezeichnet, im Gegensatz zum Campingplatz, der natürlich neu war. Im Satellitenbild konnte sie ihn gut erkennen. Mittendrin leuchtete türkisfarben ein Swimmingpool, rund um ein kleines Gebäude mit Innenhof waren die Parzellen für die Wohnwagen angeordnet. Im Wald östlich davon waren einzelne bunte Punkte zu sehen, Zelte wahrscheinlich. Am südlichen Ende des Campingplatzes stand ein langgestrecktes Gebäude, vielleicht war das die Kirche von Gerards Karte. Hier zweigte eine Straße ab und verlief in Serpentinen neben und hinter dem Campingplatz entlang. Serpentinen? Das sprach für den steilen Hang, den sie schon vermutet hatte. Und genau hier, an diesem Abhang, hatte Gerard das Kreuz markiert.

Molly wechselte wieder auf die Straßenansicht und zoomte aus dem Bild heraus. Carroux hieß das nächste Dorf, dessen Häuser an der Kirche begannen und das sich langgezogen entlang der Straße fortsetzte. Es lag mehr oder weniger auf dem Weg zwischen Carpentras und Mirocène, aber doch deutlich abseits der Hauptstraße, an der sie gestern gesucht hatte. Molly prägte sich die Route ein und schaltete das Telefon aus. Sie lief hoch in ihr Zimmer, nahm ihre Tasche vom Bett und kontrollierte kurz den Inhalt: Gerards gezeichnete Karte war da, der Wanderführer ebenfalls. Eine Wasserflasche, ihre Papiere, eine Taschenlampe, die Autoschlüssel.

Als sie aus dem Hotel trat, parkte der dunkelgraue Golf wieder schräg gegenüber. Die Sonne erhob sich gerade über die Dächer und erreichte die Fassade und die Terrasse des Hotels. Die andere Straßenseite lag noch im Schatten, sie konnte nicht erkennen, ob jemand im Auto saß.

Keinesfalls wollte sie bei ihrem Vorhaben einen ungebetenen Begleiter haben, deshalb nahm sie zügig und ohne Umweg die Hauptstraße nach Carpentras. An der Abzweigung in Richtung Carroux wurde sie langsamer. Prompt tauchte im Rückspiegel ein dunkles Auto auf, und sie fuhr weiter in Richtung Carpentras. Der Wagen kam nie näher heran als hundert Meter, aber er war beständig hinter ihr. Sie erreichte die Außenbezirke der Kreisstadt, und der Verkehr wurde immer dichter. Es war Markttag, und Tausende von Autos drängten sich in den Ort. Der Wagen hinter ihr musste aufschließen, und es überraschte sie nicht, dass es ein dunkelgrauer Golf war, dazu brauchte sie das Kennzeichen gar nicht zu erkennen.

Sie fädelte sich in den Verkehr der zweispurigen Ringstraße rund um die Altstadt ein und gab Gas. Unerbittlich drängte sie ihren kleinen Wagen von einer Spur in die nächste, die anderen machten ihr Platz, denn in Frankreich hat zumeist der die Vorfahrt, der am nachdrücklichsten darauf besteht. Die vielen Dellen und Beulen in den Kotflügeln der Autos zeigten deutlich, dass das nicht immer funktionierte, aber hier gehörten kleine Blechschäden zum normalen Gebrauch eines Autos dazu; niemand schien sich daran zu stören.

Molly war jedoch nie in Gefahr, in eine Kollision verwickelt zu werden; meistens winkte man ihr bei ihren waghalsigen Aktionen sogar noch zu, denn jungen Frauen in kleinen Autos begegnete man auch in Frankreich mit Nachsicht. Hinter der dritten Ampel in Folge, die sie gerade noch bei Dunkelgelb überquerte, war sie am Place de 25 Août vorbei, und hinter ihr ergoss sich ein Strom von Fahrzeugen aus zwei großen Einfallstraßen in den Ring. Inzwischen waren so viel Autos zwischen ihnen, dass ihr Verfolger keine Chance mehr hatte, sie zu erwischen.

An der nächsten Kreuzung bog sie in Richtung Mazan und Villes sur Auzon ab. Schon bald war Carroux ausgeschildert. Molly wählte trotzdem die Straße nach Bedoin und hielt nach wenigen Kilometern am Straßenrand. Sie wartete einige Minuten, bis sie sicher war, den Golf abgeschüttelt zu haben. Erst danach fuhr sie weiter und nahm die nächste Abzweigung nach Carroux.

Der Hauptplatz des Dorfes wurde von einem Brunnen und einem imposanten Torbogen in der Stadtmauer beherrscht. Es gab einen Laden für Tabak und Zeitschriften, eine Bar mit einer grünen Markise, in deren Schatten leere Tische standen, und ein abgehalftertes Hotel, das den Charme der Achtzigerjahre versprühte. Molly hielt sich rechts und folgte der Ausschilderung zum Campingplatz. Es ging einen langgezogenen Berg hinauf zu einem Kreisverkehr, dann war das Dorf auch schon wieder zu Ende, und die Einfahrt zum Campingplatz lag vor ihr. Das Gebäude an der Ecke war tatsächlich eine kleine Kapelle aus Naturstein mit rotem Ziegeldach und einem schmiedeeisernen Kreuz am Giebel.

Molly fuhr langsam am Campingplatz vorbei. Hinter dem breiten Tor erhaschte sie einen Blick auf einen kleinen Vorplatz, blühenden Oleander und eine steinerne Treppe, die steil nach oben führte. Sie folgte weiter der Straße und überquerte eine Brücke. Der Fluss war nicht viel mehr als ein Bach und floss gut zehn Meter unter ihr in einem grünen Urwald, der sich von der ansonsten trocken-braunen Umgebung deutlich abhob. Nach der Brücke sah sie auf der rechten Seite ein großes Schild, das auf den Lac du Pety und die vielfältigen Freizeitaktivitäten hinwies, die man dort ausüben konnte: Angeln, Picknicken, Pétanque spielen, Wandern, nur Schwimmen war verboten. Molly fuhr weiter, bis sie rechts oben am Hang ein großes gelbliches Gebäude mit einem verfallenen Turm sah: die Ruine, die sie auf dem Satellitenbild gesehen hatte.

An der nächsten Kreuzung nutzte sie den Parkplatz eines Restaurants, um zu wenden, und fuhr zurück. Der Weg, der hinter dem Campingplatz an der Kapelle abzweigte, hatte ein Fahrverbotszeichen. Nicht zu Unrecht, denn der Asphalt endete nach einigen Metern und wurde durch eine grob geschotterte Fahrspur fortgesetzt, die sich in steilen Kurven den Berg hochzog. Hier bräuchte man einen Geländewagen mit Allradantrieb, um weiterzukommen.

Molly fuhr an der Abzweigung vorbei, bog am Kreisverkehr in die nächste Seitenstraße ein und parkte ihr Auto ein paar Meter weiter am Straßenrand, außer Sicht von der Hauptstraße, nur für den Fall, dass der Golffahrer doch noch hier vorbeikam.

Sie war mit leichten Leinenschuhen aufgebrochen, doch angesichts der Kletterei im steilen Hang, die ihr bevorstand, zog sie ihre Wanderschuhe an. Dann nahm sie ihre Umhängetasche und machte sich auf den Weg.

KAPITEL 13

Die Sonne stand schon hoch am Himmel und erhitzte die Luft. Die Zikaden waren in ihrem Element und aus allen Richtungen lautstark zu hören. Molly bog in den Weg an der Kapelle ein, und es empfing sie der harzige Duft von Kiefern, gemischt mit Thymian, der auch hier überall wild zwischen den Steinen wucherte. Sie schritt kräftig aus und folgte der Serpentinenstraße, bis sie oberhalb des Campingplatzes war und zwischen den Bäumen vereinzelte bunte Zelte sehen konnte. Ein großer Stein am Wegrand bot sich an, sie setzte sich und holte Gerards Karte hervor.

Sie brauchte einen Moment, um sich zu orientieren. Der Campingplatz war auf Gerards Karte natürlich nicht eingezeichnet, sehr wohl aber der Weg, der von der Hauptstraße hier heraufführte. Das einsame Haus, das auf der Karte oberhalb der Straße eingezeichnet war, hatte sie auch auf der Satellitenkarte gesehen, und sie schloss die Augen, um sich dessen Lage zu vergegenwärtigen. Das gemalte Kreuz war ungefähr auf gleicher Höhe wie das Haus, aber sie konnte nicht abschätzen, ob sie die Stelle schon passiert hatte. Sie blickte sich um.

Der Campingplatz unter ihr war umgeben von einem hohen Zaun und einem etwa zwei Meter breiten baumlosen Streifen, der wohl dem Brandschutz geschuldet war. Hinter dem Zaun setzte sich der Hang fort, doch zwischen den hoch aufragenden Kiefern standen die Zelte auf flachen Terrassen. Ein kleiner steiniger Pfad, mehr eine Spur, die auch ein Zufallsprodukt aus Stein und Erde sein konnte, verließ die Straße genau am Scheitelpunkt einer Spitzkehre.

Molly faltete Gerards Karte wieder zusammen und stand auf. Sie folgte dem kleinen Weg, bis er sich zwischen niedrigen Bäumen und hohen Graspolstern verlor. Links von ihr führte ein niedriger steinerner Abbruch hinunter zu einem Olivenhain. In die Steinkante waren grobe Stufen geschlagen, die kletterte sie hinunter und gelangte auf eine schmale überwucherte Terrasse, auf der sich die Olivenbäume gegen dichtes Gestrüpp behaupten mussten. Um diese Bäume hatte sich schon lange niemand mehr gekümmert.

Molly folgte der Terrasse und überwand noch zwei weitere solcher Kanten. Die letzte war nicht natürlichen Ursprungs, sondern eine Mauer aus grob behauenem Naturstein. Zwischen den Bäumen schimmerte hell die Fassade eines Hauses; das musste das Gebäude sein, das auf Gerards Karte eingezeichnet war. Es lag verlassen am Rand des verwilderten Olivenhains. Kein Zaun hinderte Molly daran, den ehemaligen Garten zu betreten, der ebenfalls in Terrassen angelegt war. Sie erkannte Agaven und Oleander, sah einen Kräutergarten mit Salbei, Rosmarin und Lorbeer, die zu großen Büschen herangewachsen waren und einen intensiven Duft verströmten. Auf den ebenen Flächen standen kleine runde Tische und niedrige Bänke ohne Lehne, alle aus groben Holzbalken gezimmert. Das Haus selbst war verschlossen. Reifenspuren im krautigen Bewuchs und ein voller Müllsack neben der Tür wiesen jedoch auf eine rege Benutzung des Gartens hin – Franzosen liebten Picknicks, und der Ort war wie geschaffen dafür.

Molly wandte sich wieder dem Olivenhain zu und folgte der letzten Mauer zurück in die Richtung, aus der sie gekommen war. Zwischen den Olivenbäumen wuchs hohes trockenes Gras, an dessen Halmen unzählige kleine weiße Schneckenhäuser klebten. Sie fielen auch nicht ab, als Molly sie im Vorbeigehen streifte. Das Vorankommen war beschwerlich, da sich zwischen dem Gras immer wieder dornige Ranken verbargen, die sie festhielten und ihren Schritt hemmten.

Schließlich war sie am Ende des Olivenhains angelangt. Sie hatte sich bemüht, von dem alten Haus aus in einer möglichst geraden Linie zu gehen, und stand nun vor einem kleinen zugewachsenen Graben. Auf der anderen Seite konnte sie den Zaun des Campingplatzes sehen. Auch die Steinmauer, der sie die ganze Zeit gefolgt war, war hier zu Ende – zerfallen und zusammengebrochen war vielleicht die treffendere Bezeichnung, nur noch einzelne Steinbrocken markierten ihre frühere Position. Molly kletterte den Hang wieder hoch und suchte eine Möglichkeit, den Graben zu überwinden. Bald wurde er flacher, und sie fand erneut so etwas wie einen Pfad, dem sie auf die andere Seite folgte.

Endlich stand sie auf der grob gerodeten Fläche zwischen dem Zaun und dem Graben und hatte freien Blick auf den Campingplatz. Aber wo war die Stelle, die Gerard auf seiner Karte eingezeichnet hatte? Molly trat an den Zaun und musterte aufmerksam die Umgebung. Direkt vor ihr stand ein knallrotes Kuppelzelt, aber es schien niemand da zu sein. Weiter entfernt war ein großes Familienzelt aufgebaut, dessen unmittelbarer Umkreis aussah, als hätte eine Bombe eingeschlagen: Tretroller, Badetücher, Luftmatratzen, Schwimmreifen, Federballschläger, Boulekugeln und noch einiges mehr bildeten ein Tohuwabohu, in dem drei Kinder unterschiedlicher Größe herumtollten. Soeben kam eine Frau mittleren Alters mit einer großen Plastikschüssel voll Geschirr den steilen Weg zum Zelt hoch. Sie rief etwas, das Molly nicht verstehen konnte, und ein Mann mit einem Säugling auf dem Arm tauchte im Eingang des Zeltes auf.

Molly ließ den Blick über den Hang oberhalb des Campingplatzes schweifen und versuchte, sich die Situation ohne Zaun und Zelte vorzustellen. Da entdeckte sie, dass sich die Steinmauer, der sie bis hierher gefolgt war, auf der anderen Seite des Grabens fortsetzte. Sie war teilweise abgerutscht, und es war nur noch schwer erkennbar, was davon natürlich gewachsen und was von Menschenhand errichtet war. Große Steinbrocken lagen wild durcheinander, als ob es hier einmal einen Felsrutsch gegeben hätte. Zwischen den Steinen wuchsen niedrige Sträucher, und sogar ein kleiner Baum hatte mit seinen Wurzeln Halt gefunden.

Molly warf einen Blick auf Gerards Karte: Ja, das passte! Er hatte die Steinmauer eingezeichnet, und die unregelmäßigen Formen darunter waren wohl die Felsen, die sie hier sah. Doch leider befand sich die Stelle auf der falschen Seite des Zaunes, auf dem Gelände des Campingplatzes.

Kurz erwog Molly, in der Nacht wiederzukommen. Doch der Zaun war aus engmaschigem Stahl und gute zwei Meter hoch. An der Oberseite führten zwei Reihen Stacheldraht entlang, um genau das zu verhindern, was sie vorhatte. Diebstahl an Touristen war in Südfrankreich weit verbreitet, und Campingplätze waren davor nicht gefeit. Oft genug schnitten Diebe des Nachts unbemerkt die Zelte auf, während die Bewohner darin schliefen, und stahlen Handtaschen, Fotoausrüstungen und Smartphones.

Dazu kam, dass sie im Dunkeln kaum eine Chance hatte, zwischen den Steinen Gerards Versteck zu finden, und wenn sie mit einer Taschenlampe arbeitete, machte sie die Bewohner der umliegenden Zelte erst recht auf sich aufmerksam.

Molly prägte sich die Stelle ein und kletterte den steilen Hang hinauf, bis sie wieder zu der Straße kam, die sie zuvor hochgekommen war. Verschwitzt und ein wenig zerkratzt kehrte sie zum Auto zurück. Sie wechselte die Schuhe, setzte sich auf den Fahrersitz und erwog ihre Möglichkeiten. Viele

Optionen hatte sie nicht – sie musste auf den Campingplatz. Sie sah auf die Uhr. Es war erst halb elf, die Zeit war knapp, aber es könnte klappen. Sie wendete den Wagen und fuhr zurück nach Mirocène.

Auf dem Marktplatz fehlte der dunkle Golf; wahrscheinlich suchte sie der Fahrer immer noch in Carpentras. Sie wünschte ihm im Stillen viel Spaß – wegen des Wochenmarktes quoll die Altstadt heute über vor lauter Menschen. Der wöchentliche Markt von Carpentras war weit über die Grenzen der Region hinaus bekannt und zog jede Woche viele Einheimische und Touristen an. Wenn ihr Verfolger sie da aufspüren wollte, hätte er selbst dann Probleme, wenn sie wirklich dort wäre. Gut so!

Molly stellte ihren Wagen ab und lief hoch in ihr Zimmer. Sie zog sich gar nicht erst um, sondern packte schnell ein paar Sachen zusammen, eine alte Jeans, eine kurze Hose, zwei dunkle T-Shirts sowie ein Paar bequemer Turnschuhe und ihr Werkzeug.

Im Gastraum suchte sie nach ihren Wirtsleuten und fand Jacques in der Küche, wo er Weinflaschen auspackte und sortierte.

»Ich fahre übers Wochenende weg«, teilte sie ihm mit. Sie war ihm keine Rechenschaft schuldig, aber es war ein Gebot der Höflichkeit – Jacques und Margot behandelten sie eher wie ihre Nichte Lilou und nicht wie einen zahlenden Gast.

»Ah, schön«, antwortete Jacques. »Wohin soll es denn gehen?«

»Ich wollte zum Gorges d'Ardèche, wandern gehen.« Das würde ihr rustikales Outfit am ehesten erklären. »Am Sonntag bin ich wieder da!«

Jacques fragte nicht weiter nach, sondern wandte sich wieder seinen Flaschen zu. »Viel Spaß, Marie, und kommen Sie gesund zurück!«

»Danke, Jacques, und grüßen Sie bitte Margot und Lilou von mir!« Mit diesen Worten verließ sie das Hotel.

Der dunkle Golf war noch immer nicht zurück, was Molly sehr gelegen kam. Solange sie nicht wusste, wer der Fahrer war, wollte sie ihm auf keinen Fall verraten, wo sie hinfuhr. Zur Sicherheit wählte sie am Kreisverkehr nicht die Straße nach Carpentras, wo sie ihm womöglich begegnen würde, sondern umfuhr die Kreisstadt und bog erst in Pernes le Fontaine in eine Überlandstraße ein, die sie nach Avignon brachte.

Hier gab es einen großen Sportartikelmarkt, der alles führte, was sie brauchte, um sich unauffällig auf dem Campingplatz umzusehen. Sie erwarb ein kleines blaues Zweimannzelt, eine sich selbst aufblasende Luftmatratze, einen dünnen Schlafsack und ein aufblasbares Kissen, dazu eine batteriebetriebene Laterne und einen niedrigen Klappstuhl aus Aluminium.

Ihr Budget für solche Ausgaben war großzügig bemessen, aber sie hatte nicht vor, mehr als notwendig zu kaufen; gerade so viel, wie sie für ihre neue Tarnung benötigte. Während Marie Bonnieux an der Ardèche wandern ging, würde Maria Heinrich hier in Ruhe nach dem Schatz suchen.

Sie nahm noch eine große rote Plastikschüssel mit, die man sowohl zum Geschirrspülen als auch zum Servieren von Salat verwenden konnte, einen Gaskocher, Koch- und Essgeschirr, Besteck und ein kleines Tablett mit ausklappbaren Beinen als Tisch sowie eine geräumige Umhängetasche, in der ihre Campingausstattung Platz finden würde. In der Bergsportabteilung kaufte sie noch eine kurze Hose aus khakifarbener fester

Baumwolle und ein ärmelloses schwarzes T-Shirt, außerdem einen einfachen schwarzen Badeanzug, zwei Handtücher, eine Schirmkappe und einen Rucksack, in dem sie ihre Neuerwerbungen verstauen konnte.

Anschließend fuhr sie zum Flughafen von Avignon und parkte den Peugeot von Marie Bonnieux auf dem Langzeitparkplatz – die Chance, dass ihn hier jemand zufällig entdeckte, war gleich null. Sie ließ ihr komplettes Gepäck im Auto und ging zum Schalter einer Autovermietung. Dort mietete sie auf den Namen Maria Heinrich einen schwarzen Polo, der das Logo der Autovermietung weithin sichtbar an den Türen trug, und bezahlte für zwei Tage im Voraus mit ihrer Kreditkarte.

Mit dem Mietwagen fuhr Molly zurück zum Parkplatz, auf dem sie ihr Auto abgestellt hatte. Sie verstaute ihre Sachen in dem neu gekauften Rucksack, zog die alten Turnschuhe an und tauschte die karierte Bluse gegen ein dunkles T-Shirt. Dann drehte sie ihre langen schwarzen Haare so auf dem Oberkopf zusammen, dass ihr die Spitzen in die Stirn fielen, und setzte die Schirmkappe auf. Ein Blick in den Rückspiegel zeigte die erfolgreiche Veränderung: Sie sah nun aus wie eine burschikose junge Frau mit Kurzhaarschnitt und Stirnfransen. Dazu die Sonnenbrille, und niemand würde mehr in ihr Marie Bonnieux, die adrette Kunststudentin aus Paris, erkennen. Nun war sie Maria Heinrich aus Düsseldorf, auf Urlaub in der Provence.

Sie packte Rucksack und Campingausstattung in den Polo und fuhr auf direktem Weg nach Carroux. Nur einmal hielt sie unterwegs an einem Hypermarché, um Pulverkaffee, Mineralwasser, eine Dose Ravioli, Marmelade und Dauerwurst zu kaufen.

Die Anmeldung am Campingplatz war von erfreulicher Unkompliziertheit. Auf der oberen Ebene der Anlage, auf der sich auch das Sanitärgebäude und der Swimmingpool befanden, stand eine kleine Holzhütte; hier waren gleichzeitig Rezeption, Laden und Restaurant untergebracht. Eine schlanke Frau mittleren Alters reichte Molly die Hand und stellte sich als Veronique vor. Ein junger Mann, der ihr wie aus dem Gesicht geschnitten war, heizte gerade den Grill an, während eine ältere Frau im hinteren Bereich der Hütte Kartoffeln schälte. Einer mit Kreide beschriebenen Tafel nach zu schließen gab es heute Abend Steak haché vom Grill mit Pommes frites, und es wurde um Voranmeldung für das Abendessen gebeten. Molly hatte Glück, eine Reservierung war noch möglich, denn diese Option erschien ihr deutlich verlockender, als vor dem Zelt lauwarme Ravioli aus der Dose zu löffeln.

Für den nächsten Tag bestellte sie ein Baguette zum Frühstück, dann durfte sie ihr Auto hereinholen und auf dem oberen Parkplatz abstellen. Bevor sie ihre Sachen zum Zeltplatz brachte, warf sie einen schnellen Blick in das Sanitärgebäude: Es war einfach, aber sauber und gut ausgestattet. In einem anderen Raum sah sie mehrere Spülbecken für Geschirr sowie eine Waschmaschine mit Münzeinwurf. In dem kleinen Innenhof, den das Gebäude umschloss, wuchsen Thymian, Petersilie, Schnittlauch und Oregano zur freien Entnahme, und auf einer kleinen Terrasse dahinter entdeckte sie einen Gasgrill und mehrere Tische und Bänke.

Molly war das letzte und bislang einzige Mal mit sechzehn Jahren campen gewesen, als sie ihren Bruder und seine Freunde zu einem Open-Air-Konzert begleiten durfte. Der Schmutz und der katastrophale Zustand der sanitären Anlagen dort hatten ihr jegliche Lust auf diese Art von Urlaub genommen, doch der Campingplatz hier machte es ihr leicht, ihre Meinung zu ändern.

Sie kehrte zum Auto zurück und holte das Zelt aus dem Kofferraum, dann stieg sie den Weg zum Zeltplatz hoch. Vorbei an den unteren Terrassen, die alle belegt waren, folgte sie dem Pfad, der immer steiler wurde. Sie passierte das knallrote Kuppelzelt, das sie heute Morgen schon gesehen hatte; jetzt saß ein junges Pärchen davor, das ihr grüßend zunickte. Das Hauszelt der Großfamilie war dagegen verschlossen, und die Familie schien ausgeflogen, auch wenn die Habseligkeiten der Kinder noch immer überall verstreut lagen.

Molly ließ auch diese Terrasse hinter sich und war endlich am obersten Punkt angelangt. Es war nicht wirklich weit, aber der Hang war steil, und der Gedanke, dass sie ihn noch mindestens zweimal erklimmen musste, bis sie ihren Hausstand komplett nach oben verfrachtet hatte, bereitete ihr keine Freude. Doch es half nichts. Hier oben war sie Gerards Versteck am nächsten, und nur darauf kam es an. Ein weiterer Vorteil war, dass sie hier keine Zuschauer hatte, wenn sie sich gleich daranmachte, ihr Zelt zum ersten Mal aufzubauen – gut möglich, dass ihre Tarnung dabei sonst unmittelbar auffliegen würde.

Zum Glück behielt der Werbeflyer recht, der sie zu diesem Zelt hatte greifen lassen, der Aufbau ging einfacher als gedacht. Sie hatte keinen Hammer, um die beiliegenden Heringe in den Boden zu schlagen, deshalb drückte sie sie nur mit der Hand so weit wie möglich in die steinige Erde. Spätestens wenn sie im Zelt lag, bestand keine Gefahr mehr, dass es der Wind davonwehte.

Sobald das Zelt stand, kletterte sie den Weg wieder hinunter zum Auto, um ihre restlichen Habseligkeiten zu holen. Bepackt mit der großen Umhängetasche, kehrte sie zurück. Sie öffnete die Zurrgurte an der Luftmatratze und legte die flache Matte ins Zelt. Dann schraubte sie das Ventil auf, und ein

Zischen verriet ihr, dass die Luft in die Kammern strömte. Sie blies noch das Kissen auf und breitete den Schlafsack im Zelt aus. Den Klappstuhl stellte sie vor den Zelteingang, die rote Schüssel mit dem Campinggeschirr und den Lebensmitteln in den Zelteingang neben ihre Matratze.

Ein weiteres Mal musste sie den Weg zum Auto und wieder hoch zu ihrem Zelt zurücklegen, um die leere Tasche zurück ins Auto zu bringen und ihren Rucksack zu holen. Der fand auch noch Platz im Zelt, und Molly ließ sich erschöpft auf den Campingstuhl fallen. Sie hätte nicht gedacht, dass es so anstrengend war, sich auf einem Zeltplatz einzurichten. Eine Stunde hatte es gedauert, bis alles an Ort und Stelle war – aber für das erste Mal, fand sie, war das gar nicht so schlecht. Sie begann bereits, ihren Ausflug zu genießen, während sie hier saß und hoch in den Wald blickte. Die großen Steinblöcke, in denen sie Gerards Versteck vermutete, lagen keine zehn Meter entfernt, aber sie musste sich noch gedulden, denn das Pärchen mit dem roten Zelt war in Sichtweite, und die beiden sahen immer wieder zu ihr herüber.

Auf der Straße unten herrschte kaum Verkehr; bis auf die immerwährenden Zikaden, deren Gesang sie inzwischen schon ausblendete, war es sehr still. Von unten schallte Kinderlachen herauf und erinnerte Molly daran, dass es auf dem Campingplatz einen Swimmingpool gab. Sie kroch ins Zelt und zog den Badeanzug an, was in der Enge gar nicht so einfach war. Dann nahm sie ein Handtuch, schlüpfte in ihre Sandalen und lief nach unten. Dankbar ließ sie sich ins kühle Wasser gleiten und begann, mit gleichmäßigen Zügen zu schwimmen. Sie wäre gerne länger geblieben, um die Anspannung der letzten Tage loszuwerden, doch die im Wasser tobenden Kinder vertrieben sie schnell aus dem kleinen Becken.

Sie trocknete sich ab und verschwand im Sanitärblock, um ausgiebig zu duschen. Mit dem Handtuch um das feuchte Haar geschlungen, kehrte sie zu ihrem Zelt zurück. Sie wrang den Badeanzug aus, ehe sie zu den Felsen hinüberging und ihn dort zum Trocknen ausbreitete. Das Gleiche machte sie mit dem feuchten Handtuch und musterte dabei unauffällig die Anordnung der Steine. Zwischen den wild durcheinandergeworfenen Blöcken gab es zahlreiche Öffnungen und Spalten, doch war eine von ihnen wirklich groß genug, um einen Goldschatz fassen zu können? Sie wandte sich ab, denn solange das Pärchen keine zwanzig Meter entfernt vor seinem Zelt saß, konnte sie sowieso nichts tun.

Sie hatte ihre Tasche mit dem Telefon, ihrer Uhr und den Dokumenten im Auto gelassen, deshalb konnte sie nur schätzen, wie spät es war, aber ihr knurrender Magen verriet ihr, dass es bald Zeit für das Abendessen sein musste. Sie schlüpfte in die Sandalen, verbarg die Haare unter dem schwarzen Schlauchtuch und setzte die Sonnenbrille auf. So machte sie sich auf den Weg zu der Terrasse hinter der Rezeption, wo der große Holzkohlengrill stand, von dem es bereits köstlich duftete. Vorher holte sie noch ihre Tasche aus dem Auto. An der Rezeption hatte sie das WLAN-Zeichen gesehen, und als sie Veronique danach fragte, händigte diese ihr einen kleinen Zettel mit einer Internet-Adresse und einem Code aus.

Trotz ihres Auftrags war Molly in Urlaubsstimmung, seit sie den Campingplatz betreten hatte. Die schöne Umgebung, die gepflegte Anlage und der Swimmingpool trugen dazu bei, dass der Gedanke an die Arbeit ein wenig in den Hintergrund rückte. Aber im Gegensatz zu den anderen Campern war sie nicht zum Vergnügen hier. Sie schaltete ihr Handy ein, loggte sich ins WLAN ein und rief ihre Nachrichten ab.

Die Antwort auf ihre Anfrage zum Kennzeichen des grauen Golfs war gekommen, der Wagen war auf einen Fabian Caprisco zugelassen, wohnhaft in Aix-en-Provence. Der Name sagte ihr nichts, der Mann kam gar nicht von hier. Vielleicht hatte sie sich die Beschattung ja doch nur eingebildet?

Zum ersten Mal aufgefallen war er ihr in jener Nacht, in der sie an der Kapelle gewesen war. In den Tagen danach schien er jeden ihrer Schritte zu verfolgen, kaum dass sie Mirocène verließ. Sie rekapitulierte kurz die Geschehnisse der letzten Tage. Tatsächlich hatte die Beschattung begonnen, nachdem sie Claude du Fondette mit Demoireau an der Kapelle getroffen hatte.

Dagegen unternehmen konnte sie nicht viel. Fabian Caprisco hatte bis jetzt keine strafbare Handlung begangen; ihr blieb nichts anderes übrig, als auf der Hut zu sein. Sie bat um weitere Informationen zu dem Mann – vielleicht war er ja doch Polizist, und Demoireau hatte ihn auf sie angesetzt – und schloss mit der Bitte um vorrangige Bearbeitung. Aber es war Wochenende, vor Montag war mit keiner Auskunft zu rechnen.

Anschließend schrieb sie Charles ein paar Zeilen via Messenger und berichtete ihm von ihrem neuesten Abenteuer, ohne ihren Aufenthaltsort und den Grund dafür zu nennen – eine Vorsichtsmaßnahme, für die es aufgrund der verschlüsselten Kommunikation eigentlich gar keine Notwendigkeit gab.

Die ersten Steaks vom Grill waren fertig, und Veronique brachte Molly einen übervollen Teller mit zwei Fleischstücken und einem Berg goldgelber Pommes frites. Sie schaltete das Handy aus, um Strom zu sparen, und begann zu essen.

Die Familie mit den vier Kindern war mittlerweile zu ihrem Zelt zurückgekehrt, und Molly sah die Mutter mehrmals den

Weg zwischen den Zelten hinauf- und hinuntergehen. An eine Suche nach Gerards Schatz war damit nicht zu denken, also entspannte sie sich und verfolgte müßig den Film, der auf einem großen Flachbildschirm unter einer Pergola lief. Inzwischen war es dunkel geworden, und Molly verschob die Suche nach dem Geheimnis der Markierung auf Gerards Karte auf morgen. Sie hatte den ganzen Tag Zeit, und es würde sich mit Sicherheit eine Gelegenheit finden, wo niemand in der unmittelbaren Umgebung ihres Zeltplatzes war.

Sie trank noch ein Glas Wein, dann ging sie schlafen.

KAPITEL 14

Irgendwann mitten in der Nacht schreckte Molly auf. Es hatte eine Zeit lang gedauert, bis sie eingeschlafen war, denn es war ein sehr ungewohntes Gefühl, praktisch im Freien zu nächtigen, nur mit zwei dünnen Stoffbahnen zwischen sich und der Außenwelt. Am Ende hatten ihr jedoch ihre Entspannungsübungen geholfen, und sie war in einen unruhigen Schlaf gesunken. So leicht, dass sie nun vom Geräusch leiser Schritte erwacht war. Sie lag still auf ihrer Luftmatratze und lauschte angespannt. Die Geräusche kamen von jenseits des Zaunes. Jemand kämpfte sich den steilen, steinigen Abhang herunter, den sie am Tag zuvor hochgeklettert war. Einmal hörte sie, wie ein Schuh an einer Felskante abrutschte; jemand fluchte unterdrückt. Ein Lichtstrahl huschte über ihr Zelt. Plötzlich Stille. Wirkliche Stille, denn die Zikaden schwiegen, und außer dem leisen Rascheln der Blätter im schwachen Windhauch über ihr war nichts zu hören.

Mit unendlicher Langsamkeit öffnete Molly den inneren Reißverschluss ihres Zeltes. Zahn für Zahn ließ sie den Schieber nach oben gleiten, bis sie eine etwa fünfzehn Zentimeter lange Öffnung geschaffen hatte. Das Außenzelt hatte sie gar nicht geschlossen, denn in der lauen Sommernacht erschien es ihr in dem kleinen Zelt sowieso zu stickig. Nun war sie froh darüber, denn als sie den Schlitz ein wenig auseinanderzog, sah sie eine dunkle Gestalt keine zehn Meter von ihr entfernt hinter dem Zaun stehen. Es war nicht ganz dunkel, ein fahler Halbmond stand am Himmel. Er spendete blasses Licht und tauchte den Bereich unter den Bäumen, wo Mollys Zelt stand, in pechschwarze Finsternis.

Der Schemen hinter dem Zaun beleuchtete nun die Steine, auf denen immer noch Mollys Badeanzug und das Handtuch lagen. Dann wurde die Taschenlampe ausgeschaltet, und der Schatten kam näher. Der Zaun erbebte, als der Mann – es musste ein Mann sein – Anstalten machte, ihn zu überklettern. Er kam auch ungefähr einen Meter weit hoch, dann griff er oben in den Stacheldraht, und Molly hörte ihn erneut fluchen. Ein dumpfer Aufprall verriet, dass er sich zurück auf den Boden fallen ließ.

Nochmals glitt der Lichtkegel über die Steine, ehe er direkt auf ihr Zelt leuchtete. Molly verbarg ihr Gesicht in den Armen und bewegte sich nicht. Der Lichtschein glitt weiter, und schließlich hörte sie, wie sich der Mann entfernte. Sie sah den Strahl seiner Taschenlampe um die Zaunecke biegen und den Hang hinunter verschwinden.

Molly wand sich aus ihrem Schlafsack und kletterte aus dem Zelt. Leise schlüpfte sie in ihre Leinenschuhe und lief geräuschlos den Pfad hinunter zum Parkplatz, am Swimmingpool vorbei und die steinerne Treppe hinab zum großen Gittertor an der Einfahrt. Das war nachts geschlossen, doch an der Seite befand sich eine kleinere Tür für Fußgänger. Molly hörte Schritte auf der Straße näher kommen und verharrte mit angehaltenem Atem im Schatten der Oleanderbüsche. Erst sah sie den Lichtkegel, dann den Mann, der sich dem Tor näherte. In diesem Augenblick flammte ein Scheinwerfer neben dem Eingang auf – ein Bewegungsmelder hatte ihn ausgelöst. Das Licht in dem Caravan neben dem Tor ging an, und Molly erkannte Veroniques Profil hinter der Fensterscheibe. Die Tür wurde geöffnet, und Veronique spähte hinaus.

»Ist da jemand?«, rief sie.

Der Mann hatte die Taschenlampe ausgeschaltet und trat jetzt zurück in den Schatten. Molly meinte, sogar seinen Atem zu spüren, und hielt sich ganz still. Er stand nicht einmal einen Meter von ihr entfernt, nur die Zypressenhecke befand sich zwischen ihnen. Sie roch kalten Zigarettenrauch und witterte wie ein Hund, doch falls er wirklich der Benutzer des Aftershaves war, das sie nachts an der Kapelle wahrgenommen hatte, wurde es vom Duft der Zypressen überdeckt.

Veronique schloss die Tür und murmelte etwas, das wie ein verärgertes »*Putain de chien*« klang.

Molly wartete, bis das Licht des Scheinwerfers erloschen war, dann setzte sie sich wieder in Bewegung und eilte leise die Straße zwischen den Wohnwagen entlang. Eine hohe Hecke aus Thujen schirmte sie zur Straße hin ab. Am Ende des Campingplatzes machte die Straße eine steile Kehre nach oben und führte so dicht am Zaun entlang, dass sie auf die kleine Straße hinausblicken konnte, die neben der Kapelle hoch in den Wald führte. Da war sie gestern Vormittag entlanggegangen, und es überraschte sie nicht, dass neben der Wand der Kapelle ein Wagen parkte. Molly hätte schwören können, dass es sich um den dunklen Golf von Fabian Caprisco handelte, der ihr in den letzten Tagen immer wieder aufgefallen war.

Aber wie hatte er sie finden können? Ihr Peugeot stand am Flughafen von Avignon, und sie hatte sich hier unter einem anderen Namen angemeldet. Abgesehen davon, dass ihre Daten mit Sicherheit noch nicht ans zentrale Melderegister übermittelt waren, dürfte sie auf diesem Wege auch nicht aufzuspüren sein.

Der Mann bog um die Ecke und öffnete die Fahrertür. Im Licht der aufflammenden Innenbeleuchtung konnte sie kurz sein Gesicht sehen – es war derselbe Mann wie schon in Bedrange, und er war ganz gewiss kein Polizist.

Molly verharrte unbeweglich im Schatten der Hecke am Zaun und beobachtete, wie der Wagen aus der kleinen Straße zurücksetzte und sich mit aufheulendem Motor in Richtung Carroux entfernte. Langsam ging sie die Straße hoch zurück zu ihrem Zelt. Sie setzte sich in den Campingstuhl und dachte nach.

Dass man sie hierher verfolgt hatte, konnte sie ausschließen. Auf ihrem Weg nach Carroux war kein Auto hinter ihr gewesen, und niemand hatte sie beobachtet, als sie in Avignon mit dem Wagen auch ihre Identität gewechselt hatte. Ihre Tarnung als Gast des Campingplatzes war zu hundert Prozent wasserdicht.

Die von Gerard gezeichnete Schatzkarte hatte sie praktisch keinen Moment aus den Augen gelassen. Sie war die ganze Zeit in ihrer Tasche gewesen, die sie so gut wie immer bei sich trug. Wie also war ihr geheimnisvoller Verfolger an die Position von Gerards Versteck gekommen?

Im Geiste ging sie alle Möglichkeiten durch, doch am Ende blieb nur eine einzige übrig: Sie hatte ein Foto der Karte per Messenger an Charles geschickt, und zwar nur an Charles. Irgendwie musste das Bild dabei abgefangen worden sein. Ihr eigenes Telefon war völlig angriffssicher; alles lief über den Server ihrer Abteilung und entsprach einem virtuellen Hochsicherheitstrakt. Somit blieb nur Charles' Telefon als undichte Stelle. Aber wie konnte das möglich sein?

Als Molly in ihren Überlegungen so weit gekommen war, blickte sie auf. Der Himmel im Osten wurde langsam heller, aber bis zum Sonnenaufgang war noch Zeit. Sie holte das Telefon aus dem Zelt, schaltete es ein und wartete, bis es hochgefahren war. Dann tippte sie eine kurze Nachricht an den führenden Computerspezialisten in ihrer Abteilung.

Jeremy war einst ein begnadeter Hacker gewesen, bis er sich in ein Mädchen verliebt hatte. Aus dem ehemaligen Freak im schwärzesten Untergrund des Internets war inzwischen ein liebevoller Familienvater und darüber hinaus ein hoch angesehenes Mitglied ihrer Rechercheabteilung in Brüssel geworden. Was auf elektronischem Weg übermittelt wurde, konnte Jeremy aufspüren, und mit geradezu hellseherischen Fähigkeiten pflanzte er seine Sniffer immer an den strategischen Stellen von verdächtigen Kommunikationswegen.

Mit kurzen Worten setzte sie ihn ins Bild und berichtete ihm von ihrem Verdacht, dass das Telefon ihres Freundes ein Datenleck aufwies. Fast unmittelbar erfolgte die Antwort, Jeremy war eine Nachteule.

»Ich lege dir ein Skript auf den Server, bitte schicke das an den Betroffenen. Dann kann ich sein Handy scannen«, schrieb er.

Molly überlegte kurz, ob sie Charles einweihen sollte. Sein Smartphone auszuspionieren stellte einen Vertrauensbruch dar, aber solange sie nicht wusste, auf welchem Weg sein Mobiltelefon kompromittiert worden war, durfte sie ihn nicht warnen. Sie hätte dafür sorgen sollen, dass er ebenfalls das spezielle Betriebssystem erhielt, das ihr Handy verschlüsselte, aber nun war es dafür zu spät.

Der Cloud-Dienst meldete sich mit einer Benachrichtigung, dass eine neue Datei für sie hochgeladen worden war. Sie öffnete den Dienst und musste grinsen, Jeremy hatte seinen Trojaner in das Bild eines Kätzchens verpackt. Molly öffnete den Messenger und schrieb ein paar nichtssagende Zeilen an Charles. Sie unterzeichnete mit *Morie* und hoffte, dass dieser Tippfehler zusammen mit der unüblichen Bildersendung als Warnung für Charles ausreichen würde. Zuletzt fügte sie das Katzenbild ein und sendete die Nachricht ab. Sie schickte noch einen erhobenen Daumen an Jeremy zum Zeichen dafür, dass die Sendung erfolgt war, schaltete das Telefon aus und kroch wieder in ihren Schlafsack.

Molly erwachte blinzelnd, die Sonne schien ihr ins Gesicht. Sie hatte nach der unterbrochenen Nacht erstaunlich gut geschlafen, und ein Blick zum Himmel verriet ihr, dass der Morgen schon recht weit fortgeschritten war. Sie befreite ihre Beine aus dem Schlafsack und schlüpfte in ihre Jeans. Das T-Shirt, in dem sie geschlafen hatte, ließ sie einfach an. Sie schüttelte über sich selbst den Kopf. Sonst war sie nicht so nachlässig mit ihrem Äußeren, doch hier auf dem Campingplatz schien ihr jegliche Investition in ihr Aussehen überflüssig.

Sie beeilte sich, um zur Rezeption zu kommen und das vorbestellte Brot in Empfang zu nehmen. Auf dem Rückweg füllte sie ihren Kochtopf an einem der Spülbecken, dann saß sie in ihrem Campingstuhl und wartete darauf, dass das Wasser kochte. Als es so weit war, goss sie es in einen Edelstahlbecher, löffelte löslichen Kaffee dazu und rührte energisch um. Es duftete fast wie echter Kaffee und nach frischem Baguette, und Molly machte sich über ihr Frühstück her. Sie war nicht allein: Auch das Pärchen im roten Zelt frühstückte gerade, und die beiden winkten freundlich zu ihr herüber. Im Zelt der Familie auf der anderen Seite war noch alles still, doch das würde nicht mehr lange anhalten.

Mit der zweiten Tasse Kaffee in der Hand schaltete sie ihr Telefon ein. Eine E-Mail von Charles, in der er sich in neutralstem Tonfall für ihre Zeilen bedankte, ohne auf die ungewöhnliche Uhrzeit Bezug zu nehmen, und eine Nachricht von Jeremy, der ihr das Ergebnis des Scans von Charles' Telefon für die Mittagszeit ankündigte. Zum Fahrer des grauen Golfs gab es nichts Neues von der Rechercheabteilung, aber damit hatte sie auch nicht gerechnet. Da es in Frankreich kein Meldesystem für Fahrzeughalter gab, dauerte es entsprechend länger, Informationen zu einer Person einzuholen, außerdem war Wochenende und die zuständigen Stellen gar nicht besetzt.

In der Zwischenzeit bereiteten sich die beiden jungen Leute am roten Zelt offenbar auf eine ausgedehnte Wanderung vor. Sie trugen Trekkingstiefel und Sonnenhüte, der Mann hielt einen Rucksack in der Hand, in dessen Außentaschen zwei Wasserflaschen steckten. Die Frau verschloss das Zelt, und sie wandten sich zum Gehen. Ein schneller Blick zur anderen Seite, bei dem Hauszelt der Familie war noch immer keiner zu sehen. Molly erhob sich und steuerte auf die Felsen zu.

Erst befühlte sie ihren Badeanzug und das Handtuch; da sie von der Nacht noch etwas feucht waren, ließ sie sie an Ort und Stelle. Dann umrundete sie den Felsen und ging dahinter in die Hocke. Mit der Hand tastete sie die Spalte zwischen den beiden Steinen ab und ärgerte sich, dass die Handschuhe im Auto lagen. Doch würde sie mit Handschuhen überhaupt fühlen können, was auch immer sie hier finden sollte?

Sie biss die Zähne zusammen und wühlte mit den Fingern zwischen den Ästen und Kräutern. Zum Glück gab es hier keine Dornen, doch zahllose runde Samenhülsen mit stacheligen Rändern piksten schmerzhaft in ihre Finger. Nichts. Sie erhob sich und kletterte über den nächsten Felsen. Hier war eine kleine freie Fläche entstanden. Über ihr hing ein größerer Felsen und bildete zusammen mit dem Stein darunter ein kleines Vordach.

Unter dem Überhang war sandiger Boden, aber keine Höhlung, in der etwas versteckt werden konnte, also weiter zum nächsten Stein. Plötzlich durchschnitt lautes Babygeschrei die Luft: der Weckruf für die Familie im Nachbarzelt. Molly richtete sich aus ihrer knienden Haltung auf und kehrte zu ihrem Platz zurück; keine Minute zu früh, denn die Kinder purzelten der Reihe nach aus dem Zelt. Dann öffnete sich der Reißverschluss ganz, und die Eltern traten heraus, die Mutter mit dem Säugling auf dem Arm.

Molly winkte ihnen zu und ging hinunter zum Sanitärblock, um ihre Morgentoilette nachzuholen. Frisch gewaschen und mit eng um den Kopf eingeflochtenen Haaren unter der Kappe kehrte sie wenig später zurück und setzte sich in ihren Campingstuhl. Das Telefon hatte keine neuen Nachrichten für sie, und so konnte sie nur der Familie bei ihrem morgendlichen Treiben zusehen.

Endlich war das Frühstück beendet, und der Vater scheuchte seine quietschende Brut den Berg hinunter zum Auto. Die Mutter folgte langsamer mit dem Baby, und alle kletterten in einen VW-Bus älteren Baujahrs. Molly seufzte erleichtert auf, offenbar hatte sie nun den oberen Bereich des Zeltplatzes für sich.

Zur Sicherheit spähte sie noch einmal durch die Bäume, doch sie sah niemanden mehr, also kehrte sie zurück zu den Steinen und suchte weiter. Irgendwann war es Mittag, sie hatte jeden einzelnen Steinbrocken bis hoch zur Mauer rundherum abgetastet und untersucht, aber nichts gefunden. Frustriert hockte sie sich auf die Fersen und versuchte sich vorzustellen, wie es vor hundert Jahren hier ausgesehen haben mochte. Der Zaun sah neu aus, den hatte es damals bestimmt noch nicht gegeben. Sie konnte keine Spuren eines jüngeren Felsabgangs erkennen, die Oberflächen der Steine waren bemoost und der Untergrund bewachsen. Aber was Regen und Wind dem Boden im Lauf der Jahre angetan hatten, konnte sie nur erraten.

Schließlich kehrte sie nochmals zu der Stelle zurück, die ihr ganz am Anfang ins Auge gefallen war, die kleine sandige Fläche unter dem überhängenden Felsen. Sie schob mit den Händen den Sand und die Erde beiseite, doch sie kam nicht weit; der Boden war fest und widersetzte sich ihren Bemühungen. Sie ging zurück zum Zelt, holte ihr Klappmesser aus dem Zelt und stieß es unter dem Felsen in die Erde. Es glitt ohne nen-

nenswerten Widerstand bis ans Heft in den Boden. Sie wiederholte den Vorgang in kurzen Abständen, bis sie auf etwas Hartes traf. Ein Stück daneben nochmals, in einer Tiefe von ungefähr fünf Zentimetern. Nun benutzte sie das Messer wie einen kleinen Spaten, um die Erde abzutragen.

Als sie mit den Fingern in dem aufgelockerten Gemisch aus Sand und Erde wühlte, ertastete sie eine gerade Kante. Aufgeregt arbeitete sie mit dem Messer weiter, bis sie eine flache kleine Grube ausgehoben hatte, auf deren Grund sich eine viereckige Form abzeichnete. Molly fuhr mit dem Messer entlang der freigelegten Kante in die Tiefe und hebelte den Gegenstand heraus. Gespannt legte sie das Messer zur Seite und wischte Sand und Erde ab. Eine kleine Blechdose kam unter dem Schmutz zum Vorschein, die Überreste eines bunten Aufdrucks aufwies. Die Buchstaben waren nicht mehr zu entziffern.

Molly schob Sand und Erde zurück in die Vertiefung, in der sie die Dose gefunden hatte, und glättete die Fläche mit den Händen. Dann nahm sie eine Handvoll Kiefernnadeln und trockenes Laub und streute sie darüber, um die sichtbaren Zeichen ihrer Suche zu verbergen. Es gab keinen unmittelbaren Anlass dafür, aber die Angewohnheit, keine Spuren zu hinterlassen, war ihr in Fleisch und Blut übergegangen.

Mit der Blechdose in der einen und dem Messer in der anderen Hand kehrte sie zurück zu ihrem Zelt. Dort klopfte sie sich erst einmal Sand und Erde von den Knien. Ihre Fingernägel, die gerade begonnen hatten, sich von den Renovierungsarbeiten in der Kapelle zu erholen, sahen aus, als hätte sie im Sandkasten gespielt. Egal.

Sie setzte sich auf ihren Stuhl und betrachtete die Dose. Ein wenig Herzklopfen hatte sie bei dem Gedanken daran, dass sie der erste Mensch seit über hundert Jahren war, der diesen Behälter in den Händen hielt. Doch als sie versuchte, die Dose zu öffnen, musste sie feststellen, dass hundert Jahre auch ausreichten, um einen Deckel eine feste Verbindung mit seinem Gegenstück eingehen zu lassen. Schmutz und Rost hatten den Spalt quasi verschweißt, und der Deckel saß bombenfest. Vorsichtig schob Molly die Klinge des Klappmessers in den schmalen Spalt, doch der Messerrücken war zu dick, und sie wollte die Dose nicht zerstören. Nicht, wenn es nicht unbedingt sein musste. Schließlich holte sie eine stählerne Nagelfeile aus ihrem Kulturbeutel. Mit dieser befreite sie den Spalt von den festsitzenden Substanzen, und auf einmal ließ sich der Deckel ein wenig bewegen. Das Messer aus dem Campingbesteck war dünner, damit hebelte sie vorsichtig den Deckel auf. Die Dose war leer, bis auf ein gefaltetes Briefchen aus Wachspapier. Als sie es auseinanderfaltete, fand sie im Inneren ein sehr kleines Stück Papier, nicht viel mehr als ein Schnipsel. In der gleichen blauen Tinte wie schon auf der Karte standen hier Buchstaben in sorgfältiger Blockschrift gemalt:

WMRPRZLI

In winzig kleiner Schrift darunter konnte sie noch ein Wort entziffern: »indéchiffrable« stand da. Nicht zu entschlüsseln? Das würde sich noch herausstellen.

KAPITEL 15

In diesem Augenblick ertönte das leise Summen ihres Telefons. Sie legte Wachspapier und Zettel zurück in die Dose und stellte sie auf den Boden, bevor sie ihr Handy aus dem Zelt holte. Es war die erwartete Nachricht von Jeremy: »Ergebnis im Cloud-Verzeichnis, nichts Verdächtiges gefunden.«

Im wirklichen Leben war Jeremy ein Mensch, der ohne Punkt und Komma reden konnte, doch die Kommunikation mit ihm in der virtuellen Welt beschränkte sich auf Stichworte und kurze Sätze. Es war vielleicht seiner Vergangenheit geschuldet, dass er dem weltweiten Netz immer nur so viel anvertraute wie unbedingt nötig: Er sandte niemals ein Wort zu viel durch den elektronischen Äther.

Molly lud die Textdatei auf ihr Handy und öffnete sie; es handelte sich um eine lange Liste von Apps und Dateinamen. Das meiste davon überflog sie nur, die Systemdateien sagten ihr nichts, und wenn Jeremy sie als unverdächtig einstufte, würde sie das nicht bezweifeln.

Doch als sie die Aufzählung der auf Charles' Telefon installierten Apps durchging, stolperte sie über einen Namen. *FondApp?* Was war das? Die Ähnlichkeit zum Namen von Fondette ließ ihre Alarmglocken schrillen. Und prompt war der erste Treffer bei Google die Webseite der *Groupe BFC* und der zweite ein Verweis auf den Google Play Store.

Molly tippte auf den ersten Link und landete auf einer modern aufgemachten Seite, die die interaktive Börsen-App der *Groupe BFC* vorstellte. Mithilfe von *FondApp* konnten Kunden der Bank ganz einfach Wertpapiere an- und verkaufen und sich über den aktuellen Stand ihrer Aktienpakete informieren lassen. Die App gab auf Wunsch auch Kaufempfehlungen ab und konnte sogar selbsttätig An- und Verkäufe bei bestimmten Kursständen durchführen. Zahlreiche Siegel von diversen Zertifizierungsstellen in ganz Europa warben für Seriosität, aber in Molly keimte ein ungeheurer Verdacht.

Die *Groupe BFC* war ein seriöses Bankhaus und genoss vor allem bei Kunden in der Finanzwelt einen sehr guten Ruf. Eine Spionage-App auf dem Handy der richtigen Leute konnte genau die Informationen beschaffen, die für die illegalen Aktivitäten benötigt wurden, wegen derer sie auf die *Groupe BFC* angesetzt worden war.

Molly lehnte sich zurück und blickte in den blauen Himmel. Offenbar hatten ihr die Nachforschungen über den alten Bankraub tatsächlich den Weg zu den dunklen Geschäften der *Groupe BFC* geöffnet. Zwar wusste sie nicht, wie die wenigen Informationen, die sie an Charles gesendet hatte, überhaupt die Aufmerksamkeit eines Verantwortlichen bei der Bank wecken konnten, aber sie war überzeugt davon, dass nichts anderes Fabian Caprisco an diesen Ort geführt haben konnte. Und nicht nur das. Der Mann im grauen Golf arbeitete nicht auf eigene Faust, hinter der Verfolgung steckte eindeutig die *Groupe BFC* und damit niemand anderer als Claude du Fondette.

Sie dachte an den Mann, der nur wenige Minuten nach ihr das Versteck von Gerards Hinweis an der Kapelle gefunden hatte, an die groß gewachsene Gestalt, die keinen Meter von ihr entfernt in dem Olivenhain gestanden hatte, an den Duft des teuren Rasierwassers, an das tiefe Brummen des Automotors. Das war gar nicht Caprisco mit seinem Golf gewesen, nein, es war Fondette selbst, den sie nachts an der Kapelle beobachtet hatte!

Seine Leute musste das Bild vom Gaunerzinken abgefangen haben, das sie an Charles geschickt hatte, und war selbst zur Kapelle gefahren, um sich den Fund vor Ort anzusehen. Das passte auch zu ihrer Vermutung, dass Fondette von dem Bankraub wusste und vielleicht sogar mit dem Fund eines Hinweises gerechnet hatte. Hatte Pierre ihn am Sonntag in der Kapelle angetroffen? Hatte Fondette etwas mit Pierres Tod zu tun?

Mollys Gedankenkarussell drehte sich immer schneller, bis sie sich selbst zur Räson rief. Das waren alles nur Spekulationen, und die hatten gar nichts mit ihrem Fall zu tun. Ihre Aufgabe war es, die App als Tor für den Hack-Angriff auf Charles' Handy zu identifizieren und den Weg der gestohlenen Daten zu verfolgen. Bis jetzt hatte sie ja nur Indizien, die auf Fondettes Beteiligung an der Sache hinwiesen, aber sie war fest entschlossen, auch die entsprechenden Beweise zu finden.

Rasch schrieb sie an Jeremy: »Habe die FondApp in Verdacht, Daten weiterzugeben. Kannst du das verifizieren?«

Sie hatte keine Ahnung, was Jeremy nun unternehmen würde, aber sie wusste, dass die Aufgabe in fähigen Händen lag. Er würde ihr mitteilen, wenn er etwas herausgefunden hatte oder sie ihm helfen konnte. Sie musste sich nun auf die Entschlüsselung von Gerards letztem Hinweis konzentrieren.

Als erste Maßnahme untersuchte Molly die Schrift auf dem Papier. Sie musterte den kurzen Text Buchstabe für Buchstabe, hielt den Zettel gegen das Licht und suchte nach weiteren Spuren, aber wie schon bei der gezeichneten Karte fand sie nichts. Eigentlich hatte sie auch nicht wirklich damit gerechnet, denn Gerard hatte während seiner Flucht aus der Bank nicht genügend Zeit gehabt, geheime Zeichen anzubringen. Doch die routinemäßige Untersuchung des Papiers half ihr, sich auf die

Aufgabe einzustellen und ein Gefühl dafür zu bekommen, womit sie es hier zu tun hatte.

»WMRPRZLI« war ganz offensichtlich ein verschlüsselter Text, der Depuis' Komplizen das Versteck des Goldes verraten sollte. Inzwischen war Molly mehr denn je davon überzeugt, dass es sich bei dem Komplizen um niemand anderen als Jerôme du Fondette handelte. Die Tatsache, dass Claude du Fondette ausgerechnet jene Kapelle renovieren ließ, in der Depuis zu Tode gekommen war, war ihr von Anfang an verdächtig erschienen. Dass er nun auch noch ihre Schatzsuche auf Schritt und Tritt verfolgte, ließ keinen anderen Schluss mehr zu: Nur der Komplize wusste von dem Gaunerzinken an der Wand, und dieses Geheimnis hatte er offenbar seinem Urgroßenkel hinterlassen.

Das Rätsel passte durchaus zu dem Bild, das sie sich von Gerard Depuis gemacht hatte: In ihren Augen war dieser ein hochintelligenter junger Mann, der von dem alten Fondette nicht allzu viel hielt und dem es mit Sicherheit Spaß gemacht hatte, ihn mit seinen versteckten Hinweisen herauszufordern. Doch zu schwierig durfte es auch nicht sein, denn am Ende sollte Fondette die Beute ja finden. Sie hatten eine Übereinkunft, und an diese würde Gerard sich halten.

Molly betrachtete das Wort und ging im Geiste die Chiffrierungen durch, die sie kannte. Sie holte Notizbuch und Stift aus dem Zelt und versuchte es als Erstes mit der einfachsten Form von Verschlüsselung, der Cäsar-Chiffre. Sie probierte alle Möglichkeiten von eins bis sechsundzwanzig durch, indem sie jeden Buchstaben immer um einen Buchstaben im Alphabet verschob, doch keine der Verschiebungen führte zu einem eindeutigen Ergebnis. Die anderen Verschlüsselungsmethoden waren zu komplex, um sie durch einfaches Ausprobieren zu knacken. Dafür benötigte man eine wie auch immer geartete

Absprache: ein geheimes Alphabet, ein vereinbartes Schlüsselwort, ein bestimmtes Muster, aber das hatte sie nicht. Hatte der alte Fondette es gehabt? War es das, was die Chiffre für Außenstehende »indéchiffrable«, unbezwingbar machte? Molly glaubte es nicht und wollte es nicht glauben. Wenn sie das Wort nicht entschlüsseln konnte, waren alle bisherigen Erkenntnisse und Erfolge umsonst.

Inzwischen war es Nachmittag. Sie gab ihre Bemühungen fürs Erste auf und beschloss, schwimmen zu gehen. Manchmal half es, an etwas anderes zu denken, den Kopf frei zu machen und offen zu sein für die Intuition, die oft genug aus dem Unterbewusstsein Bruchstücke von Informationen und lang vergessen geglaubtes Wissen zutage förderte und zu einem neuen Gedankengang verband.

Sie schoss Fotos von dem Papierschnipsel mit dem verschlüsselten Wort, dem Wachspapier und der Dose. Dann steckte sie den kleinen Zettel in ihr Notizbuch und schob es in ihre Tasche. Das leere Wachspapier faltete sie wieder zusammen und legte es zurück in die Dose, die sie seitlich unter das Außenzelt legte. Auf dem Weg zum Swimmingpool schloss sie die Tasche mit dem Telefon und den Dokumenten im Handschuhfach ihres Autos ein.

Heute hatte sie mehr Glück als gestern, sie hatte den Swimmingpool für sich allein. Nur eine tief gebräunte Dame mittleren Alters, deren Haut von zu vielen Sonnenbädern und Solariumsbesuchen wie gegerbt wirkte, lag in einem der Liegestühle und las in einem Buch. Molly schwamm zehn Bahnen, was nicht sehr viel war, denn so groß war der Swimmingpool nicht. Anschließend drehte sie sich auf den Rücken und ließ sich treiben. Über ihr wölbte sich der Himmel tiefblau und wolkenlos, ihre Augen fanden keinen Halt zum Verweilen und entspannten sich nach und nach. Sie blickte in immer weitere Ferne, und mit den Augen entspannte auch sie selbst sich bis zu einem Punkt, wo sie in fast völliger Trance auf dem Wasser trieb. Nur ein kleiner Rest ihres Bewusstseins war mit dem Hier und Jetzt verbunden und mit der Aufgabe, die es zu lösen galt. Die Buchstaben des verschlüsselten Wortes tropften träge durch ihre Gedanken, dann tauchte das Wort »indéchiffrable« darin auf. Der Gedanke entglitt ihr wieder, kam zurück, rührte an einer Erinnerung und war wieder weg. Unwillkürlich bewegte Molly ihre Arme, und Wasser schwappte ihr über das Gesicht. Sie tauchte unter und schwamm mit kräftigen Zügen zum Beckenrand. Dort musste sie sich erst einmal sammeln. Die vage Erinnerung, die das Wort hervorgerufen hatte, war wieder weg. Aber sie wusste, sie würde wiederkommen, wenn sie nur Geduld hatte und sie nicht durch aktives Bemühen vertrieb. Sie zog sich hoch und verließ den Swimmingpool, das Wort »indéchiffrable« jetzt ganz vorne in ihrem Bewusstsein.

Sie duschte und kehrte zurück zum Zelt. Hier erlebte sie eine unliebsame Überraschung: Der Eingang stand offen, Schlafsack und Rucksack lagen davor, der Campingstuhl war umgeworfen. Offenbar hatte jemand ihre Habseligkeiten durchwühlt, denn ihre Kleidung war im ganzen Zelt verteilt. Gerards Dose war verschwunden.

Molly atmete tief durch. Sie hätte eigentlich damit rechnen müssen, dass der Besucher von letzter Nacht nochmals wiederkommen würde. Ihm musste klar geworden sein, dass er des Nachts nicht unbemerkt in den Campingplatz eindringen konnte. Tagsüber jedoch fiel er nicht auf, es herrschte ein stetes Kommen und Gehen, und man kannte hier bestenfalls die Gesichter der unmittelbaren Nachbarn. Ihre Nachbarn waren noch nicht zurück, dadurch hatte der Eindringling genug Zeit gehabt, um ihr Zelt zu durchsuchen. Allerdings hatte er nur die leere Dose erbeutet, denn der Zettel mit dem chiffrierten Hinweis lag sicher in ihrer Tasche im Auto.

Molly sammelte die herumliegende Kleidung ein und packte sie zurück in den Rucksack. Sie schüttelte den Schlafsack aus, räumte ihn wieder ins Zelt und stellte ihren Stuhl auf. Die einfachen Tätigkeiten halfen ihr, sich zu beruhigen. Der Wasserkessel enthielt noch ein wenig Wasser, sie stellte ihn auf den Gaskocher und erhitzte es. Mit einer Tasse Kaffee in der Hand setzte sie sich anschließend in den Stuhl und dachte nach.

Der Dieb musste sie heute im Laufe des Tages beobachtet haben. Mit Sicherheit hatte Caprisco sie wiedererkannt. Ihre Tarnung als Maria Heinrich reichte aus, eine Personenbeschreibung abzugeben, anhand derer sie niemand mit Marie Bonnieux in Verbindung bringen würde. Aber sie konnte niemanden täuschen, der Marie Bonnieux von Angesicht zu Angesicht gesehen hatte.

Ob er damit gerechnet hatte, dass sie hier war? Oder war er dem Hinweis auf Gerards Karte gefolgt und hatte sie zufällig gesehen? Jedenfalls hatte er blitzschnell reagiert und ihre Abwesenheit genutzt, um statt zwischen den Steinen herumzusuchen, ihr Zelt auseinanderzunehmen. Sie biss die Zähne zusammen, als ihr klar wurde, dass der Mann wahrscheinlich noch immer in der Nähe war. Inzwischen überwachte man sie also nicht nur, sondern rückte ihr entschieden zu nahe auf den Pelz.

»So nicht, mein Freund«, murmelte sie. »Du wirst mich zu Claude du Fondette führen, ob du willst oder nicht!«

Ihr knurrender Magen riss Molly aus ihren Gedanken. Sie sah auf die Uhr und stellte fest, dass sie es versäumt hatte, ihr Abendessen an der Rezeption vorzubestellen. Die Dosenravioli erschienen ihr noch immer nicht sehr verlockend, abgesehen davon war sie hier im oberen Bereich des Zeltplatzes völlig allein. Niemand würde bemerken, falls der Dieb wiederkam und womöglich handgreiflich wurde. Unauffällig sah sie sich um, doch von Caprisco war nichts zu entdecken. Sie traute sich zwar zu, mit einem Angreifer nötigenfalls alleine fertigzuwerden, aber sie musste kein unnötiges Risiko eingehen. Deshalb beschloss sie kurzerhand, ins Dorf zu gehen und nachzusehen, was die Küche von Carroux sonst noch zu bieten hatte.

Sie holte die Tasche aus dem Auto und vergewisserte sich, dass das Notizbuch und Gerards letzter Hinweis noch an Ort und Stelle waren, dann verließ sie den Campingplatz. Sie folgte der Hauptstraße ins Zentrum, vorbei an dem Platz mit dem Brunnen und dem alten Stadttor, und war ein wenig enttäuscht. Carroux war kaum mehr als ein Straßendorf, dessen hauptsächliche Auffälligkeit eine überdimensionierte Kirche war. Der Bereich vor der Kirche wurde als Parkplatz genutzt, und Schilder machten darauf aufmerksam, dass hier an Markttagen das Parken nicht erlaubt war. Es gab ein weiteres Hotel, durch dessen staubige Glasscheiben man in einen düsteren Gastraum blicken konnte. Das Licht wurde von mehreren Platanen und einer großen Pergola geschluckt, unter der sich kleine Tische drängten. Doch die meisten Plätze waren leer, nur ein paar alte Männer saßen da, tranken Wein und unterhielten sich lautstark quer über die Tische hinweg. Auf der gegenüberliegenden Seite sah Molly zwei Bistros, deren Tische direkt an der Hauptstraße standen, aber die Kreidetafeln an der Wand boten nichts, worauf sie Appetit hatte.

Da stieg ihr ein verlockender Duft in die Nase, gemischt mit dem Geruch von Holzfeuer. Sie sah sich um. Vor der Kirche, mitten im Halteverbot, stand ein weißer Kleinlaster mit offener Klappe an einer Seite, die ein Vordach bildete. Das Dach wurde überragt von einem Schornstein, aus dem sich heller

Rauch kringelte. »Pizza au feu de bois« prangte in roten Lettern an der Seite. Ein Pizzawagen!

Molly hatte diese fahrbaren Pizzaverkäufer schon in Mirocène gesehen, aber noch nicht ausprobiert, da sie Margot nicht enttäuschen wollte, die jeden Abend für sie kochte. Schnell ging sie hinüber und musterte das Angebot. Die Pizzas hatten Bezeichnungen, die sie weder aus Deutschland noch aus Italien kannte, und man konnte sie wahlweise mit Tomatensauce oder Crème fraîche bestellen. Molly entschied sich für Pizza au saumon fumé, die außer dem geräucherten Lachs noch mit Garnelen aufwartete.

Sie nutzte die Zeit, bis die Pizza fertig war, um eine kleine Runde durch Carroux zu drehen. Abseits der Hauptstraße traf sie auf verwinkelte Gassen, steile Treppen, schmale Häuserfronten und unzählige Brunnen. Offenbar hatte jeder noch so kleine Platz seinen eigenen Brunnen. Auf einer Informationstafel las sie schließlich die Erklärung: Carroux verdankte seinen Reichtum seit dem Mittelalter den zahlreichen Quellen, die in und um Carroux entsprangen. Der Lac du Pety, der zu Carroux gehörte, diente schon seit über zweihundert Jahren als Trinkwasserreservoir für die gesamte Gegend, und in früherer Zeit hatte sich Carroux das gut bezahlen lassen.

Nach zwanzig Minuten kehrte Molly zum Pizzawagen zurück und nahm einen flachen Karton in Empfang. Damit kehrte sie zu dem großen Brunnen an der Place du Château zurück und ließ sich dort auf einer Bank gegenüber dem *Office de tourisme* nieder. Während sie die köstliche Pizza mit den Fingern aß, tauchte das Wort »indéchiffrable« wieder aus ihrem Unterbewusstsein auf. Warum hatte Gerard diesen Hinweis hinzugefügt? Wollte er den alten Fondette damit wirklich nur ärgern, oder war es am Ende ein Hinweis auf die Chiffrierung? Das hieße aber, dass Gerard die Verschlüsselung mit

Fondette nicht abgesprochen hatte, sonst hätte es des Hinweises gar nicht bedurft.

Als sie aufgegessen hatte, schaltete sie ihr Telefon ein und gab das Wort »indéchiffrable« in das Suchfeld von Google ein. Nichts. Also nicht nichts, aber auf den ersten fünf Seiten fand sie nur Einträge von Online-Wörterbüchern und Synonym-Lexika.

Erst als sie »Chiffre indéchiffrable« eingab, war das Suchergebnis eindeutig: Polyalphabetische Verschlüsselung, Blaise de Vigenère. Molly atmete tief durch. Das war es, was die ganze Zeit an ihrem Unterbewusstsein gekratzt hatte. Die Verschlüsselungsmethode, die Vigenère im sechzehnten Jahrhundert entwickelt hatte, wurde wegen ihrer für die damalige Zeit hohen Sicherheit »Le Chiffre indéchiffrable« genannt.

Molly senkte das Telefon und schloss die Augen. Ihr Geheimtext war also eine Vigenère-Verschlüsselung. Doch zum Dechiffrieren benötigte sie einen Schlüssel, ein geheimes Codewort, das Gerard Depuis verwendet hatte. Fondette hatte es bestimmt ebenfalls nicht gehabt, denn hätte Gerard den Schlüssel mit Fondette abgesprochen, wäre es nicht notwendig gewesen, den Hinweis »indéchiffrable« dazuzuschreiben. Konnte es wirklich so einfach sein?

Molly googelte nach einer Abbildung des Vigenère-Quadrats. Sie verwendete »indéchiffrable« als Schlüsselwort und kam damit auf »OZOLPSDD«. Nein, das war es nicht, das war zu simpel gedacht.

Doch was konnte dann der Schlüssel sein? »Indéchiffrable« war ein eindeutiger Hinweis auf die Vigenère-Verschlüsselung. Nur – wie lautete der Schlüssel? Sie starrte auf das Vigenère-Quadrat, dann auf das geheimnisvolle Wort. Acht Buchstaben. Auch der Name Vigenère hatte acht Buchstaben. Vielleicht war das der Schlüssel?

Sie suchte das »V« in der Schlüsselspalte, das »W« wurde zu einem »B«. Das »M« zu einem »E«, das »R« zu einem »L«, das »P« zu einem weiteren »L«, gefolgt von einem »E«.

BELLE.

Molly atmete tief durch und hatte Gänsehaut an den Unterarmen. Ja, das fühlte sich richtig an. Eilig entschlüsselte sie auch noch die letzten drei Buchstaben.

BELLEVUE.

Sie hatte keine Ahnung, was das zu bedeuten hatte. Aber sie hatte keinen Zweifel, dass sie auch das noch herausfinden würde.

Sie packte Zettel und Bleistift wieder in die Tasche, faltete den Pizzakarton zusammen und warf ihn in den Mülleimer neben der Bank, bevor sie sich erhob und die knapp zwei Kilometer zum Campingplatz zurückwanderte.

KAPITEL 16

Die Dämmerung war bereits hereingebrochen, und die Lampen am Campingplatz gingen gerade an. Molly kehrte nicht direkt zu ihrem Zelt zurück, sondern bestellte bei Veronique noch ein Baguette für den nächsten Morgen und ein Glas Wein, mit dem sie sich auf die Terrasse der kleinen Bar setzte. Sie war müde, der unterbrochene Schlaf der letzten Nacht machte sich langsam bemerkbar, und die Konzentration beim Entschlüsseln von Gerards letztem Hinweis hatte ihr leichte Kopfschmerzen beschert. Heute würde sie früh schlafen gehen.

Ihr Telefon vibrierte in der Tasche, es war eine Nachricht von Jeremy: »Bitte schick mir eine Bilddatei, die ich präparieren kann!«

Molly ging in ihr Bilderverzeichnis und wählte nach kurzer Überlegung das Foto von Gerards letztem Hinweis. Mit einer Bildbearbeitungsapp beschnitt sie es so, dass das Wort »indéchiffrable« nicht mehr zu sehen war, und lud die Datei in Jeremys Cloud-Verzeichnis hoch.

Molly hätte Charles gern eingeweiht, aber sie wusste nicht, auf welchem Weg genau man sich in ihre Kommunikation eingeklinkt hatte. So hatte sie keine Möglichkeit, ihn ins Bild zu setzen, ohne das Risiko einzugehen, dass ihre Nachricht wieder abgefangen wurde. Jetzt hatte die heikelste Phase ihrer Ermittlungen begonnen, und sie konnte Claude du Fondette nur überführen, wenn er keinen Verdacht schöpfte.

Eigentlich war sie zu müde, um weiter über die Bedeutung von Gerards Hinweis nachzudenken, aber sie konnte nicht verhindern, dass ihre Gedanken immer wieder zu dem Wort BELLEVUE zurückkehrten. Bellevue bedeutete »schöne Aussicht«, es schien sich also um einen erhöhten Platz zu handeln, was hier mitten zwischen den Vorbergen des Mont Ventoux nicht hilfreich war. Sie konnte nur vermuten, dass Gerard den letzten Hinweis nicht weit entfernt vom nächsten Versteck, vielleicht sogar vom Versteck des Schatzes hinterlassen hatte und »BELLEVUE« in der Nähe von Carroux zu finden war.

Molly holte den kleinen Wanderführer aus der Tasche, der ihr jetzt schon mehrfach gute Dienste geleistet hatte, und schlug die Seite mit der Umgebungskarte von Carroux auf. Die Gegend bis hoch zum Lac du Pety war von unzähligen Wanderwegen durchzogen. Hier fand sie auch die Ruine des kleinen Schlosses, in dem es angeblich spukte. Amüsiert las sie auf der nächsten Seite die Geschichte von zwei Brüdern, Antonio und Francesco, die hier im siebzehnten Jahrhundert gelebt hatten. Der Legende nach waren sie Hexenmeister gewesen, Alchimisten, denen es geglückt war, das Elixier des Lebens herzustellen. Darüber waren die Brüder jedoch in Streit geraten, der eine tötete den anderen und floh. Der Ermordete geisterte noch immer in diesem Haus herum, das deshalb den Beinamen *»le manoir hanté«* erhalten hatte.

An dem Wanderweg, der an diesem Geisterhaus vorbeiführte, waren auf der Karte mehrere Stellen mit schöner Aussicht eingezeichnet, aber keine war namentlich hervorgehoben. An der Seite des Campingplatzes führte die Straße weiter bergan und endete am Lac du Pety. Oberhalb des Sees war eine kleine Kapelle eingezeichnet, Chapelle du Pety. Zu ihr gab es laut dem Wanderführer zweimal im Jahr eine Prozession, und im Anschluss daran pflückten die Leute Narzissen und andere Blumen, die rund um die Kapelle wuchsen.

Das las sich alles sehr beschaulich, und Molly hätte große Lust, hier einmal einen längeren Urlaub zu verbringen. Aber was das Wort BELLEVUE betraf, brachte sie das nicht weiter. Wahrscheinlich kam sie nicht darum herum, jemanden von hier um Hilfe zu bitten.

Veronique bot sich als Erste an. Sie kam an ihren Tisch und brachte ihr noch ein Glas Wein.

»Veronique, gibt es hier einen Ort namens Bellevue?«, fragte sie.

»Bellevue?«, antwortete Veronique. »*Mais oui,* es gibt die Domaine de Bellevue drüben in Le Rieux«, fuhr sie fort und deutete mit der Hand nach Westen. »Das ist ein großes Weingut. Sie haben einen Weinverkauf hier in Carroux, an der Hauptstraße am anderen Ende des Dorfes. Dort kann man auch sehr gut essen.«

Molly schüttelte den Kopf. »Nein, ich dachte eher an einen abgelegeneren Ort, einen Aussichtspunkt, ein Ausflugsziel oder so etwas«, erklärte sie.

Veronique dachte nach, dann meinte sie: »Es gibt mehrere Stellen mit besonders schöner Aussicht an den Wegen hoch zum Lac du Pety. An manchen davon sind Bänke aufgestellt, und da sind auch Informationstafeln. Meinen Sie so etwas?«

Molly zog die Schultern hoch. »Ja, vielleicht. Dann werde ich wohl morgen wandern gehen, bevor ich weiterfahre«, sagte sie, um ihr Interesse zu rechtfertigen.

Veronique sah sie unsicher an, Molly lächelte ihr freundlich zu. Touristen verhielten sich oft merkwürdig, und in der nächsten Minute würde Veronique die Frage hoffentlich wieder vergessen haben.

Mollys Telefon meldete sich; es war Jeremy. Er schrieb: »Auf dem Cloud-Server liegt deine Bilddatei. Sie enthält jetzt ein Worm-Skript, das du bitte an das infizierte Handy schickst.

Dann können wir ihren Weg verfolgen, wenn sie umgeleitet wird.«

Es traf sich gut, dass Charles genau in diesem Augenblick eine E-Mail schickte. Beim Lesen glaubte sie seine Stimme zu hören, und einen Augenblick lang vermisste sie ihn so sehr, dass es wehtat.

Sie öffnete den Messenger und berichtete Charles mit kurzen Worten von ihrem letzten Fund. Als sie die Nachricht zusammen mit dem manipulierten Bild abschickte, hatte sie ein schlechtes Gewissen. Charles würde mit Sicherheit versuchen, es zu entschlüsseln, doch ohne das Wort »indéchiffrable« als Hinweis war das unmöglich. Aber schließlich sollte es auch für Fondette und seine Leute »nicht zu entschlüsseln« sein, deshalb blieb ihr nichts anderes übrig.

Der Versand der Datei dauerte etwas länger, aber sie war zum Glück nicht so groß, dass es auffallen würde. Fondette ahnte nichts davon, dass sie wusste, wie er ihre Kommunikation ausspionierte. Damit war sie ihm endlich um einen Schritt voraus. Nun diktierte sie das Tempo. Und sobald sie Gewissheit hatte, was die Spionage-App betraf, konnte sie ihm in aller Ruhe eine Falle stellen.

Sie hatte gar nicht gewusst, dass Charles ein Konto bei der *Groupe BFC* unterhielt, aber eigentlich wunderte es sie nicht. Charles war in Gelddingen sehr vorsichtig, und das seriöse Image des konservativen Bankhauses hatte ihn sicherlich angesprochen. Gleichzeitig nutzte er gern die neuen Medien, und diese Börsenapp war ja eine nützliche Sache, wenn, ja wenn sie nicht alles ausspionierte, was sich auf dem Gerät sonst noch befand. Doch falls hier wirklich krumme Dinge abliefen, würde Jeremy es herausfinden. Sie konnte jetzt nur noch abwarten.

Molly trank ihren Wein aus und machte sich an den Aufstieg zurück zu ihrem Zelt. Zur Sicherheit nahm sie das Pfefferspray aus der Tasche und legte es unter ihr Kopfkissen.

Doch die Nacht verlief ruhig und ungestört. Vielleicht hatte der Dieb noch nicht bemerkt, dass ihn das Wachspapier in der Blechdose nicht weiterbrachte. Oder er wartete darauf, dass sein Auftraggeber den entschlüsselten Hinweis aus ihrer Kommunikation mit Charles abfangen würde. Molly hoffte, dass das so war, denn genau das war der Köder, mit dem sie ihre Falle zu bestücken gedachte.

Die Sonne hatte sich kaum über den Hügelkamm im Osten erhoben, da war Molly schon auf den Beinen. Noch war es kühl, die Zikaden schwiegen, und gleich nach dem Frühstück baute sie ihr Lager ab. Das Verstauen des Zeltes in der Hülle war eine Herausforderung, das Aufrollen und Verpacken der Luftmatratze dagegen ein Ding der Unmöglichkeit. Kurz überlegte sie, sie einfach hierzulassen, doch dann besann sie sich eines Besseren und trug sie so, wie sie war, zum Auto, knickte sie in der Hälfte ab und klemmte sie hinter den Beifahrersitz. Ein letztes Mal musterte sie ihren Platz; der Ort war wieder so, wie sie ihn vorgefunden hatte. Kaum zu glauben, dass hier vor einer guten Stunde noch ein komplettes Urlaubsdomizil gestanden hatte!

Sie ging zur Rezeption und bezahlte für die zwei Übernachtungen. Veronique drückte ihr noch eine bunte Broschüre vom Campingplatz in die Hand und wünschte ihr einen schönen weiteren Urlaub. Molly verabschiedete sich, setzte sich in ihr gemietetes Auto und fuhr zurück nach Avignon. Die Fahrt war ereignislos, und obwohl sie mehrmals anhielt und wartete, ließ sich der dunkle Golf nirgendwo blicken. Hatte er den Wechsel des Wagens wirklich nicht mitbekommen, oder hatte er gar aufgegeben, sie zu beschatten? Vielleicht versuchten ihre Gegner immer noch, das Wachspapier zu entschlüsseln – der Gedanke brachte Molly zum Schmunzeln.

Am Flughafen von Avignon steuerte sie zuerst ihren Peugeot an und packte die Campingausrüstung in den Kofferraum. Dann fuhr sie den Mietwagen auf den reservierten Parkplatz der Autovermietung und gab den Schlüssel ab. Mit ihrem eigenen Auto nahm sie – nur für den Fall, dass sie doch jemand sehen sollte – einen kleinen Umweg nach Norden, und so, als ob sie direkt vom Gorge d'Ardèche käme, kehrte sie zurück nach Mirocène.

Am frühen Nachmittag erreichte sie das Dorf. Die Zeit reichte noch aus, um zu duschen und sich umzuziehen und eine Nachricht von Jeremy zu lesen.

»Wir haben den Weg des Bildes zurückverfolgt, das du an Mister Muller geschickt hast. Es landete auf einem Server in Französisch-Guayana, unsere Leute sind dran.«

Französisch-Guayana? Das konnte alles oder nichts bedeuten. »Findet heraus, wem der Server gehört, aber unternehmt noch nichts, ich melde mich«, schrieb sie zur Antwort.

Sie schaffte es gerade noch rechtzeitig zur Kirche, wo der Trauergottesdienst für Pierre stattfinden sollte. Als sie eintraf, war vor der Kirche bereits eine ansehnliche Menge Menschen versammelt. Sie erkannte Matthieu und Colombin, denen sie zuwinkte. Der Arzt Dr. Girardi nickte grüßend; sie sah den Besitzer des Gemischtwarenladens, diesmal ohne seinen Hund, und das Bäckerehepaar. Margot und Jacques waren ebenfalls gekommen, sie standen neben Jules Demoireau und einer rundlichen kleinen Frau mit eisengrauem Dutt. Auch sein Sohn, der Commisaire, war da. Nur Lilou fehlte, sie hielt wohl in der Zwischenzeit die Stellung in der Bar.

Abbé Maréchal stand zusammen mit einer schwarz gekleideten zierlichen alten Dame an der Kirchentür. Sie hing am

Arm einer älteren, kräftig gebauten Frau, daneben stand ein groß gewachsener Mann mit Bart, umgeben von drei Jugendlichen, alle in dunkler Kleidung. Das mussten Pierres Angehörige sein, seine alte Mutter sowie seine Schwester mit ihrer Familie.

Molly ging zu Margot und Jacques hinüber und reichte ihnen die Hand.

»Marie, schön, dass Sie es noch geschafft haben«, begrüßte sie Margot.

»Ich wollte unbedingt rechtzeitig zurück sein«, antwortete Molly und nickte Jules und seiner Frau zu. Nun trat auch der Kommissar heran und begrüßte sie.

»Guten Tag, Mademoiselle Bonnieux, wie geht es Ihnen?«, fragte er und blickte ihr scharf in die Augen.

Molly ignorierte das. »Danke, Monsieur le Commissaire. Es ist ein trauriger Anlass.«

»Ja, da haben Sie recht«, gab er zurück und ließ endlich ihre Hand los. Wie die meisten anderen Männer trug Demoireau einen schwarzen Anzug, in dem er ungewohnt und ein wenig unnahbar aussah. Von der jovialen Gemütlichkeit, die er sonst ausstrahlte, war nichts zu bemerken. Die Falten in seinem Gesicht erschienen Molly schärfer als sonst, er wirkte tief betroffen. Natürlich, Pierres Tod berührte ihn auch persönlich, er hatte ihn sicher von Kindesbeinen an gekannt. Und dennoch bemerkte Molly, wie er konzentriert die Anwesenden musterte – trotz der Zivilkleidung war er auch als Polizist hier.

Der Pfarrer öffnete das Kirchenportal und schritt voran in das dunkle, kühle Gebäude. Der mit Blumen geschmückte Altarraum wurde von Kerzen erhellt, und auf einem Pult lag ein Kondolenzbuch. Ein großer Kranz lehnte an dem Pult, doch der Sarg fehlte. Offenbar war Pierres Leiche noch immer nicht freigegeben.

Die Orgel ertönte, ein Trauermarsch erklang, und der Pfarrer hob die Stimme. Molly verfolgte die Liturgie nur mit halbem Ohr. Sie stand ein wenig abseits an der Seite und versuchte, in dem Anlass angemessenerweise an Pierre zu denken, den sie doch kaum gekannt hatte. Stattdessen kehrten ihre Gedanken ständig zu seinem gewaltsamen Tod zurück, und unauffällig musterte sie der Reihe nach die Besucher. Ob womöglich einer der Anwesenden für seinen Tod verantwortlich war? Zu gern hätte sie mehr über den aktuellen Stand der Ermittlungen gewusst.

Endlich war es zu Ende, alle erhoben sich, um den Segen zu empfangen, da erblickte sie hinten in der letzten Reihe Claude du Fondette. Er nickte ihr grüßend zu, und Molly wunderte sich, dass er sie in dem dämmrigen Raum überhaupt erkennen konnte. Sie nickte zurück und wandte sich wieder nach vorne.

Noch einmal hob die Orgel an, und ein letztes gemeinsames Lied setzte der Trauerfeier ein Ende. Alles strömte nach draußen. Normalerweise wären sie jetzt in einer Prozession zum Friedhof gezogen, um dort die eigentliche Bestattung vorzunehmen, doch das fiel heute aus.

So defilierten die Menschen am Kirchentor an Pierres Mutter und seiner Schwester vorbei und drückten den beiden Frauen die Hand. Die Mutter sah jeden verwirrt an und erkannte offenbar niemanden. Die Schwester stand neben ihr und bemühte sich um einen gefassten Gesichtsausdruck, doch Molly konnte erkennen, wie erschüttert sie war. Ihr Mann stand hinter ihr und hatte eine Hand unter ihren Ellbogen gelegt, als ob er ihr etwas von der Bürde abnehmen wollte. Die drei jungen Leute, zwei groß gewachsene Mädchen und ein junger Mann, der die jüngere und bartlose Ausgabe seines Vaters war, standen still daneben und wussten nicht, wo sie hinsehen sollten.

Molly gehörte zu den Letzten, die die Kirche verließen. Sie sah gerade noch, wie Monsieur du Fondette der Mutter die Hand drückte und mit der Schwester ein paar Worte wechselte. Offenbar fühlte er sich der Dorfgemeinschaft immer noch verbunden, denn warum sonst sollte der große Bankmann am Tod eines Hilfsarbeiters Anteil nehmen? Oder gab es noch einen anderen Grund? Molly glaubte zu erkennen, dass auch Commissaire Demoireau Fondette nicht aus den Augen ließ.

Molly stellte sich zu Matthieu und Colombin, die stumm an der Kirchenmauer warteten. Matthieu hatte sich eine Zigarette angezündet, die er schnell und mit zitternden Händen paffte.

Sie gab beiden die Hand, und Matthieu schüttelte den Kopf: »Ich kann es immer noch nicht glauben, dass Pierre jetzt tot ist.«

»Mir geht es genauso«, antwortete Molly. »Irgendwie ist das alles so schwer vorstellbar.«

»Am schlimmsten ist es wohl für seine Mutter«, meinte Colombin. »Ich weiß, dass Pierre sich viel um sie gekümmert hat.«

»Hatte Pierre denn keine Familie?«, fragte Molly.

»Nein, er war nie verheiratet. Er lebte allein in einer kleinen *caban* am Rand des Dorfes und verdingte sich zur Erntezeit bei den Bauern«, antwortete Colombin.

»Er hatte früher selbst einen Hof, oben in den Bergen«, warf Matthieu ein, der offenbar nicht wollte, dass von seinem Freund Pierre ein falscher Eindruck entstand.

»Aber der ist vor einigen Jahren abgebrannt«, fügte Colombin hinzu. »Die Versicherung hat nichts gezahlt, weil die Police wegen eines Fehlers der Bank nicht vollständig bezahlt war, und die Bank hat sich herausgewunden und ihm auch kein Geld gegeben. Da hat Pierre Grund und Boden verkauft und hier in Mirocène die Hütte erstanden. Seither hat er praktisch von der Hand in den Mund gelebt, von Gelegenheitsarbeiten wie der Renovierung der Kapelle zum Beispiel.«

»Er hat immer auf die Banken geschimpft«, erzählte Matthieu. »Er hat sich übers Ohr gehauen gefühlt; er sagte immer, die Bank habe ihn um den Lohn der Arbeit seines ganzen Lebens betrogen.«

Molly nickte. Pierre hätte wirklich allen Grund gehabt, selbst nach dem Goldschatz von Gerard zu suchen.

Langsam löste sich die Menschenmenge auf, und die Trauergäste bewegten sich in kleinen Gruppen auf den Marktplatz zu. Ein Teil der Menge zerstreute sich, doch die meisten Leute steuerten auf die *Bar Lavande* zu und nahmen im Gastraum und auf der Terrasse Platz. Margot und Jacques waren schon da, und Lilou lief mit einem Tablett voll mit Tassen und Kaffee zwischen den Tischen umher.

Molly hielt Ausschau nach einem freien Platz und erblickte Commissaire Demoireau, der ihr zuwinkte. Lilou stellte gerade eine Tasse Kaffee vor ihm ab. Er saß allein an einem Tisch, das traf sich gut.

»Mademoiselle Bonnieux, setzen Sie sich doch bitte!«

»Danke, Monsieur le Commissaire«, antwortete Molly und folgte der Aufforderung. Demoireau hatte die Anzugjacke abgelegt und über die Lehne seines Stuhls gehängt. Nun sah er fast wieder aus wie der Commissaire, den sie kannte.

»Was gibt es denn?« Molly wusste, dass es Zeit war, ihn ins Vertrauen zu ziehen. Aber sie musste den richtigen Zeitpunkt abpassen, damit er ihr ihr Stillschweigen nicht verübelte.

Demoireau antwortete nicht gleich. Er riss drei Päckchen Zucker auf und ließ sie in seinen Kaffee rieseln, dann rührte er konzentriert um. Heute verschüttete er nichts. Endlich blickte er auf und holte tief Luft.

»Ich weiß nicht, wie ich es ausdrücken soll«, begann er. »Also Fakt ist, wir haben das Rätsel um den Schlüssel gelöst.«

Molly horchte auf. »Ja?«

»Meine Leute haben in Carpentras alle Schlüsseldienste befragt, es sind ja nicht so viele. Und es gibt nur einen einzigen, der diese alten Bartschlüssel nachmachen kann. Wir haben dem Inhaber den Schlüssel des Pfarrers gezeigt, und er erinnerte sich an einen Mann, der vor einiger Zeit so einen Schlüssel nachmachen ließ.« Der Commissaire hielt inne und sah Molly aufmerksam an.

»Wer war es?« Molly kannte die Antwort schon und ahnte auch das Problem des Polizisten.

»Die Beschreibung trifft auf Monsieur du Fondette zu«, sagte Demoireau ernst. »Nur hat Monsieur du Fondette ja sogar einen Grund, diesen Schlüssel zu haben, immerhin ist er für die Renovierungsarbeiten verantwortlich. Vielleicht wollte er nicht jedes Mal den Pfarrer um den Schlüssel bitten oder den schweren Stein aus der Wand heben. Aber ich habe unmittelbar nach Pierres Tod mit ihm gesprochen, und er hat nichts von einem zweiten Schlüssel gesagt.«

»Haben Sie ihn schon dazu befragt?«, wollte Molly wissen.

»Nein, das habe ich nicht«, antwortete der Commissaire. »Einen hoch angesehenen Mann wie Fondette lädt man nicht einfach so zum Verhör. Wenn ein Verdacht gegen ihn besteht, dann muss er hieb- und stichfest sein, sonst haben wir sofort seine Anwälte auf dem Hals.«

Molly rieb sich die Stirn. Jetzt war der Moment gekommen. Sie hoffte nur, dass sie sich in Demoireau nicht täuschte.

KAPITEL 17

M*on commissaire*, ich war nicht ganz aufrichtig zu Ihnen«, begann sie mit gesenkter Stimme. Mit einem raschen Blick vergewisserte sie sich, dass niemand sie belauschen konnte. »Mein Name ist nicht Marie Bonnieux, und ich bin auch keine Studentin der Kunstgeschichte. In Wahrheit bin ich eine Kollegin von Ihnen. Ich heiße Molly Preston, und ich arbeite für eine Abteilung der EU zur Aufklärung von Finanz- und Wirtschaftsvergehen.« Sie sah ihm fest in die Augen. »Die *Groupe BFC* wird verdächtigt, in großem Stil Wirtschaftsspionage zu betreiben, und ich bin hier, um dem nachzugehen.«

»Molly Preston, soso.« Demoireau legte die Hände auf den Tisch, breite schwielige Pranken, die aussahen, als ginge er einer schweren körperlichen Arbeit nach. »Ich wusste zwar, dass man jemanden schicken würde, aber ich habe nicht erwartet, dass man eine ...«

Molly zog die Brauen hoch. Er bemerkte es, räusperte sich verlegen und begann von vorn. »Ich weiß nicht, was ich erwartet habe«, sagte er und wich ihrem Blick aus. »Sie sind jedenfalls sehr jung für so eine Aufgabe«, schloss er lahm. Molly biss die Zähne zusammen. Demoireau war ein Ermittler der alten Schule; offenbar war es für ihn schwer vorstellbar, dass eine junge Frau Polizeiaufgaben nachging.

»Ja, vielleicht bin ich jung in Ihren Augen«, sagte sie und richtete sich in ihrem Stuhl kerzengerade auf. »Aber das ist kein Nachteil. Glauben Sie mir, ich habe ausreichend Erfahrung.« Sie legte ihre ganze Autorität in ihre Stimme. »Ich habe die Renovierung der Kapelle als Deckung genutzt, um mich bei der *Groupe BFC* einzuschleusen.«

Demoireau sah sie nachdenklich an. »Warum erzählen Sie mir das?«

»Ich habe etwas herausgefunden, das vielleicht auch mit dem Tod von Pierre zusammenhängt«, antwortete Molly. »Aber noch kann ich es nicht beweisen.«

Jetzt war der Commissaire aufs Höchste gespannt. Er beugte sich vor. »Miss Preston, sagen Sie schon, was ist es?«

»Bitte bleiben Sie doch bei Mademoiselle Bonnieux, oder sagen Sie Marie zu mir«, bat sie und sah sich rasch um, ob jemand ihn gehört hatte. »Ich möchte nicht, dass der Grund meines Hierseins an die große Glocke gehängt wird.«

»Also gut, Mademoiselle Marie. Was haben Sie herausgefunden?«

Molly senkte ihre Stimme noch weiter und erzählte in kurzen Worten von der Entdeckung des Gaunerzinkens an der Wand und dass Pierre ihn gesehen hatte. Dann berichtete sie von ihren Nachforschungen über den alten Bankraub und von ihrem nächtlichen Ausflug zur Kapelle, von dem geheimnisvollen Besucher und von dem Fund der Karte in der Steinmauer. Von der Lokalisierung des nächsten Verstecks und ihrem Entschluss, das Wochenende am Campingplatz von Carroux zu verbringen, wo sie schließlich den letzten Hinweis gefunden hatte. Auch die Dechiffrierung der verschlüsselten Botschaft verheimlichte sie nicht. Nur Fabian Caprisco, der sie seit Tagen verfolgte und der wahrscheinlich Gerards Dose gestohlen hatte, verschwieg sie. Sie wollte nicht, dass der Kommissar ihn womöglich aufscheuchte, bevor sie ihre eigenen Schritte geplant hatte.

Zuletzt zeigte sie Demoireau die Fotos auf ihrem Handy, die sie vom Gaunerzinken, von der Karte und von dem verschlüsselten Hinweis gemacht hatte.

Als sie fertig war, sah sie der Commissaire mit einer Mischung aus Belustigung und Respekt an. »Nicht schlecht für so ein junges Ding«, sagte er, aber er zwinkerte ihr dabei verschmitzt zu. Molly schluckte die scharfe Erwiderung hinunter, die sie schon auf der Zunge hatte.

Er wurde wieder ernst. »Wo sehen Sie den Zusammenhang mit Pierres Tod?«, wollte er wissen. Offenbar hatte er eine Idee und wollte sehen, ob sie sich mit ihren Überlegungen deckte.

»Pierre Faber ist der Großneffe von Gerard Depuis, der vor über hundert Jahren den Bankraub begangen hat«, erklärte sie. »Er wusste aufgrund des Datums ziemlich sicher, was der Gaunerzinken zu bedeuten hatte. Ich glaube, Pierre war am Sonntag an der Kapelle, um sich die Zeichen nochmals anzusehen.«

»Das würde immerhin erklären, was er in der Kapelle wollte.« Demoireau atmete tief durch. »Glauben Sie, Fondette wusste ebenfalls von dem Gaunerzinken?«

»Ich vermute es«, antwortete Molly. »Jemand von der *Groupe BFC* hat nämlich das Bild des Gaunerzinkens abgefangen, als ich es mit dem Smartphone versendet habe. Aber noch kann ich nicht beweisen, dass Fondette selbst dahintersteckt.«

Der Kommissar rieb sich den Nacken. »Das ist also Ihre Seite des Falls, oder?«, fragte er. »Verstehe.«

Sie nickte, sagte aber nichts.

»Der Schlüssel. Der alte Bankraub. Der Gaunerzinken.« Demoireau schlug mit der Faust auf den Tisch, dass seine Kaffeetasse hüpfte und nun doch überschwappte. »Das sind doch alles nur Indizien. Der *Juge d'instruction* lacht mich aus, wenn ich ihm damit komme.«

»Ich weiß.« Molly sah ihn mitleidig an.

»Werden Sie mir Ihre weiteren Erkenntnisse mitteilen, falls sich daraus ein Beweis für Fondettes Schuld an Pierre Fabers Tod ergibt?«

»Selbstverständlich«, versprach Molly. »Sobald alle Untersuchungen abgeschlossen sind«, versprach Molly. »Ich darf Sie nur nicht in die laufenden Ermittlungen einweihen.«

Der Kommissar spannte die Kiefermuskeln an, als wollte er widersprechen, doch dann schüttelte er resignierend den Kopf. »Und wie geht es jetzt weiter?«

»Ich muss herausfinden, was BELLEVUE bedeutet. Und dann werde ich Monsieur du Fondette eine Falle stellen.«

»Sie wollen ihm eine Falle stellen?« Demoireau sah sie zweifelnd an. »Wenn Sie Fondette in die Enge treiben, dürfen Sie das auf gar keinen Fall allein tun.«

Molly runzelte verärgert die Stirn. »Natürlich mache ich so etwas nicht allein«, schnappte sie zurück. »Wir haben unsere Leute für so etwas, die sind binnen weniger Stunden hier.«

»Ist schon gut«, brummte der Commissaire und hob die Hände. »Ich mache mir nur Sorgen um Sie. Ich schätze, dass Monsieur du Fondette sehr skrupellos sein kann, wenn es um seine Sicherheit geht.«

»Ganz bestimmt sogar.«

Die Miene des Kommissars hellte sich auf. »Aber vielleicht kann ich Ihnen trotzdem helfen«, sagte er. »Meine Mutter stammt aus Carroux. Sie könnten sie fragen, ob sie weiß, was das Wort Bellevue zu bedeuten hat«, schlug er vor.

Molly zögerte einen Moment, aber es wäre wirklich dumm, das Angebot auszuschlagen. Sie gab sich einen Ruck. »Das ist eine gute Idee«, sagte sie. »Ich habe auf der Karte gesucht, aber nichts gefunden.«

»Dann kommen Sie mit«, sagte Demoireau und stand auf. »Wir machen das sofort.«

Gemeinsam überquerten sie den Marktplatz, und Demoireau klopfte an die Tür des Hauses gegenüber, in dem Molly ihn schon einmal hatte verschwinden sehen.

Die Tür öffnete sich, und Jules stand vor ihnen. Er hatte sich in der Zwischenzeit umgezogen und trug seine übliche abgewetzte Hose und ein kurzärmeliges Hemd.

»Ich dachte, du bist schon längst wieder gefahren«, sagte er zu seinem Sohn und trat einen Schritt zurück, um sie einzulassen.

»Ist Mutter da?«, fragte Demoireau.

»Ja, natürlich, kommt mit«, antwortete Jules und ging voraus in eine große, gemütliche Küche.

Madame Demoireau stand am Herd und rührte in einem großen Topf. Sie hatte eine bunte Kittelschürze über das schwarze Kleid angezogen, das sie noch von der Trauerfeier trug. Als Molly und der Commissaire die Küche betraten, wandte sie sich um.

»Georges!«, rief sie erfreut. »Mit dir hätte ich heute nicht mehr gerechnet. Und Sie sind bestimmt Marie? Mein Mann hat mir schon von Ihnen erzählt.« Mit diesen Worten streckte sie Molly ihre Hand hin. Molly ergriff sie und schüttelte sie.

»Ist das nicht schrecklich mit Pierre?« Sie eilte hin und her und stellte kleine bauchige Weingläser auf den Tisch. »Setzen Sie sich doch. *Vite, vite,* Jules, hol eine Flasche Wein!«

»Für mich nicht, Mutter, ich muss noch zurück nach Carpentras fahren«, winkte der Commissaire ab.

»Aber Sie trinken doch ein Glas mit uns, nicht wahr?« Madame Demoireau sah Molly hoffnungsvoll an.

»Ja, gerne«, antwortete sie. Alles andere wäre unmöglich gewesen.

Jules kam mit dem Wein zurück und öffnete ihn, dann schenkte er jedem von ihnen das Glas halb voll. Sie prosteten sich zu, dann fragte Jules: »Was kann ich für euch tun? Ihr seid sicher nicht nur für einen Höflichkeitsbesuch gekommen.«

»Bien sur«, antwortete Demoireau und deutete zu Molly hin. »Mademoiselle Marie wollte Mutter eine Frage stellen.«

Molly nickte. Falls Jules und seine Frau über ihr Ansinnen verwundert waren, ließen sie es sich jedenfalls nicht anmerken.

»Madame Demoireau, Ihr Sohn hat mir gesagt, dass Sie aus Carroux stammen. Kennen Sie da vielleicht einen Ort namens Bellevue?«

»Bellevue?«, wiederholte Madame Demoireau. »Es gibt einige Orte mit diesem Namen in der Umgebung von Carroux. Was meinen Sie denn genau?«

»Der Platz muss öffentlich zugänglich sein, und es muss ihn schon vor hundert Jahren gegeben haben«, erklärte Molly.

Jules zog die Augenbrauen hoch. »Du meinst also ...«

»Ja, es geht um den alten Bankraub«, ergänzte der Commissaire. Molly biss die Zähne zusammen, so hatte sie das nicht geplant. Aber offenbar vertraute Demoireau seinen Eltern, dass sie diese Information nicht weitertragen würden. Molly hoffte, dass er recht behielt – das letzte, was sie gebrauchen konnte, war eine Schatzsuche der Dorfbewohner, während sie ihren Fall zu Ende bringen wollte.

»Das Weingut Bellevue gibt es schon seit dem neunzehnten Jahrhundert«, sagte Madame Demoireau. »Aber das meinen Sie wohl nicht, oder?«

»Nein, das passt nicht.« Molly schüttelte den Kopf. »Es muss ein Ort sein, den Gerard Depuis gut erreichen konnte, als er mit der Beute geflohen ist, aber wo ihn keiner beobachten konnte. Vielleicht eine Höhle, ein leerstehendes Gebäude oder sonst ein markanter Ort, der unter dem Namen Bellevue bekannt ist.«

»Ein Gebäude?«, fragte Madame Demoireau. »Ja, das könnte passen. Es gibt eine *cabanon,* eine kleine Schutzhütte auf dem Berg oberhalb von Carroux, von dort aus kann man bei gutem Wetter bis nach Carpentras sehen. Die wurde immer Belle Vue genannt.«

Molly lächelte sie an. »Das klingt ganz so, als wäre es das, was ich suche. Können Sie mir beschreiben, wie ich zu dieser Schutzhütte komme?«, fragte sie.

»Hm, ich bin mir nicht ganz sicher«, antwortete Madame Demoireau. »Ich war seit Ewigkeiten nicht mehr dort.«

»Ich glaube, ich weiß, wo du meinst«, schaltete sich Jules ein. »Waren wir dort nicht einmal gemeinsam, als wir …« Er setzte den Satz nicht fort.

»Ja, das stimmt«, sagte Madame Demoireau und wurde ein wenig rot. »Am Ortsausgang führt eine Straße den Berg hoch, das weiß ich noch. Ein kleiner Weg zweigt zu der Hütte ab, aber ich kann mich nicht erinnern, wo er beginnt.«

»Ich glaube, ich würde den Weg wiederfinden, wenn ich vor Ort bin«, meinte Jules. »Falls es ihn überhaupt noch gibt.«

»Einen Versuch wäre das wert«, meinte der Commissaire. »Hast du morgen früh Zeit, Vater? Dann sehen wir uns das doch einfach einmal an.«

Molly knirschte innerlich mit den Zähnen, aber sie ließ sich nichts anmerken. Nun war genau das passiert, was sie vermeiden wollte: Demoireau hatte ihr quasi das Heft aus der Hand genommen. Er hatte sie nicht einmal gefragt! Doch sie unterdrückte das Gefühl der Verstimmung und fügte sich der Notwendigkeit. Mit der vagen Beschreibung von Demoireaus Mutter hatte sie keine Chance, den Ort allein zu finden – immer vorausgesetzt, dass er überhaupt noch existierte und Gerard dort wirklich etwas versteckt hatte.

Molly bekam noch ein Glas Wein aufgedrängt, schlug jedoch eine Einladung zum Abendessen aus. Es war schon dunkel, als sie sich zusammen mit dem Commissaire verabschiedete. Sie hatten sich am nächsten Tag für neun Uhr morgens verabredet und wollten mit dem Auto des Kommissars nach Carroux fahren. Molly kam das durchaus gelegen. Fabian Caprisco war zwar seit seiner Aktion auf dem Campingplatz nicht mehr aufgetaucht, aber sie konnte nicht sicher sein, ob er sie nicht immer noch beschattete.

Jules saß schon auf der Terrasse der *Bar Lavande,* als Molly am nächsten Morgen herunterkam. Er begrüßte sie herzlich und leistete ihr beim Frühstück Gesellschaft. Ein paarmal ertappte sie ihn, wie er sie aufmerksam musterte, aber das Gespräch drehte sich um Belanglosigkeiten wie das Wetter und die anstehende Traubenernte, bei der sich sein Freund Pierre immer als Helfer verdingt hatte. Jules fragte nicht nach, was sie mit den Ermittlungen und seinem Sohn zu tun hatte. Sie vermutete, dass Demoireau seinen Vater eingeweiht hatte, aber zu ihrer Erleichterung verlor er kein Wort darüber.

Punkt neun Uhr kam Kommissar Demoireau zur Tür herein, nickte Lilou und Margot zu, die hinter der Theke standen, und rieb sich die Hände. »Können wir starten?«, fragte er.

Er war in Zivil und trug nicht wie sonst üblich dunkle Hose und weißes Uniformhemd, sondern verblichene Jeans und ein kariertes Hemd und sah um Jahre jünger aus. An den Füßen hatte er feste Schuhe, er hielt eine Windjacke in der Hand und sah in seiner Aufmachung direkt ein wenig abenteuerlustig aus.

Molly und Jules erhoben sich und folgten ihm nach draußen. Molly warf einen Blick auf die andere Straßenseite – der graue Golf parkte heute wieder dort, aber er war leer. Das war gut.

Die Fahrt nach Carroux dauerte nicht lange. Bald bog der große Renault in die Straße ein, die hoch zum Campingplatz führte. Demoireau stellte den Wagen direkt an der Steinmauer der Kapelle ab, an der gleichen Stelle, an der vor drei Nächten Capriscos Golf geparkt hatte.

Zwischen den Bäumen war es noch kühl. Die Zikaden hatten ihre Betriebstemperatur noch nicht erreicht, deshalb hörte man nur vereinzelte Tiere, die von der Morgensonne schon gewärmt wurden. Es duftete nach dem Harz der Kiefern und dem Thymian, der wild zwischen den Steinen wuchs, Vögel zwitscherten, und Molly fühlte sich schon wieder wie im Urlaub. Demoireau in Zivilkleidung, sein Vater, der kräftig ausschritt und sich immer wieder umsah, ob sie auch mithalten konnte, all das erschien ihr mehr wie ein Sonntagsausflug mit Freunden als eine Ermittlung.

Als sie an die Kurve oberhalb des Campingplatzes kamen, hielt Molly an und wies auf den hohen Gitterzaun: »Hier war Gerards letzter Hinweis versteckt, da unten zwischen den Steinen.«

Demoireau und sein Vater blieben ebenfalls stehen und blickten hinunter. Ihr Zeltplatz war leer, das rote Kuppelzelt des Pärchens war ebenfalls verschwunden, nur das Hauszelt der Familie mit den vier Kindern stand noch da, aber es war niemand zu sehen.

Sie setzten ihren Weg fort, die Straße führte in Serpentinen immer weiter nach oben. Der Hang zwischen den lang gezogenen Kurven war steil, aber ein steiniger Trampelpfad verlief hier in direkter Linie und schnitt den Umweg der Straße ab. Molly und ihre Begleiter hielten sich trotzdem an die Straße, obwohl sogar der alte Jules fit genug aussah, um auch den steilen Pfad zu bewältigen.

Am Scheitel einer weiteren Haarnadelkurve blieb Jules stehen und sah sich um. »Ich glaube, hier ging irgendwo ein Weg ab«, sagte er und blickte suchend zwischen die Bäume.

Molly war ein paar Meter weitergegangen und deutete nach rechts. »Hier ist ein Weg!«, rief sie den anderen zu.

Am Straßenrand stand ein niedriger Turm aus flachen Steinen aufgeschichtet, und zwischen weißen Felsbrocken und krautigen Sträuchern begann ein kleiner Waldweg. Nach den ersten Schritten tauchte er unter die hohen Bäume ein, und der Boden war mit dicken Kiefernnadeln gepolstert. Bald verbreiterte sich der Pfad zu einem Karrenweg, aber er war zugewachsen und offenbar schon lange nicht mehr benutzt worden.

Nach einiger Zeit kamen sie an eine eiserne Schranke, die mit einem Vorhängeschloss gesichert war. Hier teilte sich der Weg: Geradeaus verlor er sich wieder zu einem kleinen Trampelpfad, die andere Abzweigung führte nach links und bildete eine breitere Fahrspur, der Jules nach kurzem Nachdenken folgte.

»Die Schranke gab es damals noch nicht«, erklärte er. »Aber es muss hier sein, geradeaus geht es nämlich wieder hinunter nach Carroux.«

Der Weg führte sie auf eine langgestreckte Lichtung, die kniehoch mit Ginster und Disteln bewachsen war. Die Fahrspur war stark überwuchert und kaum noch auszumachen; dornige Ranken griffen ständig nach ihren Beinen und wollten sie am Fortkommen hindern. Nach etwa fünfhundert Metern tauchte der Weg erneut in einen lichten Mischwald ein. Dahinter gelangten sie auf eine kleine Hochebene, die einen weiten Ausblick in Richtung Carroux bot. Links von ihnen erhob sich der Berg, und ein Stück voraus war zwischen den vereinzelt stehenden Bäumen ein kleines Gebäude zu sehen.

»Wir sind da«, sagte Jules unnötigerweise, denn an der Hauswand war ein blaues Schild befestigt: »Cabanon du Belle Vue«.

Das kleine Haus, nicht viel mehr als eine gemauerte Hütte, stand direkt an einer Felsklippe oberhalb eines Olivenhains. In der Kante war ein Einschnitt, gefüllt mit Erde und einigen Steinen, die als Tritt verwendet werden konnten, um nach unten zwischen die Bäume zu gelangen. Vor dem Gebäude stand eine Tisch-Bank-Kombination aus silbrig verwittertem Holz, die offenbar für Picknicks gedacht war.

Tatsächlich wäre der Platz hervorragend für Gerards Zwecke geeignet gewesen. Vor hundert Jahren war die Fahrspur, der sie gefolgt waren, wahrscheinlich noch befahrbar gewesen, und der Ort bot genügend Möglichkeiten, einen Hinweis zu verstecken – vielleicht sogar einen Schatz.

Jules ging zu der Hütte und zog an dem Hebel, der anstelle einer Türklinke angebracht war.

»Denkst du, es ist offen?«, fragte der Commissaire.

»Früher war die Hütte nie verschlossen«, antwortete Jules. »Sie diente als Unterschlupf für Jäger und Wanderer, wenn sie von einem Unwetter überrascht wurden«, setzte er hinzu, und er hatte recht. Der Hebel ließ sich bewegen, und die schmale Tür schwang nach innen auf.

Molly trat neugierig heran und blickte ins Innere der Hütte. Sie sah einen kleinen Raum, vielleicht vier Meter im Quadrat, in dessen Ecke sich ein großer gemauerter Kamin befand. Die Einrichtung war spartanisch: in der Mitte ein schiefer Tisch, an der hinteren Wand zwei unterschiedlich große Stühle, im Kamin ein alter Grillrost. Das Fenster hatte keine Scheiben, sondern nur Fensterläden, die geöffnet waren und einen atemberaubenden Blick über den Olivenhain, Carroux und die weite Ebene hinweg bis nach Carpentras in dunstiger Ferne ermöglichten. In einer anderen Ecke stand noch ein Regal, das unten mit Holzscheiten gefüllt war; auf dem obersten Brett standen ein leerer Kanister, ein Blechtopf und zwei Konservendosen, die erstaunlich neu aussahen.

Molly trat ans Fenster. Unter ihr erstreckte sich der Hang mit den Olivenbäumen, der nach vielleicht zweihundert Metern in einen niedrigen Wald überging. Als sie nach unten blickte, erkannte sie, dass das Haus ein Untergeschoss auf Höhe des Olivenhains hatte, unter ihr befand sich ein großer Wassertank in einem Stahlgerüst.

Sie legte den Kopf in den Nacken und schaute nach oben, aber da sah sie nur die gemauerte Decke. Der Raum hatte keine Nischen und keine weitere Einrichtung. Sie warf einen Blick in den Kamin, tastete das Regal ab und untersuchte die Unterseite der Tischplatte, aber falls Gerard nicht den nächsten Hinweis in einer Dose mit Bohnen versteckt hatte, war hier nichts zu finden.

Sie trat wieder hinaus in den Sonnenschein und sah Jules und den Commissaire am Picknicktisch stehen.

»Nichts?«, fragte Demoireau.

»Nichts«, antwortete Molly. »Aber ich würde gerne noch nach unten gehen.«

Sie wandte sich der Felskante zu und machte sich an den steilen Abstieg. Der Kommissar folgte ihr, während Jules sich einen einfacheren Weg suchte.

»Ich habe es im Rücken«, erklärte er. »Deshalb mag ich solche Klettereien nicht so gern.«

Molly war schon unten. Rechts neben der Hauswand stand der übermannshohe Wassertank, der von der Dachrinne der Hütte gespeist wurde und offenbar der Bewässerung der Olivenbäume diente. Durch den durchscheinenden weißen Kunststoff konnte sie den Wasserspiegel erkennen, er stand gut einen halben Meter hoch.

Die Doppeltür zum Untergeschoss der Hütte war mit einem einfachen Holzriegel verschlossen, doch sie ließ sich auch nicht öffnen, nachdem Molly ihn zur Seite gezogen hatte. Sie rüttelte an der Tür, doch sie rührte sich keinen Millimeter. Jules kam heran und zeigte ihr den Trick: Er hob die schwere Holztür an dem Riegel ein wenig an, und schon ließ sie sich ganz leicht nach innen schwenken.

Der Raum war fensterlos und düster, er erhellte sich erst, als Demoireau auch den zweiten Türflügel aufstieß. An der Wand stand ein großes, rostiges Fass aus Metall, offenbar der Vorgänger des modernen Wassertanks vor der Tür, und daneben eine Alu-Leiter mit blauen Kunststoffsprossen, wie sie normalerweise in Gartenpools zum Einsatz kam. Wahrscheinlich diente sie zum Reinigen des Wassertanks, eine andere Erklärung gab es dafür nicht. In der Ecke lagerte weiteres Brennholz, und die Rückwand war mit blau gestrichenen Holzplanken getäfelt. Der Commissaire holte eine Taschenlampe hervor, zog mit einer Hand die Holzverkleidung weg, die keinen Widerstand bot, und leuchtete dahinter.

»Hier ist nur die Steinwand«, erklärte er und ließ das Holz wieder zurückfallen. Wo konnte Gerard etwas versteckt haben?

Molly ließ den Blick schweifen. Die Mauer war zur Decke hin geschwärzt, als ob es in der Hütte einmal gebrannt hätte, doch im unteren Bereich war nichts vom Ruß zu sehen. Sie musterte die Wand genauer, sie war grob aus Naturstein gemauert, bot jedoch keine Versteckmöglichkeiten. Die Decke war glatt verputzt, Spinnweben hingen in den Ecken, aber sie barg ebenfalls keine Geheimnisse.

Der Fußboden war mit Steinen, Blättern und Sand bedeckt; offenbar war das Haus direkt auf dem nackten Boden errichtet worden. Molly schob mit dem Fuß die Steine und das Laub zur Seite und fühlte eine Kante.

»Hier ist etwas!«, rief sie.

Sie ließ sich auf die Knie sinken und schob mit den Händen das lose Erdreich zur Seite. Dunkle Holzbalken kamen zum Vorschein. Die beiden Männer kamen heran und fegten ebenfalls mit Händen und Füßen die Erde von den Planken. Am Ende hatten sie in der Mitte des Kellerraums eine Fläche von vielleicht ein mal zwei Metern freigelegt, die von verwittertem Holz bedeckt war. Molly klopfte mit einem Stück Brennholz dagegen, und es klang überraschend laut: Darunter musste ein Hohlraum sein.

Die Balken waren dicht aneinandergefügt und boten keinen Ansatz für die Finger, um sie anheben zu können. Gemeinsam legten sie ein Ende der Planken frei, doch sie waren in eine Steinfassung eingepasst, aus der sie sich nur mit der Kraft der Finger nicht heraushebeln ließen. Wer wusste schon, wie lange sie hier bereits lagen – wahrscheinlich hielt sie der Schmutz der vielen Jahre wie Zement an Ort und Stelle.

Schließlich gaben sie auf und traten aus dem Kellerraum. Molly blinzelte ins helle Sonnenlicht. Sie war verschwitzt, und ihre Fingernägel waren eingerissen und schmutzig. Ihre Begleiter sahen nicht viel besser aus, der Commissaire klopfte sich den Staub von den Knien.

»Wenn hier etwas ist, dann unter dem Holzboden«, sagte er.

»Aber ohne Werkzeug haben wir keine Chance«, sprach Jules das Offensichtliche aus.

Molly gab ihnen recht. »Haben Sie etwas im Auto? Einen Spaten oder so etwas?«, fragte sie Demoireau.

»Nein, leider nicht«, antwortete er.

»Aber ich habe Spaten und Schaufeln zu Hause«, sagte Jules.

»Ich fahre sie holen«, schlug Demoireau vor. »Das geht am schnellsten.«

»Und auch eine Rückentrage, für den Fall, dass wir wirklich den Schatz finden«, setzte Jules hinzu. Seine Augen glänzten vor Begeisterung.

»Hast du so etwas?«, fragte Demoireau mit skeptischem Blick.

»Klar, die steht hinten im Schuppen«, sagte sein Vater. »Früher haben wir die immer bei der Traubenernte benutzt, weißt du nicht mehr?«

Demoireau schüttelte den Kopf. »Meine Familie besitzt einen kleinen Weinberg«, erklärte er, zu Molly gewandt. »Aber eine Rückentrage habe ich da noch nie gesehen.«

»Ich komme besser mit.« Jules wandte sich schon zum Gehen. »Bis du alles findest, dauert es viel zu lang.«

Molly schmunzelte über den Eifer der beiden. Die Aussicht auf die Möglichkeit, Gerards Schatz zu finden, machte aus den erwachsenen Männern aufgeregte kleine Jungen.

»Ich bleibe hier und halte die Stellung«, sagte Molly. Die Chance, dass sich heute noch jemand hierher verirrte, war denkbar gering, aber sie würde jetzt kein Risiko mehr eingehen. Außerdem hatte sie immer noch das Gefühl, dass es ihre Entdeckung war, und keine zehn Pferde hätten sie jetzt von hier weggebracht.

»In Ordnung«, sagte Demoireau. »Aber bitte seien Sie vorsichtig. Rufen Sie mich sofort an, wenn es ein Problem gibt!«

KAPITEL 18

Nachdem Vater und Sohn verschwunden waren, schlenderte Molly ein paar Schritte in den Olivenhain und setzte sich unter einem der Bäume ins Gras. Ob sie hier wirklich den Goldschatz aus dem alten Bankraub finden würden? Für ihre Ermittlungen spielte es keine Rolle. Sie hatte für sich schon beschlossen, die Cabanon du Bellevue als den Ort zu wählen, an dem die Falle für Fondette zuschnappen würde. Sie musste nur eine Nachricht an Charles schicken, in der sie ihm die Entschlüsselung von Gerards letztem Hinweis verriet, und auch, wo der Ort zu finden war. Dann würde sie sich mit ihren Leuten hier auf die Lauer legen, und sobald Fondette auftauchte, um den Schatz zu holen, würde sie ihn verhaften.

Die Zikaden waren in der Zwischenzeit erwacht und erfüllten die warme Luft erneut mit ihrem krächzenden Gesang. Nur so war es zu erklären, dass sie die Schritte erst hörte, als es bereits zu spät war. Kurz erhaschte sie einen Blick auf Fabian Caprisco, der direkt hinter ihr auftauchte, einen Stock in der Hand, und auf eine hochgewachsene silberhaarige Gestalt oben auf dem Felsrand. Wie hatte sie nur so unvorsichtig sein können? Sie hatte sich sicher gefühlt, mit keiner Verfolgung gerechnet und die beiden schlichtweg nicht bemerkt. Im nächsten Moment sauste der Stock auf ihren Kopf nieder, und ihr wurde schwarz vor Augen.

Als sie mit brummendem Schädel erwachte, lag Molly in Seitenlage neben dem Olivenbaum, unter dem sie zuvor gesessen hatte. Ihre Hand- und Fußgelenke waren mit Kabelbindern gefesselt, und ihr eigenes Halstuch hatte man ihr als Knebel straff vor den Mund gebunden. Sie hatte freie Sicht auf die offene Tür zum Untergeschoss der Hütte und konnte zusehen, wie Caprisco mit einem kurzen Spaten die Balken im Fußboden zur Seite hebelte. Dann sprang der Mann, der sie so lange verfolgt hatte, in die Grube und rief: »Chef, hier ist es!«

Der große Mann mit dem silbergrauen Haar trat ins Blickfeld – tatsächlich war es Claude du Fondette. Er betrat den Kellerraum, beugte sich über die Öffnung und leuchtete mit einer Taschenlampe hinein.

»Na endlich, das wurde ja auch Zeit«, hörte Molly ihn sagen. »Schaff das Zeug hier raus, ich hole in der Zwischenzeit den Wagen.«

Er kam wieder nach draußen und sah zu ihr herüber. Molly schloss schnell die Augen und stellte sich bewusstlos. Sie hörte Schritte näher kommen, dann bohrte sich eine lederne Schuhspitze in ihre Rippen. Molly entspannte ihre Muskeln und wurde schlaff wie eine Stoffpuppe.

»Fabian, hast du nicht zu fest zugeschlagen?«, rief Fondette Caprisco zu.

»Und wenn schon«, antwortete der und ließ ein dreckiges Lachen hören. »Sie macht Ihnen doch ohnehin nur Ärger!«

»Da hast du auch wieder recht«, antwortete Fondette und wandte sich ab.

Molly zählte stumm bis fünfzig, dann öffnete sie einen Spalt weit die Augen. Caprisco schaufelte mit bloßen Händen hell glänzendes Gold aus der Grube auf den schmutzigen Kellerboden. Molly blinzelte und sah nochmals hin. Doch das Bild änderte sich nicht: Sie hatten tatsächlich Gerards Goldschatz gefunden, und Fondette und sein Kumpan waren drauf und dran, damit zu verschwinden.

Molly sah hoch zur Sonne und versuchte zu schätzen, wie viel Zeit vergangen war. Dem Sonnenstand nach konnte es nicht viel sein, es war noch immer Vormittag. Doch hätten Fondette und Caprisco dann nicht dem Kommissar und seinem Vater in die Hände laufen müssen, die gerade auf dem Weg nach unten waren?

Es änderte nichts an ihrer Situation – bis Jules und Demoireau zurückkamen, dauerte es sicher noch. Sie war auf sich allein gestellt.

Molly verrenkte ihre Glieder und versuchte, mit den auf dem Rücken gefesselten Händen ihr Telefon aus der Gesäßtasche zu ziehen. Das gelang ihr auch, sie konnte es sogar mit den Fingern greifen und den Einschaltknopf drücken, doch was jetzt? Vorsichtig manövrierte sie sich herum und schaffte es, das Handy unter ihr Gesicht zu bekommen. Nochmals vergewisserte sie sich, dass Caprisco beschäftigt war, dann hob sie das Gesicht und starrte hypnotisierend ihr Handy an. Würde das auch mit Knebel im Mund klappen?

Nein, die Gesichtserkennung verweigerte ihr den Dienst. Frustriert ließ Molly den Kopf sinken. Da fielen ihr die drei kleinen Punkte an der Seite des Displays auf. Sie berührte sie mit der Nase, und ein Menü ging auf: Fingerabdrucksensor oder Entsperrcode wurde ihr angeboten. Sie tippte mit der Nase auf das Icon des Fingerabdrucksensors und wand sich wieder in die vorherige Position. Dann verdrehte sie die Hand, wobei ihr der Kabelbinder schmerzhaft ins Fleisch schnitt, und drückte den Daumen ungefähr auf den unteren Rand des Displays. Hatte sie die richtige Stelle erwischt?

Ein fröhlicher Dreiklang bestätigte ihren Erfolg. Schnell sah sie zu Caprisco hinüber, aber offenbar war das Klimpern der Münzen laut genug, um das Geräusch des Handys zu übertönen.

Sie schob es unter ihrem Körper zurück und tippte mit der Nasenspitze auf das Telefonsymbol. Die Einträge in der Kontaktliste durchzuwischen war eine Herausforderung, und die stechenden Kopfschmerzen wurden immer schlimmer. Doch nach einigen Versuchen gelang es ihr, den Eintrag mit Demoireaus Namen zu finden, den sie in einem lichten Moment in das Adressverzeichnis eingegeben hatte. Sie tippte darauf und wartete auf die Verbindung. Erst war gar nichts zu hören, und sie hatte schon Sorge, dass es hier ähnlich wie bei ihrer Kapelle in Mirocène kein Netz gab, doch dann hörte sie das Tuten.

Demoireau meldete sich, viel zu laut, wie ihr schien, und sie presste ihre Wange gegen das Telefon. Sie versuchte, einen Ton herauszubringen, doch das Tuch vor ihrem Mund dämpfte jedes Geräusch. Ob der Kommissar trotzdem etwas hörte? Offenbar nicht.

»Wie bitte?«

»Sie sind hier, Fondette ist hier«, flüsterte sie nochmals, doch durch den Knebel konnte nicht einmal sie selbst etwas verstehen. Plötzlich hob Caprisco den Kopf und sah zu ihr herüber. Molly erstarrte.

Caprisco zog sich aus der Grube, und Molly nutzte den Moment, um sich in ungefähr die gleiche verkrümmte Position zu bringen, die sie vorher eingenommen hatte. Sie schloss die Augen und hoffte, dass ihre Haare das kleine Telefon verdeckten. Dann entspannte sie sich und zog sich in sich selbst zurück.

Der Fußtritt kam nicht unerwartet, trotzdem jagte ihr der Schmerz einen Stromstoß durch den Rücken. Sie gab nach und federte den Schlag ab, ohne die Augen zu öffnen. Ein leises Stöhnen gestattete sie sich, ansonsten zeigte sie keine Regung. Nochmals trat er zu, diesmal gegen ihren Schädel. Ihr Kopf wurde nach hinten geschleudert, und das Telefon schoss in hohem Bogen davon. Caprisco schaute verdutzt von der offensichtlich bewusstlosen Molly zu dem schwarzen Gegenstand, der mehrere Meter weiter auf dem Boden aufschlug. Er setzte sich in Bewegung, um nachzusehen, in diesem Augenblick klingelte sein eigenes Handy.

Er meldete sich und lauschte. »*Oui*, Chef, das ist ziemlich viel … *Oui*, etwas zum Transportieren, eine Kiste oder ein Koffer«, antwortete er und entfernte sich wieder in Richtung der Hütte.

Molly ließ langsam den Atem ausströmen, den sie unwillkürlich angehalten hatte. An der Stelle, an der sie sein Tritt getroffen hatte, war der pochende Kopfschmerz beinahe unerträglich, aber sie biss die Zähne zusammen und verdrängte ihn aus ihrem Bewusstsein.

Offenbar hatte Caprisco schon wieder vergessen, was eben passiert war, denn er kletterte eilig zurück in die Grube und holte weiter das Gold aus seinem Versteck. Auf einmal bückte er sich und verschwand außer Sicht. Molly zwinkerte angestrengt, da tauchte er wieder auf und hielt eine Art Beutel in den Armen. Er hob ihn über den Rand und ließ ihn fallen, er platzte auf, und jede Menge Goldmünzen kullerten heraus. Offenbar hatte Gerard ein Tuch oder einen Sack benutzt, um das Gold hier zu lagern, und das waren die Überreste davon.

Molly hörte das Geräusch eines Motors, das näher kam, dann das Schlagen einer Autotür. Die groß gewachsene Gestalt von Fondette tauchte oben auf der Kante auf, sein Haar leuchtete silbern in der Sonne. In der einen Hand hielt er eine Schaufel, in der anderen einen Rucksack. Caprisco kam heraus, nahm ihm die beiden Gegenstände ab und verschwand wieder im Keller. Fondette kletterte unbeholfen die Mauer hinunter, und Molly schloss wieder die Augen. Doch diesmal kümmerte er sich nicht um sie, sondern begab sich sofort zu Fabian Caprisco in den Kellerraum. Mehrere Rucksackladungen voll Goldmünzen transportierten die beiden Männer zum Auto, bis sie endlich fertig zu sein schienen.

Molly beobachtete die beiden durch schmale Schlitze ihrer Augenlider und sah sie die Köpfe zusammenstecken. Mehrmals schauten sie zu ihr herüber, dann nickte Caprisco und näherte sich ihr. Mit einer Hand packte er ihre Fußgelenke, mit der anderen ihren Arm, und so schleifte er sie mehr, als dass er sie trug, zur Hütte zurück und in den Kellerraum. Im letzten Moment wurde Molly klar, was er vorhatte. Sie begann sich zu winden, wollte sich zur Wehr setzen, doch er hielt sie unerbittlich fest, holte Schwung und warf sie in die Grube. Und während sie noch verzweifelt strampelte, um sich zu befreien, schob er bereits die schweren Balken an Ort und Stelle. Es wurde dunkel um sie.

Molly versuchte, sich aufzusetzen, und schlug prompt mit dem Kopf gegen die Planken. Von dem Sturz tat ihr jeder Knochen weh, doch so tief, wie sie angenommen hatte, war die Grube offenbar nicht. Etwas vorsichtiger brachte sie sich in eine halb sitzende Position. Solange ihre Hände auf dem Rücken zusammengebunden waren, war sie völlig hilflos.

Sie rutschte nach unten, bis sie auf dem Rücken lag, und zog die Beine an. Dann wand und krümmte sie sich so lange, bis sie mit dem Po zwischen ihren Händen war und ihre Handgelenke ihre Hüften umfassten. Die straff gespannten Kabelbinder schnitten schmerzhaft in ihre Haut, aber sie biss die Zähne zusammen und blendete den Schmerz aus. Millimeterweise schob sie die Hände über die Oberschenkel nach vorn, dann war sie an ihren Hüften vorbei, und die gefesselten Hände lagen an ihren Kniekehlen. Sie beugte sich nach vorne und war ausnahmsweise einmal dankbar, dass sie keine unendlich langen Beine hatte, denn so konnte sie ihre Fußgelenke aus dem Bogen fädeln, den ihre Arme bildeten.

Nun hatte sie die Hände vor sich, was ihr deutlich mehr Bewegungsfreiheit verschaffte. Sie zog den Knebel vom Gesicht, holte tief Luft und setzte sich auf. Versuchsweise drückte sie mit den Schultern nach oben. Die Balken gaben geringfügig nach, der jahrzehntealte Schmutz war gelockert und hielt sie nicht mehr so fest wie zuvor. Sie ging in die Hocke, stemmte ihren Rücken gegen die Decke ihres Gefängnisses und drückte mit aller Kraft nach oben. Ein Balken gab nach, bewegte sich und rutschte zur Seite. Der zweite ließ sich mit ihren gefesselten Händen wegschieben, sie konnte aufstehen und nach draußen kriechen.

Ihre Finger kribbelten, die engen Kabelbinder schnürten ihr das Blut ab, doch sie bewegte nur die Finger, um die Blutzirkulation in Gang zu halten, und ignorierte den Schmerz.

Am Rand der Grube sitzend blickte sie sich um. Die Schaufel lag noch da, die beiden Männer hatten sie liegen gelassen in ihrer Eile, die Beute in Sicherheit zu bringen. Molly schob sich im Sitzen heran und prüfte mit den Fingern das Blatt. Es war halbwegs scharf, für ihre Zwecke mochte es ausreichen. Sie zog die Schaufel in den Schoß und begann, den Kabelbinder, der ihre Handgelenke fesselte, über die Kante zu ziehen, immer wieder. Dabei hielt sie das Kunststoffband beständig auf Spannung, auch wenn es dadurch immer tiefer in ihre Haut schnitt. Endlich war es geschafft, das Plastik sprang mit einem Knacken auseinander.

Molly rieb sich die Handgelenke und erhob sich schwankend. Nun setzte sie das Schaufelblatt auf dem Verschluss des Kabelbinders um ihre Füße auf und hatte sich bald auch von diesem befreit.

Kurz rätselte sie, warum Fondette sie lebend in der Grube zurückgelassen hatte. Wenn er ihr hierher gefolgt war, und davon musste sie ausgehen, dann wusste er doch, dass sie nicht allein hier oben gewesen war. Ihm musste doch klar sein, dass Vater und Sohn Demoireau früher oder später zurückkehren würden. Warum ging er das Risiko ein, dass sie ihn identifizieren konnte?

Sie schüttelte den Gedanken ab. Um das Warum konnte sie sich später kümmern, jetzt musste sie als Erstes Fondette und Caprisco daran hindern, mit der Beute zu verschwinden.

Molly zog an der Tür, doch die gab nicht nach, der Riegel war von außen vorgelegt. Selbst wenn es ihr gelänge, ihn aufzubrechen, saßen die Türflügel immer noch bombenfest in ihrem Falz, und sie hatte auf der Innenseite keinen Griff, mit dem sie sie anheben konnte.

Die Schaufel! Sie schob das Blatt unter den Türspalt und hebelte das Türblatt nach oben. Nun war es frei, doch der Riegel an der Außenseite verhinderte, dass es aufschwang. Molly ließ die Schaufel im Falz stecken und holte ein Holzscheit von dem Stoß in der hinteren Ecke. Sie klemmte es quer unter das Schaufelblatt und benutzte es als Gelenk für einen improvisierten Hebel. Nun hatte die Schaufel deutlich mehr Kraft, die nach innen und oben drückte, und splitternd gab der Riegel draußen nach. Helles Sonnenlicht fiel herein und trieb ihr die Tränen in die Augen.

Molly stürzte hinaus und den Hang hinunter in die Richtung, in die ihr Handy geflogen war. Ein wenig musste sie suchen, doch dann fand sie es, mit dem Display nach unten im Gras liegend. Sie hob es auf, das Glas der Frontseite war zu einem Spinnennetz zersplittert und dunkel. Ohne große Hoffnung drückte sie den Einschaltknopf. Das Display erhellte sich, und das Handy fuhr hoch. Gesichtserkennung und Fingerabdrucksensor waren jetzt wohl hinfällig, aber den Entsperrcode konnte sie eintippen, und sofort sprang das Handy in den Bereitschaftsmodus.

Sie berührte das Telefonsymbol und wählte Demoireaus Name, der zum Glück ganz oben in der Liste stand.

»Mademoiselle Marie, was ist passiert?«, meldete sich der Commissaire sofort. »Wir sind sofort umgekehrt, als Sie angerufen …«

»Fondette war gerade hier«, unterbrach sie ihn. »Halten Sie ihn auf, er hat das Gold!«

»Monsieur du Fondette steht neben mir«, gab Demoireau zurück. »Er kam uns in einem Geländewagen entgegen, als wir gerade wieder hochwollten.«

»Und das Gold?«, fragte Molly.

Der Kommissar klang überrascht. »Er behauptet, er käme gerade von der Jagd.«

»Ja, *mon commissaire,* er war auf der Jagd nach dem Gold! Er muss es im Kofferraum haben!« Molly war jetzt wirklich aufgeregt. »Er war vorhin mit einem Komplizen hier oben, und die beiden haben das Versteck ausgeräumt. Sie müssen den Schatz bei sich haben!«

»Was sagen Sie da?« Molly hörte Demoireau heftig atmen. »Wir werden das sofort überprüfen.«

Molly setzte sich in Bewegung und eilte den Weg zurück, so schnell sie ihre schmerzenden Füße trugen. In der überwucherten Fahrspur zeichneten sich frische Reifenspuren ab. Die rostige Schranke stand offen, das Vorhängeschloss fehlte. Sie nahm die steile Abkürzung und rutschte mehr hinunter, als dass sie lief. Sie schaffte den Weg in knapp zwanzig Minuten und fand Fondette auf dem Rücksitz von Demoireaus Wagen vor. Seine Linke war mit Handschellen an den Griff über der Tür gefesselt. Als er sie erblickte, sprühten seine Augen Funken, doch er sagte nichts.

Molly lächelte ihm mit gespielter Freundlichkeit zu und ging hinüber zu Jules und dem Commissaire, die sich über den Kofferraum des großen Geländewagens beugten. Demoireau hatte Caprisco den Arm auf den Rücken gedreht und hielt ihn so in Schach, mit der anderen Hand telefonierte er.

»Um Gottes willen, wie sehen Sie denn aus?«, fragte er erschrocken, als er sie erblickte. Um ein Haar hätte er Capriscos Arm losgelassen. Doch als dieser Anstalten machte, sich zu befreien, fasste er wieder fester zu.

»Die beiden Herren hier haben mich oben an der Hütte überrascht und niedergeschlagen«, erklärte Molly. »Sie fesselten und knebelten mich, und als sie mit dem Heben des Schatzes fertig waren, warfen sie mich in die Grube.«

»Sind Sie verletzt?« Demoireau musterte sie prüfend von Kopf bis Fuß.

»Es ist nicht so schlimm«, antwortete Molly und ignorierte den hämmernden Kopfschmerz und ihre wunden Fuß- und Handgelenke.

»Lassen Sie mal sehen«, sagte Jules und nahm ihre Hände. Ihre Handgelenke begannen bereits, sich blau zu färben, und Jules schluckte schwer.

»Es ist nicht schlimm«, wiederholte Molly. »Mir geht es gut, es ist ja nichts passiert.«

»Nichts passiert?« Der Commissaire war jetzt sehr zornig. »Körperverletzung, Nötigung, Freiheitsberaubung und vielleicht sogar versuchter Mord. Das ist nichts?«

»Nichts, was nicht mit einer heißen Dusche zu heilen wäre«, antwortete Molly leichthin. Sie hatte es noch nie gemocht, wenn um sie ein Getue gemacht wurde.

»Vor Gericht sagen Sie aber hoffentlich etwas anderes aus«, gab Demoireau zurück und grinste schief.

»Wir werden sehen.«

Molly warf einen Blick in den Geländewagen. Es sah aus wie in Ali Babas Schatzhöhle, eine riesige Menge aus Goldmünzen türmte sich da auf. Fünfer, Zehner, Zwanziger und sogar einige Fünfziger aus Gold glänzten hell wie am ersten Tag. Sie bildeten einen richtigen Berg in der großen Golftasche, die auf dem Boden des Kofferraums stand.

»Wie viel das wohl wert ist?«, überlegte Molly laut.

»Der Preis für Gold beträgt ungefähr tausend Euro pro Unze. Wenn das dreißig Kilogramm sind, dann ist das rein vom Goldwert her eine Million Euro«, antwortete Jules. Der alte Lehrer war im Kopfrechnen offenbar immer noch der Schnellste.

»Die Münzen sind aber mit Sicherheit mehr wert als der reine Goldpreis«, setzte Demoireau hinzu.

»Das sind zweihunderttausend Goldfranc und fast sechzig Kilogramm Gold«, rief Fondette vom Wagen aus. »Und es gehört mir!«

»Das werden wir noch sehen«, antwortete Demoireau trocken. »Es ist die Beute aus einem Bankraub, und die gehört erst einmal dem Staat, mein Herr.«

»Das Gold wurde meinem Urgroßvater geraubt, und damit ist es rechtlich mein Eigentum!« Fondette gab sich noch immer nicht geschlagen.

»Monsieur du Fondette, Sie stehen unter Verdacht, am Tod von Pierre Faber mitschuldig zu sein. Von dem, was Sie Mademoiselle Bonnieux angetan haben, will ich noch gar nicht reden.« Der Commissaire ließ sich auf keine weiteren Diskussionen ein. »Betrachten Sie sich als unter Arrest stehend.«

Eine Polizeisirene ertönte, und zwei Polizeiwagen bogen in die kleine Gasse ein. Beamte in der Uniform der *Police nationale* stiegen aus und salutierten vor Demoireau. Der übergab Caprisco dem ersten Kollegen, und dieser legte ihm Handschellen an. Zwei andere geleiteten Fondette zu einem der Polizeiautos.

»Ich will auf der Stelle meinen Anwalt sprechen«, bellte dieser wütend über die Schulter.

»Ihren Anwalt bekommen Sie früh genug zu sehen!«, rief Demoireau ihm hinterher. »Den Staatsanwalt, genau genommen«, fügte er hinzu, und Molly musste grinsen.

Die anderen Beamten begannen inzwischen, den Goldschatz in das zweite Auto zu verladen. Sie hatten eine große Kunststoffbox mitgebracht, und diese war randvoll, als sie fertig waren. Zwei Männer waren nötig, um die Kiste in den Kofferraum des Kombis zu heben.

»Wie hat Gerard Depuis diese riesige Menge Gold allein wegschaffen können?«, wunderte sich Molly.

»Sechzig Kilogramm sind kein Problem, wenn man das Gewicht richtig auf dem Rücken verteilt«, antwortete Jules.

»Bei der Olivenernte haben die Rückentragen manchmal sogar mehr Gewicht, wenn sie voll sind«, erklärte Demoireau. »Wahrscheinlich hat Gerard Depuis auch genau solch eine Rückentrage verwendet. Mit dem Motorrad konnte er bis hoch zur Hütte fahren und den Schatz verstecken. Er musste ja nicht graben, nur den Boden öffnen. Ein geniales Versteck, wenn man es genau betrachtet.«

Molly musste ihm recht geben. Die Anstrengung der letzten Stunde machte sich jetzt bemerkbar. Sie schloss kurz die Augen und schwankte. Jules bemerkte es, er ergriff fürsorglich ihren Arm und führte sie zu Demoireaus Wagen. Dankbar ließ sie sich auf den Rücksitz fallen, wo zuvor Fondette gesessen hatte, dabei stieg ihr ein schwacher Duft in die Nase: Leder und Patschuli, gemischt mit Zitrone und Zigarrenrauch – das war das Aftershave, das sie nachts an der Kapelle wahrgenommen hatte. Damit wurde auch dieser Verdacht nun zur Gewissheit.

Molly lehnte sich zurück und schloss die Augen. Einige Augenblicke später, oder waren es doch Minuten gewesen, berührte Jules sie am Arm und reichte ihr eine Flasche Wasser. Dankbar nahm Molly sie entgegen und trank mit langen Zügen.

Commissaire Demoireau kam heran und setzte sich hinter das Steuer, Jules nahm auf dem Beifahrersitz Platz.

»Ich bringe Sie jetzt zu Doktor Girardi«, sagte Demoireau über die Schulter zu ihr.

Molly öffnete den Mund, um zu widersprechen.

»Keine Widerrede«, fiel ihr der Commissaire ins Wort. »Das ist eine dienstliche Anweisung.«

KAPITEL 19

Molly verzog das Gesicht. Der Commissaire hatte natürlich recht, aber sie wollte viel lieber schlafen. Doch so weit war es noch nicht, erst musste sie die Untersuchung beim Arzt über sich ergehen lassen.

Der Doktor leuchtete in ihre Augen und Ohren, hörte sie ab, fühlte den Puls und maß ihren Blutdruck.

»Sie haben großes Glück gehabt«, sagte er anschließend zu ihr, als er vorsichtig die Wunden an ihren Handgelenken reinigte. Molly biss die Zähne zusammen und sagte nichts. Er trug eine kühlende Salbe auf, legte einen leichten Verband an und wiederholte den Vorgang mit ihren Fußgelenken.

»Bis auf die Verletzungen sind Sie geradezu unverschämt gesund, wissen Sie das?« Er lächelte sie an.

»Das hört man gern«, antwortete Molly und grinste schwach zurück. Ihre Kopfschmerzen waren verschwunden, aber sie hatte das Gefühl, wenn sie ihren Kopf zu schnell bewegte, würde er auseinanderfallen.

»Sie gehen jetzt nach Hause, trinken noch etwas und legen sich ins Bett. Und da bleiben Sie bis morgen früh, dann möchte ich Sie nochmals sehen, um eine Gehirnerschütterung auszuschließen.«

Molly war mit den Anordnungen des Arztes mehr als einverstanden. Sie stand auf und verließ das Behandlungszimmer. Demoireau wartete draußen auf sie.

»Ist alles in Ordnung mit ihr?«, fragte er den Arzt.

»*Mais oui,* aber sie hat großes Glück gehabt«, antwortete der. »Es hätte auch anders ausgehen können.« Molly mochte es gar nicht, wenn über sie gesprochen wurde, als sei sie gar nicht anwesend, aber sie war viel zu müde, um zu protestieren.

»Ich bringe Sie jetzt ins Hotel.«

Der Commissaire ergriff ihren Arm und begleitete sie zur *Bar Lavande*. Er vergewisserte sich, dass niemand im Gastraum war, dann führte er sie die Treppe hoch in ihr Zimmer und achtete darauf, dass sie sich aufs Bett legte.

»Ich sage Margot, dass sie Ihnen noch etwas zu trinken bringt.« Er sah sie aufmerksam an. »Möchten Sie auch etwas essen?«

»Nein, danke.« Molly schüttelte den Kopf.

Autsch, ein Stich hinter der Stirn bewies ihr, dass das noch keine gute Idee war. Erleichtert sank sie auf ihr Kissen und schloss die Augen.

»Ich halte Sie auf dem Laufenden«, versprach der Kommissar noch, bevor er leise die Tür schloss.

Kaum war er draußen, setzte sich Molly wieder auf. Noch konnte sie nicht schlafen, sie hatte noch etwas zu erledigen.

Sie zog ihr Handy aus der Gesäßtasche und schaltete es ein. Der Messenger ließ sich aufrufen, doch das Tippen klappte auf dem kaputten Touchscreen nicht. Immerhin funktionierte eine Sprachnachricht, die schickte sie an ihren Chef mit einer kurzen Zusammenfassung der Ereignisse. »Commissaire Demoireau von der *Police nationale* hat Claude du Fondette verhaftet, er ist im Augenblick in Carpentras in Gewahrsam«, schloss sie. »Aber die Beweislage ist dünn, er wird ihn nicht länger als vierundzwanzig Stunden festhalten können.«

Erst dann ließ sie sich in die Kissen zurückfallen und schlief auf der Stelle ein.

Mitten in der Nacht erwachte Molly vom Brummen ihres Telefons. Überrascht setzte sie sich auf und tastete nach dem Lichtschalter. Es war ein Uhr morgens. Sie stand auf, holte das

Handy vom Tisch und legte sich wieder aufs Bett. Sie konnte kaum den Namen des Anrufers hinter dem geborstenen Display erkennen, doch, es war Jeremy.

»Jeremy? Was ist los?«

»Molly? Ich habe etwas für dich, und ich glaube, das solltest du sofort wissen.« Jeremys Stimme klang aufgeregt. »Es geht um den Server in Französisch-Guayana, bis zu dem wir die präparierte Bilddatei nachverfolgt haben.«

»Ja«, sagte sie und unterdrückte ein Gähnen.

»Wir konnten das Rechenzentrum, das den Server betreibt, dem Firmennetzwerk der *Groupe BFC* zuordnen. Und du wirst nie erraten, wer als persönlich haftender Geschäftsführer dieser IT-Firma eingetragen ist.«

»Sag schon«, murmelte Molly. Sie war zu müde für Ratespielchen.

»Es ist derselbe Mann, den wir als Inhaber der *Groupe BFC* identifiziert haben.«

Molly setzte sich auf. »Wer ist es? Und wie habt ihr das herausbekommen?«

»Heute kam die Auskunft der französischen Bankenaufsicht«, antwortete Jeremy, und Molly glaubte, das Grinsen in seiner Stimme zu hören. »Ich habe selten ein so verschachteltes Firmenkonstrukt gesehen wie diese verdammte Bankengruppe. Aber ausgehend von der *Banque du Fondette* konnte auch die Geschichte der *Groupe BFC* nachvollzogen werden. Und nachdem unsere Leute all die gegenseitigen Abhängigkeiten aufgedröselt hatten, war klar, dass nur eine einzige Person an der Spitze steht: Es ist niemand anderer als Claude du Fondette. Er hat die Bank seiner Vorfahren nach und nach vergrößert, ihr immer weitere Firmen zugefügt, bis das ganze Konstrukt so komplex geworden war, dass selbst wir die Besitzverhältnisse nicht mehr nachvollziehen konnten.«

Molly atmete tief durch. »Und wie geht es jetzt weiter?«

»Ich bin mit einem Team vor Ort in Französisch-Guayana, und wir sichten gerade die Daten. Offenbar werden mithilfe der FondApp sämtliche Bilder, Textdateien und E-Mail-Adressen von den kompromittierten Handys gestohlen. Die Bilder werden analysiert und mithilfe von OCR-Software ausgewertet, während gleichzeitig die Adressen mit Adresslisten von bekannten Firmen abgeglichen werden. Auf diese Weise konnten Verträge, Pläne und Absprachen von Firmenmitarbeitern ausspioniert werden. Das wiederum verschaffte dem Betreiber der App einen enormen Informationsvorsprung beim Handel mit Aktien.«

Molly runzelte die Stirn. Wie hatte man in dem unermesslichen Wust an Daten ausgerechnet ihre harmlosen Bildchen herausfiltern können?

»Und wie komme ich ins Spiel?«, fragte sie.

»Die Mailadresse von Marie Bonnieux ist auf einer der Listen, die wir gefunden haben«, antwortete Jeremy. »Ich nehme an, dass Fondette gezielt nach den E-Mail-Adressen seiner Mitarbeiter suchen ließ. So konnte er deren Kommunikation gleich mit ausspionieren.«

Ja, die Erklärung klang sinnvoll. Sie hatte die Mailadresse bei ihrer Bewerbung angegeben und sie für unverfänglich gehalten, doch auf Charles' Handy war sie zusammen mit den Bildern, die sie ihm geschickt hatte, zu einer regelrechten Signalflagge geworden.

»Kannst du das alles denn auch beweisen?«, fragte Molly.

»Mein Mädchen, was denkst du denn?« Jeremys Stimme klang ehrlich amüsiert. »Meine Leute haben die App schon auseinandergenommen. Sobald sie wussten, wonach sie suchten, war es nicht mehr schwer, die illegalen Funktionen aufzuspüren. Du hast mal wieder ganze Arbeit geleistet!«

»Ihr aber auch«, gab Molly zurück. »Reicht das, um Fondette jetzt festzunageln?«

»Oh ja, auf jeden Fall.« Jeremys Stimme klang triumphierend. »Der Chef hat schon den zuständigen Staatsanwalt angerufen. Zum Glück gehört Französisch-Guayana zur EU und die Amtshilfe ist gewährleistet. Wir können alles sicherstellen und umfassend untersuchen.«

Molly lehnte sich erleichtert zurück.

»Übrigens habe ich auf einem der Rechner hier ein Entschlüsselungsprogramm gefunden«, erzählte Jeremy weiter. »Mit dem haben Fondettes Leute in Französisch-Guayana wohl deinen verschlüsselten Hinweis dechiffriert.«

»Oha«, machte Molly. »Ich hätte nicht gedacht, dass das bei einem so kurzen Geheimtext überhaupt möglich ist.«

»Mit einem guten Computer und dem entsprechenden Programm ist das kein Problem«, sagte Jeremy und lachte. »Wenn man Schlüssel und Klartext gegen ein französisches Wörterbuch laufen lässt, dauert das höchstens eine halbe Stunde.«

Er klang ein wenig herablassend, fand Molly. Offenbar war das Dechiffrieren von Hand, ohne Unterstützung eines Computers, für ihn außerhalb jeglicher Vorstellungskraft. Aber nun war Molly auch klar, wie Fondette und Caprisco so schnell bei der Cabanon du Belle Vue gewesen sein konnten. Während sie noch geplant hatte, ihm dort eine Falle zu stellen, in die er nichtsahnend laufen würde, hatte er den Hinweis bereits entschlüsselt und das Versteck gefunden. Es schien, als hätte sie Fondette gründlich unterschätzt. Sie konnte froh sein, dass das Abenteuer so glimpflich ausgegangen war.

Jeremy war noch nicht fertig. »Übrigens habe ich hier auch etwas zu Fabian Caprisco, den hattest du doch auch angefragt, oder?«

»Ja, was ist mit ihm?«, fragte sie.

»Er arbeitet als Facility Manager in Claude du Fondettes Villa in Aix-en-Provence.« Jeremy lachte polternd. »Es ist sein Hausmeister.«

Molly stimmte in sein Lachen mit ein. Hätte sie diese Information früher gehabt, wäre die Spur zu Fondette von Anfang an klar gewesen. Aber darüber zu grübeln, brachte nun auch nichts mehr.

»Dein Job ist damit übrigens erledigt. Aber ich soll dir vom Chef ausrichten, du kannst noch bleiben und ein paar Tage Urlaub machen.«

Molly schmunzelte. Ihr Chef wusste es zwar nicht, aber sie hatte hier tatsächlich noch etwas zu tun.

Jeremy verabschiedete sich, ohne sich für die nächtliche Störung zu entschuldigen.

Molly stellte fest, dass sie in ihren Kleidern geschlafen hatte. Jetzt war sie hellwach und ging ins Bad. Sie schälte sich aus den staubigen Sachen und stellte sich unter die Dusche. Außer ihr war niemand auf der Etage. Sie hoffte, dass sie Lilou nicht weckte, die das Zimmer genau über ihr hatte, aber sie ertrug das staubige Gefühl auf ihrer Haut keine Minute länger. Der modrige Geruch des Kellerlochs klebte an ihr, und sie wollte ihn so rasch wie möglich loswerden.

Sie schrubbte ihre Haut so fest, als könnte sie damit auch die Erinnerung an die Minuten der Angst in ihrem Verlies wegwaschen, die Angst, die sie zuvor nicht zugelassen hatte, die sie aber nun mit voller Wucht einholte. Endlich stieg sie aus der Dusche und trocknete sich ab. Dann goss sie sich ein Glas Wasser ein und setzte sich in dem langen T-Shirt, das sie zum Schlafen trug, ans offene Fenster. Ein lauer Wind bewegte die Vorhänge und trug die Gerüche der Provence zu ihr herein: Lavendel, Thymian und die schwere Süße einer Blüte, die sie nicht kannte.

Mit dem Glas in der Hand ließ sie den Tag noch einmal Revue passieren. Wäre sie tatsächlich allein an der Cabanon Belle Vue gewesen und hätte es nicht geschafft, sich zu befreien, wäre sie in diesem Loch gestorben, verhungert und verdurstet, und wohl erst Wochen später gefunden worden, wenn der Gestank ihrer verwesenden Leiche einen zufällig vorbeikommenden Wanderer alarmiert hätte. Rasch verdrängte sie den Gedanken daran. Sie ging zurück ins Bett und war kurze Zeit später tief und fest eingeschlafen.

Die Nacht hatte Mollys Kräfte wiederhergestellt, und sie fühlte sich wie neu geboren. Heute brauchte sie keine Verkleidung. Sie bürstete ihr Haar aus und ließ es offen über die Schultern fallen, zog eine helle Leinenhose und eine Seidenbluse an und ging hinunter in den Gastraum.

Ihr Frühstück wartete schon auf sie an ihrem angestammten Platz, aber zuerst ging sie hinaus auf die Terrasse und schaltete ihr Telefon ein. Eine Nachricht von Charles war auf ihrem Messenger, die sie nur mit viel Mühe hinter dem gesplitterten Display entziffern konnte: Er hatte Gerards letzten Hinweis entschlüsselt. Schaffte das eigentlich jeder außer ihr mit solcher Leichtigkeit?

Sie tippte auf Charles' Avatar und nutzte die Spracherkennung des Telefons, um ihm zurückzuschreiben. Auf ihre Gefangenschaft und die Gefahr, in der sie geschwebt hatte, ging sie nicht näher ein, aber von der verbrecherischen App und der Aufklärung der Sache berichtete sie ihm ausführlich. Sie hoffte, dass die Autokorrektur den Text nicht völlig verstümmelte, denn sie konnte kaum lesen, was sie geschrieben hatte.

Anschließend kehrte sie in den Gastraum zurück und wünschte Margot einen guten Morgen, die gerade frischen Kaffee an ihren Tisch brachte.

Während sie den letzten Bissen des Croissants in den Mund schob, öffnete sich die Tür, und Commissaire Demoireau kam herein. Er trug sein Uniformhemd und sah sich ganz polizeimäßig im leeren Gastraum um, bevor er an ihren Tisch kam und sich ungefragt auf den Stuhl gegenübersetzte.

»Haben Sie gut geschlafen?«, fragte er.

»Ja, sehr gut«, antwortete Molly. »Danke übrigens für ihr Vertrauen gestern Nachmittag. Hätten Sie nicht so schnell reagiert, wäre uns Fondette wohl durch die Lappen gegangen.«

»Keine Ursache«, antwortete der Commissaire und grinste schief. »Im Nachhinein habe ich mir große Vorwürfe gemacht, weil wir Sie da oben allein gelassen haben.«

»Sie konnten ja nicht ahnen, dass mir Fondette so dicht auf der Spur war«, beschwichtigte ihn Molly.

»Trotzdem, wir hätten vorsichtiger sein müssen.«

Er winkte Margot, und sie brachte ihm ebenfalls eine Tasse Kaffee. Er schüttete drei Päckchen Zucker hinein und rührte heftig um.

»Gibt es inzwischen im Fall Pierre Faber etwas Neues?«, fragte Molly.

»Ich war heute Morgen bei Madame Faber, der Mutter von Pierre«, berichtete der Commissaire.

»Ich dachte, sie ist völlig dement?«

»Ja, das ist sie wohl«, antwortete Demoireau. »Aber was die Vergangenheit betrifft, ist sie erstaunlich klar.« Er sah Molly an. »Es ist genau so, wie Sie vermutet haben. Die Geschichte von Gerard Depuis und seinem Bankraub war immer ein Thema in dieser Familie. Pierres Großmutter war die Schwester von Gerard Depuis. Sie hat ihren Bruder vergöttert und ihn zeit ihres Lebens als Helden betrachtet. Das hat sie so auch ihrer Tochter und ihrem Enkel erzählt. Pierre konnte sich also denken, was der Gaunerzinken an der Kirchenwand zu bedeuten hatte. Wir können davon ausgehen, dass er das Erbe seines Großonkels antreten wollte, nachdem Sie ihm das Zeichen zeigten.«

»Das wäre doch ein Motiv für Fondette, meinen Sie nicht?«, fragte Molly. »Er denkt ja immer noch, das Gold gehöre ihm.«

Der Commissaire nickte. »sein Urgroßvater hat offenbar Aufzeichnungen zu dem Goldraub hinterlassen«, sagte er und nahm einen Schluck von seinem Kaffee. »Wahrscheinlich ist Fondette an jenem Sonntag zur Kapelle gefahren, um nach einem Hinweis zum Versteck des Goldes zu suchen.«

»Und Pierre hat ihn dort angetroffen, als er gerade den Gaunerzinken studierte.«

»Oder sie haben sich dort verabredet. Vielleicht hatte Pierre ja auch den Auftrag, auf genau so etwas zu achten.« Demoireau seufzte.

»Was sagt denn Fondette dazu?«, wollte Molly wissen. »Haben Sie ihn schon befragt?«

»Nein, leider konnte ich das nicht«, sagte der Commissaire und schnitt eine Grimasse. »Heute Morgen stand nämlich ein Team von Leuten aus Brüssel in meiner Dienststelle und hat jede Menge wichtig aussehender Dokumente vorgelegt. Ich nehme an, das waren Ihre Kollegen?« Er klang frustriert, offenbar mochte er es genauso wenig wie sie selbst, wenn sich jemand in seine Arbeit einmischte.

»Ja, natürlich«, antwortete Molly. »Ich habe letzte Nacht Nachricht bekommen, dass alle notwendigen Beweise sichergestellt werden konnten, um ihn wegen Wirtschaftsspionage anzuklagen.«

»Immerhin hat man mir zugesagt, dass ich ihn heute Nachmittag vernehmen kann«, sagte der Kommissar. »Meine Aufgabe ist es nämlich immer noch, den Tod von Pierre Faber aufzuklären«, sprach er weiter. »Finanzbetrug ist eine Sache, aber das Leben eines Menschen auf dem Gewissen zu haben, ist eine ganz andere. Auch wenn unsere Gerichte das offenbar nicht so sehen.« Demoireau blickte finster drein.

»Ich glaube ehrlich gesagt nicht, dass Fondette wirklich ein Mörder ist«, sagte Molly langsam.

»Ich bitte Sie, den wenigsten Mördern sieht man es an, dass sie Mörder sind.«

»Das meine ich nicht.« Molly schaute dem Commissaire in die Augen. »Er hätte mich gestern töten können oder seinen Helfer damit beauftragen, mich zu töten. Er hat es nicht getan, obwohl ihm klar gewesen sein muss, dass es ein Risiko darstellt, mich am Leben zu lassen.«

»So gesehen haben Sie recht«, sagte Demoireau. »Vielleicht ist er doch nicht so kaltblütig, wie er erscheint.«

Molly nickte. Fondette mochte ein skrupelloser Geschäftsmann sein, aber offenbar brachte er es nicht über sich, einen Menschen eigenhändig zu töten.

Demoireau trank seinen Kaffee aus und erhob sich. »Soll ich Sie nach Carpentras mitnehmen?«, fragte er. »Sie werden sicher mit Ihren Leuten sprechen wollen.«

»Das wäre sehr nett.« Molly erhob sich ebenfalls. »Ich muss mir aber vorher ein neues Telefon besorgen«, meinte sie und zeigte ihm das kaputte Display.

»Das sollte kein Problem sein«, versprach er ihr.

Doch zuvor musste Molly nochmals zu Doktor Girardi. Er erneuerte die Verbände an ihren Handgelenken und bescheinigte ihr, keine bleibenden Schäden davongetragen zu haben.

»Sie haben wirklich großes Glück gehabt«, betonte er erneut. »Hätte er Sie genau an der Schläfe getroffen, könnten Sie jetzt tot sein.«

»Das hat er aber nicht«, gab Molly zurück. Sich über das, was hätte passieren können, auch noch Gedanken zu machen, brachte nichts. Es war vorbei.

KAPITEL 20

Demoireau brachte sie in Carpentras zu einem Handyladen, wo sie das neueste Modell ihres alten Telefons auswählte. Sie zahlte mit Kreditkarte und schob die SIM-Karte in den Schlitz. Der Angestellte in dem Laden bot ihr an, die Daten vom alten Telefon zu überspielen, doch Molly lehnte dankend ab. Noch im Laden verband sie sich mit dem Internet, und zehn Minuten später war ihr neues Handy ein exakter Klon des alten, inklusive aller Bilder, E-Mails, Nachrichten und sonstiger Daten, die darauf gespeichert waren. Jeremys Cloud war für solche Dinge wirklich nützlich.

Es war Punkt ein Uhr, als sie auf den Parkplatz des Polizeigebäudes einbogen. In dem alten Gebäude war es dämmrig und kühl, und es roch nach Bohnerwachs. Demoireau führte Molly einen langen Gang im Erdgeschoss entlang zu einer verschlossenen Tür, vor der ein junger Mann auf einem Stuhl saß. Er sprang auf, als sie näher kamen.

»Miss Preston, *nice to see you*«, begrüßte er sie und reichte ihr die Hand.

»Mister Finch, *how are you?*«, antwortete Molly. Sie kannte den jungen Mann nur vom Sehen. Er gehörte zu den Leuten vom Innendienst, die für die juristischen Dinge zuständig waren, und normalerweise hatte sie nicht viel mit ihm zu tun.

»Die anderen sind gerade drinnen beim Verhör, möchten Sie dabei sein?«, fragte er dienstbeflissen.

»Nein, danke«, antwortete Molly. Sie würde noch öfter als verdeckte Ermittlerin arbeiten, und je weniger Menschen sie mit der geheimen EU-Abteilung zur Aufklärung von Wirtschaftsvergehen in Verbindung brachten, umso besser.

»Aber wir würden gern zuhören, ist das möglich?«, fragte sie.

»Ja, natürlich, Miss Preston«, sagte er und öffnete die Tür. »Aber der Commissaire …«

Demoireau holte tief Luft, um etwas zu sagen, aber Molly fiel ihm ins Wort. »Es gab hier einen Todesfall, und Commissaire Demoireau ermittelt selbst gegen Monsieur du Fondette«, erklärte sie. »Lassen Sie ihn durch, ich übernehme dafür die Verantwortung.«

Der junge Mann wurde rot und öffnete die Tür. »Bitte, Miss Preston«, sagte er und ließ sie in einen verdunkelten Vorraum eintreten. Durch eine große Glasscheibe am Ende des Zimmers konnten sie in den Verhörraum blicken. Mehrere Männer befanden sich im Raum. Fondette war unter ihnen, er saß an einem großen Tisch. Von dem einstmals eleganten Herrn war nicht mehr viel übrig. Er war unrasiert, das Haar fiel ihm in die Stirn, und sein Anzug war zerknittert. Immer wieder fuhr er sich nervös mit der Hand durch die Haare, was seine Frisur nicht verbesserte. Neben ihm saß ein kleiner dicker Mann mit Halbglatze in einem schwarzen Anzug und einer dicken Aktentasche vor sich auf dem Tisch. Offenbar der Anwalt.

»Monsieur du Fondette stellt hiermit den Antrag auf Entlassung gegen Kaution und …«, sagte er gerade.

»Monsieur du Fondette wird heute Nachmittag nach Paris überstellt«, fiel ihm ein unscheinbarer schlanker Mann auf der anderen Seite des Tischs ins Wort. »Dort bleibt er bis zur Vorverhandlung in Gewahrsam, die höchstrichterliche Anordnung liegt bereits vor.« Er reichte dem Anwalt ein offiziell aussehendes Stück Papier.

Der Anwalt musterte es, zog die Augenbrauen hoch und reichte es zurück. »Dann sehen wir uns in Paris wieder«, erklärte er beiläufig. »Gibt es schon einen Termin für die Verhandlung?«

Fondette fuhr herum und funkelte seinen Anwalt böse an. »Können Sie denn gar nichts dagegen tun?«, zischte er ihn an.

»Es tut mir leid, Monsieur du Fondette, aber momentan sind mir die Hände gebunden«, antwortete dieser und sah seinen Arbeitgeber schuldbewusst an. »Soweit ich sehe, ist das alles hieb- und stichfest.«

»Wofür bezahle ich Sie überhaupt?«, fauchte Fondette.

»Wenn es etwas gibt, das Sie entlasten kann, dann werden wir es finden«, beruhigte ihn der Anwalt. »Vertrauen Sie mir.«

Fondette lachte bitter auf, schüttelte den Kopf und lehnte sich in seinem Stuhl zurück. Offenbar glaubte er selbst nicht mehr an einen Beweis seiner Unschuld. Ihm musste klar sein, dass die Programmierer der FondApp kaum die Schuld an dem Datendiebstahl auf sich nehmen würden. Und da er als Geschäftsführer der Hosting-Firma in Französisch-Guayana fungierte, unter deren Deckmantel die Daten ausgewertet wurden, konnte er die Verantwortung nicht abstreiten. Noch dazu gehörte diese Firma einer Tochtergesellschaft der *Groupe BFC*, womit sich der Kreis wieder schloss.

Im Verhörraum herrschte nun Aufbruchsstimmung, Stühle wurden gerückt, und der schlanke Mann schüttelte dem Anwalt die Hand. Die Tür öffnete sich, und Molly trat einen Schritt zurück in den Schatten. Für Fondette war sie nach wie vor die Studentin Marie Bonnieux, die nach einem alten Goldschatz gesucht hatte, und das sollte auch in Zukunft so bleiben.

Fondette achtete gar nicht auf sie, sondern stürmte nach draußen, wo er von zwei Beamten in Uniform in Empfang genommen wurde. Das Licht im Vorraum ging an, und der Mann, der das Verhör geführt hatte, wandte sich Molly und dem Commissaire zu.

»Miss Preston, schön dass Sie hier sind«, begrüßte er sie.

»Mister Locklear, guten Tag«, antwortete sie. »Sie kennen Commissaire Demoireau bereits?«

»Ja, wir hatten bereits das Vergnügen«, antwortete Locklear. Demoireau nickte und verzog das Gesicht.

»Er gehört Ihnen«, wandte sich Locklear Demoireau zu. »Zumindest bis sechzehn Uhr, dann wird er nach Paris überstellt.«

»Sie wissen aber schon, dass wir hier einen Todesfall haben?«, erwiderte Demoireau sarkastisch. »Wenn wir Fondette eine Beteiligung nachweisen können, wird das hoffentlich hier verhandelt.«

»Das zu entscheiden liegt nicht in meiner Zuständigkeit«, antwortete Locklear ausweichend. »Wir sind nur für die Aufklärung des Datendiebstahls und der Finanzvergehen zuständig.«

»Ist es nicht egal, wo er verurteilt wird?«, warf Molly ein. »Die Hauptsache ist doch, er wird überführt und aus dem Verkehr gezogen!«

»Ja, natürlich«, gab ihr Demoireau recht. »Aber für Pierres Familie ist es wichtig zu wissen, dass Fondette bestraft wird, falls ich ihm eine Schuld nachweisen kann.«

Molly nickte zustimmend. »Sind Sie vielleicht auf etwas gestoßen, das Mosieur Demoireau dabei helfen kann?«, wandte sie sich an Locklear.

»Das hier haben wir heute Vormittag in Fondettes Schreibtisch in seiner Wohnung in Paris gefunden. Vielleicht können Sie es gebrauchen.« Mit diesen Worten reichte Locklear dem Commissaire ein altes ledergebundenes Buch.

Der schlug es auf und überflog die erste Seite. »Ich glaube, hier werden wir unsere Beweise finden«, frohlockte er und reichte das Buch Molly.

»Was ist das?«, fragte sie und blätterte die Seiten um.

Sie sah handgeschriebene Zeilen in einer kühnen steilen Schrift, die nur schwer zu entziffern war. Auf der Seite, die zufällig aufgeklappt war, stand ein Datum, der 6. April 1912. Das Papier war blütenweiß, die Tinte tiefschwarz, als ob das Buch seit hundert Jahren nicht geöffnet worden war. Sie hielt Jerôme du Fondettes Tagebuch in der Hand.

»Das ist wunderbar, danke«, sagte sie zu Locklear.

»Ich dachte mir schon, dass Ihnen das gefallen wird«, antwortete er und nickte ihr zu.

Er verabschiedete sich und verließ zusammen mit Commissaire Demoireau den Verhörraum, der nun etwas besänftigt schien. Molly setzte sich auf die Bank im Flur und begann zu lesen.

Unter dem Datum im April fand sie, was sie suchte: Jerôme du Fondette beschrieb den Protest der Landbevölkerung gegen seine unlauteren Geschäftsgebaren, die er mit der Überheblichkeit des reichen Bankiers abtat, er erwähnte das Treffen mit Depuis und den Plan, das Gold beiseitezuschaffen. Mollys Vermutung bestätigte sich: Fondette und Depuis waren trotz ihrer so unterschiedlichen Interessen zu Komplizen geworden. Rasch überging sie einige private Einträge, überblätterte ein paar Seiten, bis sie Mitte Mai wieder auf etwas Interessantes stieß.

Fondette berichtete von einem neuerlichen Treffen mit Depuis, bei dem man offenbar die Einzelheiten festlegte. Die Menge des Goldes wurde auf sechzig Kilogramm geschätzt, und Depuis versicherte, sich um alles zu kümmern. Nur das Versteck wollte er um keinen Preis vorab verraten, das sei seine Lebensversicherung, sagte er, und Fondette war kurz davor, die Sache platzen zu lassen. Doch Depuis versprach, nach dem erfolgreichen Abschluss des Überfalls einen Hinweis in der Kapelle anzubringen, sodass Fondette den Schatz finden könne, während Depuis bereits im Ausland in Sicherheit war. Sobald Gras über die Sache gewachsen sei, sollte Fondette im Gegenzug das Gold an die Überbringer der alten Goldquittungen auszahlen.

Molly ließ das Buch sinken. Gerard Depuis war ein hochintelligenter junger Mann gewesen, doch was sein Vertrauen in Jerôme du Fondette betraf, erwies er sich als erstaunlich naiv. Hatte er wirklich gedacht, der alte Fondette würde sich so einfach von seinem Gold trennen? Doch halt, Depuis hatte ja durch den erfolgreichen Überfall ein Druckmittel in der Hand, überlegte Molly. Nur mit seiner Erschießung hatte er nicht gerechnet.

Molly las weiter, und beim Lesen weiteten sich ihre Augen. Fondette schrieb von einer Zusammenkunft mit Miquèl Lombard, dem Polizisten. »Wie leicht die Menschen doch zu kaufen sind, wenn man nur weiß, was sie fürchten«, stand darunter.

Gegen das Versprechen, ihn vor der Armee zu bewahren, ließ sich Lombard nach dem Überfall auf die Bank überreden, das Problem Gerard Depuis aus der Welt zu schaffen, wie am 24. Mai 1912 zu lesen war. Es war der Tag, an dem Depuis von Miquèl Lombard erschossen worden war.

Molly klappte das Buch zu. Sie hatte genug gelesen. Der alte Fondette hatte gar nie vorgehabt, das Gold mit den betrogenen Bauern zu teilen. Er hatte Gerard Depuis benutzt und ihn anschließend eiskalt ermorden lassen. Und sein Enkel war keinen Deut besser. Claude du Fondette hatte all das gewusst. Er wollte das Gold seines Großvaters finden, und wer ihm dabei in die Quere kam, wurde aus dem Weg geräumt.

Molly stand auf und machte sich auf die Suche nach Commissaire Demoireau. Sie fand ihn in seinem Büro, er legte gerade den Hörer auf.

»Ich glaube, damit können wir ihn festnageln«, sagte Molly und legte das Buch vor Demoireau auf den Tisch. Mit kurzen Worten berichtete sie, was sie gelesen hatte.

»Das klingt gut«, stimmte der Commissaire ihr zu. »Zumindest kann Fondette jetzt nicht mehr abstreiten, von der zweifelhaften Herkunft des Goldes gewusst zu haben.«

»Wo ist das Gold jetzt eigentlich?«, fragte Molly.

»In der Filiale der Banque de France hier in Carpentras«, antwortete der Kommissar. »Die Bankenaufsicht ist verständigt und wird versuchen, die Besitzverhältnisse zu klären.«

»Die sind an dem Tagebuch sicher auch interessiert.«

»*Mais oui,* ganz bestimmt«, sagte der Commissaire und erhob sich. »Ich muss gehen, die Vernehmung von Fondette beginnt in fünf Minuten. Möchten Sie dabei sein?«

Molly nickte »Ja, ich würde gern zuhören.«

Demoireau zwinkerte ihr zu. »Gefallen gegen Gefallen. Kommen Sie mit!«

Das Verhör fand im gleichen Raum statt wie zuvor, und Molly saß erneut in dem dunklen Vorraum hinter der Glasscheibe. Über den Lautsprecher konnte sie jedes Wort hören, das im Raum gesprochen wurde, und sie richtete sich auf eine längere Wartezeit ein. Aber dann ging es doch überraschend schnell.

Als Commissaire Demoireau das ledergebundene Tagebuch vor Fondette auf den Tisch legte, riss der Bankier die Augen auf. Angesichts der Anklage wegen Industriespionage und Datendiebstahl war er kühl und überheblich geblieben, doch jetzt brach er zusammen.

»Woher haben Sie das?«, stammelte er.

»Das haben die Kollegen bei Ihnen zu Hause gefunden«, antwortete Demoireau ungerührt. »Wollen Sie immer noch behaupten, das Gold stünde Ihnen zu?«

Fondette rang nach Luft, offenbar fehlten ihm die Worte.

»Aber das Gold interessiert mich an der Sache gar nicht«, fuhr der Commissaire kühl fort. »Ich möchte wissen, wie Pierre Faber zu Tode gekommen ist.«

»Damit habe ich nichts zu tun«, verteidigte sich Fondette.

»Wollen Sie etwa behaupten, Sie wären nicht zusammen mit ihm in der Kapelle gewesen?«

»Das müssen Sie mir erst einmal beweisen«, gab Fondette schnippisch zurück. Offenbar bekam er wieder Oberwasser.

»Wir haben den Schlüsselmacher ausfindig gemacht, bei dem Sie den Schlüssel zur Kapelle haben nachmachen lassen«, eröffnete ihm Demoireau. »Und wir haben Fußabdrücke in der Kapelle gefunden. Ich bin mir sicher, wenn wir Ihre Schuhe untersuchen, werden wir nachweisen können, dass Sie ebenfalls da waren«, fuhr er fort.

Fondette starrte die Tischplatte an und fuhr sich schon wieder durchs Haar. Schließlich fasste er offensichtlich einen Entschluss.

»Ja, ich war dort«, gab er zu. »Ich wollte das geheime Zeichen sehen, von dem mein Urgroßvater in dem Tagebuch geschrieben hat. Da kam Pierre in die Kapelle und faselte etwas von seinem Onkel und dass das Gold den Leuten aus Mirocène gehörte. Lächerlich!«

»Und was ist dann passiert?«

»Er hat sich furchtbar aufgeregt und wollte sich gar nicht beruhigen. Plötzlich ist er gestolpert und rücklings hingefallen. Ich schwöre, ich habe ihn nicht angefasst!« Die Stimme des Bankiers klang jetzt ehrlich verzweifelt.

»Was haben Sie daraufhin gemacht?«, hakte der Kommissar nach.

»Ich bin in Panik geraten, als ich ihn dort so liegen sah. Da war so viel Blut um seinen Kopf! Ich habe die Nerven verloren und bin davongelaufen.« Ehrliche Zerknirschung lag in Fondettes Stimme.

»Zuvor haben Sie noch die Kirchentür abgeschlossen«, hielt ihm der Commissaire vor.

»Eine Kurzschlusshandlung, ich war nicht Herr meiner Sinne«, verteidigte sich Fondette.

»Pierre hat zu diesem Zeitpunkt noch gelebt«, betonte Demoireau ernst. »Hätten Sie Hilfe geholt, anstatt davonzulaufen, könnte Pierre heute noch leben.«

»Das wollte ich nicht«, sagte Fondette leise und blickte den Commissaire nicht an.

»Ihre Reue kommt ein wenig spät«, antwortete dieser. »Wenn Sie von Anfang an die Wahrheit gesagt hätten, könnte man Ihnen das vielleicht sogar glauben. Aber Ihnen war der Goldschatz wichtiger als das Leben eines Menschen.«

Demoireau starrte den Bankier unter zusammengezogenen Brauen an. Fondette schwieg.

»Und der Angriff auf Mademoiselle Bonnieux, war das auch eine Kurzschlusshandlung?«, wollte der Commissaire wissen.

»Damit habe ich nichts zu tun«, rief Fondette. »Das war ganz allein Caprisco, ich wollte das gar nicht!«

»Aber Sie haben auch nichts dagegen unternommen«, widersprach ihm Demoireau. »Sie hätten Mademoiselle Bonnieux' Tod kaltblütig in Kauf genommen, nur um das Gold behalten zu können!«

Fondette schüttelte den Kopf, aber er sagte nichts, er starrte nur auf die Tischplatte vor sich.

»Abführen«, befahl der Kommissar. »Wir setzen ein Geständnis auf, das Sie bitte unterschreiben. Das ist das Einzige, was Ihnen vor Gericht noch helfen kann.«

»Aber ich bin doch kein Mörder«, jammerte Fondette. Jegliche Überheblichkeit war aus seiner Stimme gewichen.

»Zumindest wegen unterlassener Hilfeleistung an Pierre Faber werden Sie sich verantworten müssen. Und wegen Beihilfe zur Körperverletzung und Freiheitsberaubung im Fall von Marie Bonnieux.«

Die Stimme von Commissaire Demoireau war hart, und Molly gab ihm im Stillen recht. Fondette war vielleicht kein Mörder, aber er war ein skrupelloser, geldgieriger Mensch, der für seine Taten zur Verantwortung gezogen werden musste.

»Schaffen Sie ihn raus, ich will ihn nicht mehr sehen«, sagte Demoireau zu den beiden Beamten, die an der rückwärtigen Wand standen.

Sie nahmen Fondette zwischen sich und verließen den Verhörraum durch eine Tür in der hinteren Ecke. Der Commissaire betrat den Vorraum, in dem Molly wartete. Er öffnete ihr die Tür zum Flur und ließ sie vorangehen.

»Sind Sie zufrieden, Miss Preston?«, fragte er sie.

»Natürlich! Sie haben das ganz hervorragend gemacht.«

Er musste lachen, aber er wurde schnell wieder ernst. »Dank Ihrer Vorarbeit war das nicht mehr schwierig«, winkte er ab. »Was werden Sie jetzt tun?«

»Ich habe noch ein paar Tage Urlaub, die werde ich in aller Ruhe bei Margot und Jacques in der *Bar Lavande* verbringen«, antwortete Molly. »Es ist so schön hier, aber außer der Kapelle und dem Campingplatz habe ich noch nicht viel von der Gegend gesehen.«

»Das ist eine gute Idee«, stimmte Demoireau ihr zu. »Ich hoffe, Sie haben nichts dagegen, wenn ich Sie in den nächsten Tagen nochmals aufsuche, Miss Preston?«

»Aber nein, ganz im Gegenteil, ich würde mich sogar sehr freuen, mon Commissaire«, antwortete sie ehrlich. »Aber bitte tun Sie mir einen Gefallen und nennen Sie mich weiterhin Marie, ja?«

»Das kann ich gerne tun, Marie.« Er reichte Molly die Hand. »Ein Kollege bringt Sie zurück nach Mirocène, er wartet draußen«, teilte er ihr noch mit. »Ich muss mich jetzt an den Papierkram machen«, setzte er mit einem wehmütigen Seufzen hinzu.

KAPITEL 21

Im Hotel angekommen, lief Molly Lilou in die Arme, die sie erstaunt von oben bis unten musterte. Molly hatte völlig vergessen, dass ihr Outfit heute nicht zu ihrer Rolle als Marie Bonnieux passte.

»Es stimmt also wirklich?«

»Was meinst du?« Molly sah das Mädchen fragend an.

»Ich habe heute Morgen gehört, wie du dich mit Monsieur le Commissaire unterhalten hast«, sagte Lilou und wurde rot. »Du bist wirklich Polizistin und keine Studentin aus Paris!«

Einen Moment lang zögerte Molly, dann nickte sie. Lilou war fast so etwas wie eine Freundin geworden, sie brachte es nicht übers Herz, sie anzulügen. »Ja, es stimmt«, gab sie zu. »Ich bin in Wahrheit als Ermittlerin tätig. Aber bitte hänge es nicht an die große Glocke.«

»Bestimmt nicht!« Lilous Augen leuchteten. »Kannst du mir erzählen, wie das so ist?«, fragte sie und zog sie in den leeren Gastraum.

»Was möchtest du denn wissen?«

»Alles!« Lilou strahlte sie an. »Ich habe immer davon geträumt, Polizistin zu werden, aber meine Eltern meinten, der Polizeidienst wäre nichts für ein Mädchen.«

»Was für ein Unsinn!« Molly schüttelte den Kopf. »Sobald du deinen Abschluss hast, kannst du dich an der Polizeiakademie bewerben. Die Aufnahmeprüfungen sind sehr hart, aber wenn du es wirklich möchtest, dann solltest du es auch versuchen!«

»Meinst du, ich schaffe das?« Lilou sah sie hoffnungsvoll an.

Molly musterte die junge Frau. Sie war nicht sehr groß und eher zierlich, aber sie wusste aus eigener Erfahrung, dass das gar nichts zu sagen hatte. Zielstrebigkeit, Offenheit, ein Gefühl für Logik und Zusammenhänge und nicht zuletzt die Begeisterung für den Beruf waren viel wichtiger.

»Ganz bestimmt schaffst du das«, sagte sie warm. »Ich habe gar keinen Zweifel.«

»Lilou, wo steckst du denn?«, erklang Margots Stimme aus der Küche.

Lilou zwinkerte Molly zu. »Aber erst muss ich sehen, was meine Tante von mir will«, sagte sie kichernd und verschwand hinter der Theke.

Molly eilte nach oben und zog sich um. Jeans und eine einfache Bluse, ein Tuch, um die Haare zurückzubinden, und die alte Umhängetasche aus Leinen, so verwandelte sie sich mit wenigen Handgriffen wieder in Marie Bonnieux. Sie zog ihre Trekkingstiefel an und lief die Treppe hinunter. Auf dem Weg nach draußen begegnete sie Margot.

»Marie, schön, dass es Ihnen wieder besser geht!« Die Freude der Wirtin war ehrlich.

»Danke, Margot«, antwortete Molly. »Ist es in Ordnung, wenn ich noch ein paar Tage hierbleibe?«

»*Mais oui,* natürlich können Sie noch bleiben, wir würden uns freuen!« Margot strahlte. »An der Kapelle wird es wohl so schnell nicht weitergehen.«

»Das fürchte ich auch«, antwortete Molly. Sie fand es wirklich schade, aber Abbé Maréchal würde die Pläne zur Renovierung der kleinen Kirche wohl begraben müssen.

»Ich wollte bis zum Abendessen noch ein wenig wandern gehen«, sagte Molly und deutete nach draußen, den Berg hoch.

»Dann wünsche ich viel Spaß!«, gab Margot zur Antwort und wandte sich wieder der Küche zu.

Molly verließ die *Bar Lavande* und wandte sich nach rechts. Sie hatte kein bestimmtes Ziel, aber ohne ihr Zutun fand sie sich auf dem Wanderweg zur Kapelle wieder. Sie schritt kräftig aus und atmete die warme Luft in tiefen Zügen. Die Zikaden sangen ihr ununterbrochenes Konzert, und es roch nach warmer Erde und Thymian. Immer wieder bot der Wegverlauf atemberaubende Ausblicke in den Taleinschnitt unter ihr, auf dessen Grund die Nesque in der Nachmittagssonne glitzerte. Einmal klingelte ihr Handy, es war Commissaire Demoireau, der ihr noch etwas mitzuteilen hatte.

Molly erreichte die Kapelle und sah auf die Uhr. Sie hatte eine gute Stunde gebraucht, aber sie hatte sich diesmal Zeit gelassen, war oft stehen geblieben und hatte die Aussicht genossen.

Vor der kleinen Kirche hielt sie an und blickte sich um. Bis auf das Zirpen der Zikaden war es völlig still. Die Schmetterlinge waren wieder da, sie tanzten in der Luft und tranken aus der kleinen Pfütze, die doch nicht vom Regen kam, wie sie jetzt sah. Die Brunnenpumpe musste undicht sein, oder die Quelle, die sie speiste, hatte noch einen anderen Ausgang, denn hier stand offensichtlich immer ein wenig Wasser und lockte die Schmetterlinge an.

Sie bückte sich nach dem Stein unter dem Sims in der Kirchenwand und holte den Schlüssel aus seinem Versteck. Die Polizeiabsperrung war verschwunden, sie schloss die Kapelle auf und betrat den kühlen Innenraum. Der Boden war sauber, nichts erinnerte mehr an Pierres gewaltsamen Tod. Sie wandte sich zur Seitenkapelle, in der sie zwei Wochen gearbeitet hatte, und sah sich um. Die dicken Farbbrocken mit den Bruchstücken von Gerards geheimen Zeichen waren verschwunden.

Ob Fondette sie mitgenommen hatte? Sie würde es nie erfahren.

Ein wenig wehmütig betrachtete sie die alten Fresken. Die Malereien waren noch nicht völlig freigelegt, aber man konnte die warmen Farben und die Ornamente bereits erahnen. Sie seufzte. Die beiden Wochen mit der eintönigen Arbeit waren irgendwie auch beruhigend gewesen. Diese Werke aus lang vergangener Zeit freizulegen, hatte sie mit seltsamer Befriedigung erfüllt.

Sie zuckte mit den Achseln und verließ die Kirche. Auch das war vorbei. Sie schloss das Tor ab und verstaute den Schlüssel wieder an seinem Platz. Sie betrat das kleine Plateau neben der Kirche und setzte sich auf ihren angestammten Platz auf der Mauer, die es umgab. Mit angezogenen Knien saß sie da, den Rücken an die sonnenwarme Kirchenwand gelehnt, dort, wo die Seitenkapelle den Vorsprung bildete. Sie schloss die Augen und genoss die Abendsonne auf ihrem Gesicht.

Das Motorengeräusch eines Autos erklang. Sie hielt die Augen geschlossen und hoffte, es würde einfach weiterfahren. Doch nein, es bog in den Schotterweg zur Kirche ein, die Räder knirschten auf dem Kies, dann schlug eine Autotür, und Schritte erklangen. Widerstrebend öffnete sie die Augen und sah die hochgewachsene Gestalt eines Mannes auf sich zukommen. Mit einem Ruck setzte sie sich auf. Es war Charles! Er kam auf sie zu und grinste über das ganze Gesicht.

»Na, überrascht?«, fragte er und beugte sich zu ihr hinunter.

Molly erwachte aus ihrer Starre und erwiderte seinen Kuss. »Oh ja, und wie«, antwortete sie atemlos. »Wo kommst du denn auf einmal her?«

»Ich dachte, ich könnte ein paar Tage Urlaub gebrauchen, und wollte dich überraschen«, sagte er. »Also habe ich heute

Vormittag den Flieger nach Avignon genommen und bin mit einem Mietwagen hierhergefahren. Deine Wirtin hat mir verraten, wo ich dich wahrscheinlich finden kann.«

»Du kommst genau rechtzeitig.« Sie strahlte ihn an. »Ich habe nämlich auch Urlaub.«

»Dein Fall ist gelöst?«

»Ja, alles ist aufgeklärt. Der alte Fall und der neue.«

Charles sah sie überrascht an. »Du hast gleich beide Fälle gelöst?«

»Genau genommen sind es sogar drei, und sie hängen alle zusammen. Ein alter Bankraub von vor hundert Jahren, ein ungeklärter Todesfall von heute und mein eigentlicher Fall«, sagte sie mit einem Schmunzeln.

»Das musst du mir erklären«, bat Charles.

»Das mache ich, aber nicht jetzt«, erwiderte Molly und küsste ihn nochmals. Dann saßen sie eng umschlungen auf der Mauer und sahen zu, wie der leuchtend blaue Himmel langsam immer dunkler und dunkler und schließlich violett wurde.

»Ich hatte vorhin einen Anruf von Kommissar Demoireau«, sagte sie irgendwann. »Die Bankenaufsicht hat entschieden, was mit dem Gold passiert.«

»Gold?«, fragte Charles.

»Ja, Gold«, antwortete Molly. »Die Schatzkarte, die du entschlüsselt hast, hat uns zu einem richtigen Goldschatz geführt.« Sie lachte über Charles' verblüfftes Gesicht. »Der Wert wurde vorläufig auf fünf Millionen Euro geschätzt. Da der Bankraub längst verjährt ist, fällt das Gold dem Staat zu. Aber man will anhand der alten Sparbücher das Geld an die Nachfahren der Leute auszahlen, die damals von dem alten Fondette übers Ohr gehauen worden sind. Und ich soll einen Finderlohn erhalten, in Höhe von fünf Prozent.«

»Fünf Prozent? Aber das sind ja 250 000 Euro!« Charles war überrascht.

»Das kann ich natürlich nicht annehmen«, sagte Molly. »Das steht mir gar nicht zu, ich habe ja sozusagen dienstlich ermittelt.«

»Du könntest es spenden«, schlug Charles vor.

»Ja, so etwas in der Art habe ich vor.« Molly nickte. »Ich werde das Geld Abbé Maréchal geben, damit kann die Kapelle hier fertig renoviert werden. Es soll sich vor allem jemand um die Fresken kümmern.«

»Aber das ist doch nicht alles, oder?«, fragte Charles. Er kannte sie besser als jeder andere.

»Nein, das ist noch nicht alles«, gab Molly zu und grinste schief. »Ich möchte hier eine Gedenktafel aufstellen lassen für Gerard Depuis, meinen Bankräuber. Das ist das Mindeste, was man für ihn tun kann. Er war kein schlechter Mensch, er wollte nur das Beste für seine Leute.«

»Du bist eine hoffnungslose Romantikerin«, sagte Charles und drückte sie an sich.

»Nein, das bin ich nicht!«, widersprach Molly. »Es ist einfach nur gerecht.«

Charles musste lachen, und Hand in Hand gingen sie zurück zu seinem Auto. Als sie an der Pfütze vorbeikamen, stiegen die Schmetterlinge auf und umflatterten sie wie eine lilafarbene Wolke.

DANKSAGUNG

Die Handlung dieser Geschichte sowie die darin beschriebenen Personen sind frei erfunden. Ähnlichkeiten mit tatsächlich lebenden Menschen sind zufällig und nicht beabsichtigt. Die meisten der Schauplätze, an denen diese Geschichte spielt, gibt es hingegen wirklich, wenn auch nicht immer unter ihrem wahren Namen und nicht immer genau so, wie sie beschrieben sind.

Die Geschichten um Molly Preston und Charles Muller sind ursprünglich als Rätselserie für das Geocaching entstanden und auf der Plattform von geocaching.com veröffentlicht worden.

Ein ewiges Dankeschön geht an Eliane Wurzer und Barbara Reibl, die das alles und noch viel mehr möglich gemacht haben. Darüber hinaus bedanke ich mich bei den Testlesern der ersten Stunde, Volker Solinus, Dagmar Jans und Jens Guballa, sowie bei Christine Ulrich und Claudia Wenzel-Hering für ihre ehrliche Kritik. Die Zusammenarbeit mit meiner Lektorin Hanna Bauer war wunderbar und konstruktiv, ihr Auge für Figuren und Details hat dem Buch den letzten Schliff gegeben. Danke auch dafür!

((vakat))

((vakat))

((vakat – Ende))